SPRING
野

更具体地生长

All This Wild Hope

"人往往需要某种醉意，
才能使自己浮在生活的浪潮之上。"

生活难道不就像剧烈摇晃的色子筒一样，
把人的命运胡乱投掷吗？

Robert Walser
1878—1956

GESCHWISTER TANNER

坦纳兄妹

Robert Walser

［瑞士］罗伯特 · 瓦尔泽　著

韩天雪　译

广西师范大学出版社

· 桂林 ·

图书在版编目(CIP)数据

坦纳兄妹 / (瑞士) 罗伯特·瓦尔泽著；韩天雪译. ——
桂林：广西师范大学出版社，2023.11（2024.3重印）
ISBN 978-7-5598-6232-7

Ⅰ.①坦… Ⅱ.①罗… ②韩… Ⅲ.①长篇小说 – 瑞士 –
现代 Ⅳ.①I522.45

中国国家版本馆CIP数据核字(2023)第140904号

TANNA XIONGMEI
坦纳兄妹

作　　者：（瑞士）罗伯特·瓦尔泽
责任编辑：彭　琳
特约编辑：苏　骏　夏明浩
装帧设计：汐　和　at compus studio
内文制作：常　亭

广西师范大学出版社出版发行
广西桂林市五里店路9号　邮政编码：541004
网址：www.bbtpress.com
出版人：黄轩庄
全国新华书店经销
发行热线：010-64284815
北京华联印刷有限公司印刷
开本：787mm×980mm　1/32
印张：11.75　　　字数：155 千
2023 年 11 月第 1 版　2024 年 3 月第 3 次印刷
定价：69.00 元

如发现印装质量问题，影响阅读，请与出版社发行部门联系调换。

第一章

　　大清早，一个稚气未脱的年轻人步入书店，要见老板。人们应他要求，将其带到老板面前。书商年岁已高，神情相当威严，目光锐利地打量着这个杵在眼前、有点羞怯的小伙子，示意他开口说话。"我想卖书，"少年新手说，"我渴望了很久，觉得没什么能阻挡我实现抱负。我想象中的卖书让人着迷，奇妙又可爱，那么除此之外我还追求什么呢？老先生，现在站在您面前，我觉得我特别适合在您店里卖书，您想卖多少，我就能卖多少。我天生就是干销售的料：殷勤、灵活、礼貌、麻利、简洁、果决、精明、专注、老实，但并不像看起来那种傻乎乎的老实。要是有可怜的穷学生来这儿买书，我便降低价格；倘若要接待那些看起来养尊处优的富人，我就提高价格——这些富人有时候简直不知道该拿钱做什么！我虽说年轻，但喜欢形形色色的人，想来也算有些知人之明。我自然不会用我的知人之鉴占人便宜；但同样地，我也不会由于太过照顾某些可怜人，让您宝贵的生意蒙受损失。一句话：在销售的秤杆上，我能适度平衡仁爱与精明，因为二者在生意上同样重要。对我而言，这种精明的头脑跟充满爱的灵魂一样，都是生活所必需的。我自会把握微妙的尺度，您大可提前放心。"——书商吃惊不已，仔细打量着眼前这个年轻人，觉得他真是伶牙俐齿。老先生满腹狐疑，游移不定，不知自己对他的印象究竟是好是坏，没法准确评判，便有些不知所措。带着一丝尴尬，他轻声问道："小伙子，我能了解一下，您觉得有什么适宜您的位置吗？"朝气蓬勃的少年答道："适宜的位置？我不知道您说的'适宜'指的是什么！您要是压根儿闭口不问，就再适宜不过了。对谁而言呢？问这些又有什么用？我的各种信息都可以抖落给您，但这样就能让您对我放心吗？比如，倘若跟您说起我出身名门，父亲受人爱戴，兄弟都精明强干、大有可为；我自己呢，倒也是可用之材，虽然有点心浮气躁，但并非毫无前途；我总归还是比较值得信赖的，然后呢？说不定您还是完全不了解我，也没道理更放心地接受我在店里卖书。别这样，先生，一般情况下呢，问询不过是白费力气。若我能对老先生您妄提什么建议的话，我真心要劝您别去过问。因为我啊，要是真想表现得适宜，花心思去蒙骗您，而且让您据此产生错觉，从而对我寄予厚望——我大可表现得更明显，给出更讨巧的回答，那么，这回答可就只剩自吹自擂的欺诈了。还是别了，尊敬的先生，我也见过一些别的老板，您要是打算用我，就请您比大多数老板更勇敢些，单纯凭我在这儿给您留下的印象，直接雇用我吧。况且，开诚布公的话，估计您得到的信息净是负面的。"

"当真？这又是为什么？"

"我在哪儿都干不长久，"年轻人继续说道，

"办公室的狭窄污浊让我的青春活力萎靡不振。即使待在公认最舒服的办公室里，比如银行，我也浑身难受。迄今为止，我还从没被人开除过，全是自己任性而为，想走就走。什么工作和职务都留不住我，它们无疑能带给我所谓升迁发迹的机会，或者鬼知道是什么的允诺，但我要是留在那里，这些东西早晚要把我搞死。无论在何处，我离开的时候，人们总是一边感到惋惜，一边指责我肆意妄为，说我以后定不会好过。当然咯，那些雇主虽说的确有些不满，但都还是祝我前程似锦。不过在您这儿（年轻人的声音一下子直率真诚起来），书商先生，我肯定能坚持很多年。不管怎样，很多地方都表明，我值得您试试看。"书商说："我很欣赏您的坦率磊落，不如这样，您先在店里工作八天，作为试用期。要是您干得不错，也愿意继续留在这里，我们就再一起好好谈谈。"这也算是发出了让年轻求职者暂行离去的信号。老先生话音未落，便摇响电铃，紧接着，仿佛顺着电流飘来，出现一个上了年纪、戴着眼镜的小个子男人。

"麻烦您给这个小伙子找点事做！"

眼镜男点点头。西蒙从此成为书店助手。西蒙——对了，这是他的名字。

大约与此同时，西蒙的诸多兄弟之一正为弟弟的行为发愁。他住在首都，小有名气，人称克劳斯博士。他是大哥，作为一个善良、沉静、忠于职守的人，最让他高兴的事莫过于看到弟弟们都能像自己一样，过着脚踏实地、受人尊敬的殷实生活。但事与愿违，至少迄今为止，现实与愿望简直截然相反，克劳斯博士便开始默默自责。比如，他对自己说："我本有很多机会，早该带着弟弟们走上正轨，如今却已经错失良机。我怎么能放任不管呢？（诸如此类的话）"克劳斯博士肩负千百项大大小小的责任，似乎有时候还盼着承担更多。他属于这种人：渴望担责，害怕失去分毫职责，哪怕它们微不足道、毫不起眼。出于这种担心，他们投身于沉重责任构成的整栋楼房，无法自拔，而这楼房摇摇欲坠，几近倒塌。也因为这些未履行的责任，他们终日忧心忡忡，从没想过：其实，一项责任也会给其首要承担者带来新的负担。出于对晦暗处境的恐惧和不安，他们相信：自己差不多已经履行了责任。这种人会插手很多事情，也乐于见到别人同样心事重重，可但凡稍微少点顾虑，他们就会知道这些事跟自己八竿子打不着。这些人时常一边羡慕地张望那些过着无拘无束生活的人，一边又责骂其轻浮放荡，因为他们轻轻松松就能昂首挺胸，活得称心如意。克劳斯博士时不时要强迫自己适当过得逍遥一点，少些忧虑，但他终究会回到灰暗、阴郁的责任中去，困在其魔力之中，让他仿佛身陷阴森囹圄，备受折磨。也许年轻的时候，他一度有过抛却责任的念想。然而责任就像警示一样——要丢掉它，微笑着大步跨过，抛之脑后而不去履行？他现在已经丧失这种勇气了。丢掉责任？噢，他从不丢弃任何东西！克劳斯相信，哪怕仅仅尝试一下，自己都会被彻头彻尾地撕碎，没准儿他将永远痛苦不堪地怀念那些被弃之物。他从不丢东西，在整理和研究那些本不值得研究、检查、喜爱或重视的东西上耗尽了所有青春，于是他就这么老去了。但克劳斯博士又并非彻底毫无情感和幻想之人，所以，他也经常更严厉地谴责自己疏忽了某项责任：让自己快乐一点的责任。如今这新冒出来的疏忽完美地证明，即便是忠于职守的人，也无法履行所有责任。确实，这些人也总是最容易遗漏其首要责任的，将来他们重新记起来之时，估计就已经晚了。克劳斯不止一次想起那些已经消失的美妙快乐，想起那些与年轻可爱，出身自然也无可指摘的女孩共度的快乐。每当这时，他会为自己感到悲哀。此时此刻，他一边怀着忧伤思考自己的处境，一边提笔给弟弟西蒙写信。他的确很喜欢弟弟，但也为其举止感到焦虑不安。这封信的内容大概如下：

　　亲爱的弟弟：

　　　　你好像一点都不想告诉我任何关于你的情况。也许你过得并不好，所以不想给我写信。我遗憾地得知，你又丢了一份稳当安定的工作，这种事已经发生多次了，而这次我甚至是从陌生人那儿听说的。显然，从你这里我也不指望能得到什么坦诚的消息。但说真的，此事让我倍感痛苦。如今太多琐事烦扰我心，而总是对我许下承诺的你，难道也要为此做出贡献，让我原本就不明媚的心情更加黯然吗？我仍对你满怀信心，但你若是对哥哥还抱有一丝情分，就请别让我白白期待太久。去找点事做吧，证明你自己在某些方面仍然值得信赖。你有天赋，拥有我可望而不可即的清醒头脑，还聪明伶俐，我向来知晓你的灵魂蕴含着美好的内核，而你的整个外在也反映了这一点。你明明熟悉这世界的规则架构，但究竟为何总是缺乏耐性，一再匆匆跳槽呢？你难道一点都不会为此担忧吗？我想你的内心肯定非常强大，才能承受这种并不为世人所认可的、持续不断的跳槽。换作我，早该对自己感到绝望了。在这方面，我真的不理解你，但也正是出于这个原因，我绝不会放弃对你的希望。我相信，你终究会果断地走上一条生涯正轨。在你有了足够的阅历之后，就会充分意识到，没有耐心和决心什么事都做不成。而你肯定想成就一番事业——至少在我眼里，你还没有那么甘居下游。我现在的建议是：坚持下去，找一份艰苦的工作，踏踏实实地干个三四年，这时间并不长。跟随你的上级，向他们展示你的能力和成绩，让他们知道你的品性。这样一来，自会有宏图大道在你面前展开，你若有遨游已知世界的兴致，大可沿此路出发。倘若你能略有小成，对世界有些建树，世界和人们将以全新的面貌待你认识。所以我想，也许你会比那些学者找寻到更多人生之趣，即使后者熟稔生活与劳作的原理，但他们被绑缚于书斋的小世界。按我的经验来说，在那里他们常常如坐针毡。你还有大把光阴，必能成为出类拔萃、精明能干的商人。商人有无数机会能把自己的生活打造得有声有色，其限度超乎你想象。而你现在的处境——如此围绕着生活的角落、穿梭于生活的裂缝蠕行——该结束了。想来我早该在更久以前就插手，早应更多通过行动而非仅凭告诫来扶持你。但我不确定，也许以你那骄傲的性情，以你一向在任何事情上都只向自己求助的性格，这种插手会更让你厌恶，而非真正说服你。你近来在做什么呢？给我讲讲吧。念在你带给我的忧虑的分上，也许你应当更绘声绘色、面面俱到地说些什么。我究竟是个什么角色，要提防着我，不能轻松熟悉地亲近吗？我很可怕吗？对我有什么好隐瞒的呢？难道是因为我是"年长者"，可能比你懂得更多？好吧，至少你要知道，倘若能重返青春，变得有失理智、一无所知，我也会很高兴。亲爱的弟弟，对我而言，做一个循规蹈矩的人也并非全然幸事。我并不快乐。也许我已经太老，无法继续体会快乐。如今我已经到了这样一个年纪：作为一个没有归宿的男人，我无法不怀着最痛苦的渴求去想那些快乐的人——他们享受着幸福，一种看着年轻妻子料理家务的幸福。弟弟，爱上一个女孩是多么美好。我却不行。——不，你完全不必害怕我，我只是又一次寻找你，给你写信，希望能收到你美好而亲切的回复。你也许比我更富有，更有希望，也更有满怀希望的理由，也许有自己的计划和展望，而我只是不了解。我对你的认识也不再完整——分别多年又怎能完整了解呢？让我重新认识你，快给我写信吧。也许有一天，我会看见所有的弟弟都快快乐乐的。而无论你处境如何，我都想见见你。卡什帕在做什么呢？你们相互写信吗？他的艺术创作怎么样了？我也很想了解一些他的情况。祝好，弟弟。也许不久之后我们能一起谈谈。

你的哥哥，克劳斯

八天过后，西蒙趁着傍晚踏进小房间去找老板，发表了以下言论："您让我失望了。请您不要摆出一副震惊的脸色。我已打定主意，今天就离开贵店，麻烦您结清我的工资吧。拜托，让我把话说完。我很清楚地知道自己究竟想要什么。这八天里，整个书业都在我眼里变得面目可憎——如果卖书意味着，当外面正照耀着和煦的冬日暖阳时，我却从清晨到深夜都站在那对我的身形而言过小的写字台前，弓着背，像个该死的一流抄写员一样写东西，干着与我的灵魂毫不适宜的差事。书商先生，我能做到的事，与这里人觉得为我腾出来的事完全不同。我曾以为自己能在您这儿卖书，为风度翩翩的人们服务，在顾客正打算离开店铺的时候鞠躬、道别。我也曾想过，自己也许能有机会一览书业的玄机，在生意的历史和行进中捕捉世界的面容。然而一切落空。我不得不在这毫无价值的书店里，驼着背，缩成一团，窒息而死，您能想象这于我大好的青春年华是何等折磨吗？倘若您认为，比方说，年轻人的背就是为了弯曲的，那您可是大错特错。您为什么不分配给我一个优质、体面、适合我坐或站的位子呢？难道没有美式的写字台吗？我认为，要是真想雇个职员，就应该懂得如何安顿好他。您却好像不懂这个道理。苍天哪，人们对年轻新手的要求可谓穷尽所有可能：努力、忠诚、准时、技巧、冷静、谦逊、分寸、自觉，天晓得还有什么。然而，却没人提过店长先生该具有的品质。难道我应当把工作精力、兴致、快活，以及让我出色的天赋，都浪费在一张老旧、简陋、狭窄的书店写字台上吗？绝不，在这种情形涌过来之前，我宁愿去参军，彻底售卖我的自由，只要能摆脱这份工作。仁慈的先生，我不愿身为占有者却只占有一半，我宁愿自己属于彻底的无产者，那么，我的灵魂至少还属于我。您也许会想，我言辞如此激烈，不太像话，在这个地方也并不得体：好吧，我闭嘴，把我应得的钱付清吧，之后您再也不会见到我了。"

老书商惊诧不已，在过去的八天里，这个寡言而冷静的年轻人工作起来相当可靠，现在却听到他这样说。相连的工作室外，五个职员和服务生挤破脑袋，仔细观望和聆听着这一场景。老先生说："假如我之前对您多些估测，西蒙先生，大概我会三思您到店里工作的事。您看上去的确极其不安分，就因为写字台的大小不合适，便觉得一切都别扭不适。您到底是从世界上的哪个地方来的呢？难道那里的年轻人都是您这种类型的？瞧您此时站在我这个老人面前的姿势，您根本不知道自己那不成熟的脑袋里究竟想要什么。现在，我不会阻拦您离开。这是工钱。不过说真的，我对此并不高兴。"西蒙把书商结清的钱揣进口袋。

他回到家，看见哥哥的信躺在桌子上，读罢，暗自想道："他是个好人，但我不会写信给他。我不知道该如何描述自己的处境，也完全不值得写。我没有理由抱怨或者雀跃，但有充分的理由保持沉默。他说得没错，然而正因如此，我还是让它维持在真理状态就好。他要应付自己的郁闷，可我一点都不相信他当真郁闷至此。书信夸大其词：人在写作的时候，很容易倾洒种种不严谨的表述。在信中，灵魂总想表达，却常常出尽洋相。所以我宁愿不写信。"——这件事就这么搁置了。西蒙思绪万千，美妙的思绪。他思索的时候，美妙的思绪总是不自觉地浮现。第二天，阳光普照之时，他前往职业介绍所报到。男人正坐在那里写东西，见到西蒙便站起身来。他与西蒙熟识，经常带着一种讥讽而谄媚的亲昵与之交往。"哎哟，西蒙先生！您又大驾光临了！什么风把您吹来了？"

"我要找工作。"

"您已经在我们这儿找了好几次工作了，人们估计都要说：您找工作的速度真是快得吓人。"男人笑了，但是声音很小，也不能放肆大笑。"我能问问，您上一份工作是什么吗？"

西蒙回答："我之前做的是护工，并且证明我具有照护病人所需的全部特质。您为何会对这坦白如此惊讶呢？难道在我这个年纪，从事不同的职业，尝试证明自己能为不同的人所用，就这么罕见吗？我觉得这是我的一个优良品质，因为我所做的事都要求一定的勇气。换工作完全不会伤害我的自尊，反而让我畅想自己能解决各式各样的人生问题，面对大多数人都畏惧的困难时不至于害怕。我能为人所用，这种确信足以满足我的自尊。我想做个有用的人。"

"那您究竟为什么没继续做护工呢？"男人问。

"我没工夫一直停留在一份工作上，"西蒙答道，"我永远不会像许多人那样，停留在一种职业中，好似躺在弹簧床上一样休养生息。不，即使活到一千岁也不行。我宁愿去参军。"

"小心点，您还没到那种程度呢。"

"的确还有别的出路。参军是我为了结束讲话惯用的口头禅。对我这样的年轻人来说，哪里不是出路呢？夏天，我可以在田地里帮农民及时收获庄稼，他会欢迎我，器重我的力气。他将为我提供餐食——大餐，乡间人很会做饭。离开的时候，他会往我手里塞一些零钱，正值豆蔻年华、清新秀美的女儿微笑着与我告别，而我必将在接下来的漫游中，久久回味她的倩影。只要体格健硕，心无忧虑，即使在下雨甚至大雪纷飞时漫游，又有什么不好？您在这蜷缩的闭塞中想象不到，在田间小路上奔跑是多么美妙。若是道路飞尘，那便是它本来的面貌，于别人何干？而后，你会在森林边缘选出一片阴凉地，在此游目骋怀，一览秀丽风光，五感以自然的方式休憩，思绪则朝着愉悦与趣味徜徉。您无疑会反驳，说别人也可以这样啊，比如您自己在度假的时候。然而假期又算什么东西？可笑。我一点都不想有假期，对它简直厌恶透顶。您可千万别给我带休假的岗位，这对我没有一丁点吸引力。一有假期，我估计就得完蛋。我想为生活奋斗，直到自己把自己累倒在地。我不想品尝自由，也无意享受舒适，这种如扔向狗的骨头一样落到身上的自由令人讨厌。这就是您的假期。您要是设想面前这个人对假期有所企盼，那可就错了。但可惜，我完全相信，您就是这么看我的。"

"这里有位律师，想找一个临时工，大概工作一个月。符合您的要求吗？"

"差不多吧，先生。"

就这样，西蒙在律师办公室安定下来了。他

在那里薪水可观，心满意足，世界从未像他在律所的这段时间里一样美妙。他结识了体面的朋友，毫不费力地终日书写、复核账单、转录听写。他做得非常出色，举手投足间出人意料地散发着魅力，上司因而也很热切地关照他。他下午总是要喝杯茶，一边写东西，一边望着通风的明亮窗子做白日梦。白日梦不会干扰工作，这是他的绝活。"我挣了这么多钱，"他暗自想道，"也许我应该找个年轻女人相伴身侧。"他工作时，月亮常照进窗户，让他着迷。

西蒙对小女朋友罗莎如是说："我的律师有只很长的红鼻子，是个暴君，但我们俩相处得很愉快。我把他的那种闷闷不乐和独断专横视作幽默，他的命令常常无理取闹，但我言听计从的样子让自己都吃惊。我喜欢刺激的任务，更适合那种能把我激荡到某种温暖的高度、唤起我工作兴致的任务。他妻子美丽苗条，我若是个画家，定想为她绘画。相信我，她有着无与伦比的大眼睛和曼妙的双臂。他妻子时常和我们一起在办公室做些事，于是不得不俯视着我这个可怜的写字机器。每当抬头看见如此妙人，我都会浑身战栗，却又喜悦异常。您笑什么？抱歉，我惯于在您面前口无遮拦，希望您也乐意如此。"

事实上，罗莎很喜欢别人在自己面前袒露心声。她是个非同寻常的姑娘，眼中闪着晶莹光芒，嘴唇也堪称艳丽动人。

西蒙继续道："我每天早上八点去工作时，都感到与所有同样在每天早上八点出发的人非常亲近。现代生活就是这么个大军营！而这种单调一致是多么完善又发人深省。你时刻期待着必将面对或应该到来之事，如此一无所有、可怜兮兮，发现自己迷失在一切儒雅、有序和精确之中。我登上四楼，进门，打招呼，开始工作。老天，我的工作内容不值一提，所需的知识技能寥寥无几。我也许能做完全不同的事情，而人们对其知之甚少。但雇主分配的这种迷人的简单工作其实也深得我心。工作的时候，我可以想东想西，有做思想家的潜质。我也常常想起您！"

罗莎笑道："您可真淘气！不过，继续讲，您说话很有意思。"

"这个世界确实壮丽精彩，"西蒙接着说，"我能坐在您身边数小时地闲谈，不受任何人妨碍。我知道您很乐意听我讲话。您觉得我谈吐不无风度，觉得我现在肯定因为说了这样的话而在心里放肆大笑呢。但我这个人，习惯于想到什么就说什么，哪怕碰巧是自吹自擂。有机会的话，我也同样容易自我批评，甚至乐在其中。难道我们不能表达自己的所有想法吗？要是所有的话都要经过漫长的检验才说出口，会丧失多少东西啊！我不喜欢在讲话前深思熟虑，不论恰当与否，话都要说出来。我若是爱慕虚荣，那这虚荣定会曝光；倘若我吝啬，那吝啬将从我的言谈中淌出；我若是体面，口中响起的便无疑是正直之声；要是上帝把我打造得规矩正派，那我说出的话必然也显出这般作风。说了这样的话，我一点都不担心，因为我对自己、对我们有所了解，也因为我以在谈话中畏畏缩缩为耻。更何况，我要是用言语侮辱、伤害、厌烦或惹恼了某人，不还是能用接下来的几句话把坏印象再圆回来吗？我从不思考自己的话，除非看到听者脸上出现不悦的皱纹，就像现在您脸上的这样，罗莎。"

"这不一样。"——

"您累了吗？"

"回家吧，西蒙，我现在确实很累。您说话时非常可爱，我喜欢你。"

罗莎向年轻的朋友伸出小手。他吻了一下，道晚安，而后离开了。他走后，小罗莎默默为自己哭泣了很久，也为那个头发鬈曲、步态优雅、谈吐尊贵，但是生活放荡的年轻爱人哭泣。"所以你爱上了一个不值得爱的人，"她对自己说，"然而我应当因为谁的价值高而爱吗？多可笑。有无价值与我何干，我只想要我所爱的。"随后她就去睡觉了。

第二章

某日，正午时分，西蒙站在一栋带花园的雅致别墅前，按响了门铃。他听到铃声的时候特别羞怯，觉得自己仿佛是个来敲门讨钱的乞丐。他想象着，自己现在要是里面的房主，估计正坐在餐桌前用午餐，也许会扭头问妻子：谁在按门铃呀？肯定是个乞丐！"说起上等人，"他边等边想，"人们总是会想到他们坐在长餐桌前或者马车里的样子，又或者用人帮忙更衣的场景；而说起穷人，脑海里则全是他们站在冷风里，大衣领子高高竖起，等着花园大门打开的画面，就像我此时此刻的样子。穷人的心肠常常直率、猛烈而热切，富人则是冷漠又慈悲、顽固又迂回！哎呀，要是有什么人能赶快来帮个忙，让我松口气就好了。在这样富丽堂皇的大门前干等着真是让人憋闷。我虽说有一点点生活经验，现在撑着站在这里的双腿却多么虚弱。"——事实上，当年轻女孩来帮这个"站在外面的人"开门时，他吓得哆嗦了一下。别人开门让西蒙进去的时候，他总会保持微笑，即便是现在也没落下。很多人脸上都带有这种微笑，看上去就像一种温和的请求。

"我想找个房间。"

西蒙朝着美丽的女士脱帽致意，她正仔细打量着来客。西蒙乐意被如此打量，觉得她这样做既不失礼仪，也不失友好。

"您先进屋吧？这里！从台阶上来。"

西蒙伸出手，请女人走在自己前面，这是他这辈子第一次做出这种姿态。女人打开门，为年轻人展示了房间。

"这房间可真漂亮，"西蒙吃了一惊，嗓门也大起来，"可惜对我来说过于美丽精致了。您要知道，我根本不是个适合住精致房间的人。不过，我很乐意住在里面，太乐意了，非常非常乐意。但对您来说，给我展示这一雅室实在不是什么好事，您早该把我赶出房子的。这里像为神所造的居所一样，看到这么温馨雅致的房间，我手脚都没处放了。只有富裕的有产者才配住进这种美丽的宅子，而我从未拥有过什么好东西，我一文不值，尽管被父母寄予厚望，却永远扶不上墙。窗外的风景多美啊，家具也都别致、闪亮，还有这么可爱的窗帘，给房间增添了些许少女的感觉。如果真如他们所说，环境能改变人的话，这里也许会让我变得良善温顺。我能再看一会儿吗，在这里多待一分钟？"

"当然可以。"

"感激不尽。"

"我冒昧问一句，您父母是做什么的？还有您之前说的'一文不值'是指哪方面呢？"

"我没有工作！"

"这又有什么大碍，要分情况看的！"

"不，我这人希望渺茫。不能这么说，意思不够准确。我身上充满希望，它其实从未抛弃过我。——家父一贫如洗，但知足常乐，他不曾拿自己如今的贫瘠和过往的辉煌做比较，从未有过。他过得像个二十五岁的小伙子，根本不反思自己的状况。我佩服他，也试着效仿他。若是他到两鬓斑白时仍能朝气蓬勃，那他的年轻儿子必然也有义务三十倍、百倍地昂首挺胸，目光炯炯如闪电般注视他人。但母亲带给了我思想的天赋，她带给兄弟姐妹的更多。母亲已经过世。"

女人非常乖巧地站在那里，听到这话，嘴里发出一声哀叹的"唉"。

"她是个极其善良的女人。我们这群儿女无论在何时何地见面，总会不断谈起她。我们兄弟姐妹分散在这个浑圆、开阔的世界上，各自过得很好。要知道，我们几人毕竟都满脑子奇思妙想，所以没法长时间和平共处，不过我们都适度地爱着彼此。一个兄弟是学者，并非无名之辈；另一个是交易所的专家；还有一位对我而言不仅是兄弟，因为我对他的爱远超兄弟情义。每当想起他，我只会想起他属于我、与我相似，除此以外都不重要。我想和他一起在您这里住下，房间看起来够大。不过还有一件事：这房间多少钱呢？"

"您兄弟是做什么的？"

"风景画家！您给这间房开价多少？——这么贵吗？对这样的房间来说确实不贵，但对我们而言就贵了点。唉，仔细想想，但凡更深入地了解我们，您就会知道，我们兄弟俩确实不适合在这房子里进进出出，仿佛定居于此。我们粗鄙不堪，定会让您失望。我俩还习惯了粗暴对待床单被套、家具、洗涤衣物、窗帘、门把手、楼梯平台，估计要吓着您，让您发脾气；或者您选择原谅，睁一只眼闭一只眼，但这更羞辱人。我可不想让这成为您之后不快的源头。您肯定会的！肯定！您别急着否认。我再清楚不过了。长远来看，我们对任何精细物件都不怎么重视。像我们这样的人，就该站在富贵花园的栅栏外，自由自在地挖苦里面的金碧辉煌和谨小慎微。我们是讽刺者！有缘再见吧！"

美丽女人的双眸沾染了些许幽深的光芒，一口气说道："我真的很乐意接受您和您兄弟在这里住下。价格方面，我们可以商量着来。"

"不！还是别了！"

西蒙已经跨下台阶，女人的呼喊声从后面传来："拜托，请您等一等。"她追了上去，赶上西蒙，拽着他，让他留下听自己说完："什么事惹得您这么快就要走啊？您看，我想，我希求您二位留下，即使您不付钱！有什么关系？完全没关系，一点都没有，您就来吧，来嘛，跟我一起进房间。玛丽亚！你在哪儿呢？快端点咖啡进来。"

在屋里，女人对西蒙说："我盼着能更进一步了解您和您的兄弟，您怎么能跑掉呢！在这偏僻的大房子里，我一个人时常是多么孤单和害怕呀。我丈夫是研究员，终日远行，不见踪影，他在海上乘风破浪。作为他可怜的妻子，我却全然不知一丁点消息。这不可怜吗？您叫什么？您兄弟呢？我叫克拉拉，直接叫我克拉拉夫人就行，我喜欢称呼简单一点。您现在是不是更放心些了？那我会非常非常开心的。您不相信我们能共同生活，和睦相处吗？绝对可以。我觉得您是个温柔的人，把您带到家里也没什么好怕的，您的眼睛盛满真诚。另一个人是您的兄长？"

"是的，他比我大，也远比我善良。"

"能这么说，说明您也是个老实人。"

"我是西蒙，兄长叫卡什帕。"

"我丈夫姓阿加派亚。"

她说出这句话时脸色苍白，不过很快就回过神来，露出微笑。

西蒙写信给哥哥卡什帕：

> 我们真是罕见的怪人。你我二人在地上漂泊，仿佛这世上再没有别人生活。我们结下的友谊也的确荒诞不经，好似人群之中再也找不出称得上朋友的人。其实我们根本不是兄弟，而是挚友，在世上合二为一。我绝非为友谊而生，也不理解自己怎么就觉得你如此了不起，总想着在你身边，紧靠你的肩背，念念不忘。现在，你几乎要占据我的脑袋，深深扎根其中；倘若再这样下去，也

许我很快就得用你的手抓取、用你的腿行路、用你的嘴吃饭了。要是我说，我们的心虽然总是要努力与彼此拉开距离，却根本做不到，完全不可能，那就得承认，我们的友谊确有说不清道不明之处。你看起来一向难以与我分离，想到这一点我就禁不住欣喜若狂。你的书信乖巧而克制，而我也希望能在这说不清的魔力中稍做停留，这对我们都好。而"单是坦诚相待就足够让人着迷"这样的话如此生硬，我又怎么说得出口。两兄弟为何不能越一次界呢？我们彼此契合，而且早在我们彼此憎恨、差不多要把对方往死里打的时候，我们就已经这样了。你知道吗？若是要唤醒、粘贴、描摹、缝合出你身上的形象，只需要你的呼唤加上一点爽朗的笑声，这远比追忆更加有效。不知什么原因，我们曾势不两立。唉，我们擅长彼此仇视，这种仇恨让我们变着花样地创造对彼此的折磨和羞辱。举个例子来说明我们可悲又幼稚的状况吧。有一次在餐桌边上，你抑制不住地朝我扔来盛着酸菜的盘子，还喊道："快，接着!"我得承认，那时候，一想到这是你疯狂伤害我的最好机会，而我对此什么都说不出，我就气得浑身颤抖。我握住盘子，几乎是痴呆地承受着因受伤而满溢到喉咙的痛苦。你还记得吗，有天中午很静，一片死寂，带着夏日的炽热。在那美妙周日下午的死寂之中，有个人到厨房找你，他脚步踌躇，请求你与我重归于好。不得不说，克服羞耻感和执拗走到你这个总是拒绝和无视我的敌人面前，是了不起的成就，需要极大的克制力。我感激自己做了这一切，但一点都不关心你是否也有同样的感激。我只能猜测。"离我远点，"你这样说，想要打断我，"我做不到。走开!"——你后来伴我身侧的那段时光是多么美妙啊，我突然感受到了你温柔而深情的体贴。我想，你我二人的面颊肯定都因为那怡然雀跃而烧得发烫。我们在广袤高山的草地上闲逛，在青草的芬芳中徜徉，你作为画家，我作为旁观者不断插嘴评论。我们一起走过清冷早晨的水汽，走过正午的灼热，也走过挚爱的湿润日落。树木观望我们，看我们在上面忙忙碌碌；云朵聚拢成团，肯定是为无力打破这新鲜出炉的爱而生气。每个傍晚，我们风尘仆仆地回到家，饥肠辘辘，精疲力竭，身体都快散架了。但有一天，你突然就离开了。鬼知道为什么，我帮着你远走高飞，好像是谁付津贴叫我这么干，或者是我迫不及待见到你溜走一样。看到你扬帆远航，我确实心怀一种神圣的喜悦，因为你正在驶向广博的世界。哥哥，这世界的广博又算得上什么广博啊！

快来吧，我会招待你，如招待一位习惯于睡在丝绸上、享受侍者服务的新娘。我虽没有仆从，却有为富家子弟准备的房间。有人爽快地送了你我二人一间富丽堂皇的居室，就在脚下呢。若你在丰茂渺远的地方能画出好画，那么在这里，你也能凭借想象力挥洒自如。现在要是夏天就好了，我便为你在花园里布置园会，挂上中式灯笼，系上花带，用你喜欢的方式迎接你。总之，直接来吧，动作快点，不然我就要去找你了。我的女主人，我的房主正牢牢攥着你的手呢，她自认为已经通过我的描述认识你了。她要是先见了你，估计就不会再想认识世上其他任何人了。你有讲究的西服吗？裤子是不是还松垮地悬在膝盖周围？头上那玩意儿还能叫帽子吗？要是还这样，就别来见我了。开个玩笑，一点傻话。快来抱抱你的小西蒙吧。祝好，哥哥。愿你早日前来。——

几周过去，春回大地，微风变得湿润柔和，泥土里发出隐约的香气和窸窣的响动。土地松动，踩在上面，仿佛脚下是柔软厚实的地毯。鸟儿的鸣唱似乎是必不可少的。"春天要来了。"心思细腻的人走在路上如是说。就连光秃秃的房子都沾染了些许香气和明媚的色彩。春日逐渐变得奇妙，虽然都是些传统而熟悉的景象，但人们仍将其全然视为新事。在这种刺激之下，罕见离奇的思绪不断涌现。四肢、感官、头脑、思想都摇曳着，仿佛都要随着万象更新一同生长。湖水闪烁着温暖的微光，河上横卧的桥仿佛也撑起了更大胆、更明显的弧度。旌旗在风中飘扬，翻动的姿态令人赏心悦目。是日，光最先驱使人们成群结队走上美丽、洁白而干净的路面，让他们站在路上，如饥似渴地感受暖阳的亲吻。很多人脱掉了大衣，可以再见到男人们自由行动。女人们似乎有什么脉脉深情流入内心，眼眸闪烁着异样的光芒。夜里，流浪汉的吉他声重又初次响起，喧闹的孩子们绕着男男女女嬉戏打闹，兴高采烈。灯笼光影闪烁，像是宁静书斋的烛光。倘若走上漆黑如夜的草地，便能感受到花儿的盛放与纷落。青草很快便会冒出，树木又会把绿意倾泻到低矮的屋脊上，遮挡窗户的景致。森林又将变得郁郁葱葱，茂盛而深沉，噢，森林。——西蒙重新开始了在大型交易所的工作。

　　他所在的银行规模庞大，具有国际影响力，整栋大楼看上去像宫殿，在里面工作的男男女女年纪各异，多达数百位。这些人的手指不知疲倦地终日书写、用计算器核算，也偶尔动用一下自己的记忆，用脑子思考，或者发挥现有的知识。许多修养良好的年轻出纳能用四到七门语言书写和交谈，单凭其精致的异国面孔就能把他们和普通会计区分开来。这些人曾远渡重洋，熟稔巴黎和纽约的剧场，拜访过横滨的茶室，也知道如何在开罗消遣娱乐。他们在此处理通信业务，等着加薪，同时嘲弄着自认狭小、污浊的家乡。会计们多是些上了年纪的人，他们绑缚在大小信件上，仿佛拴在横梁和桩子上。因为计算过多，这群人的鼻子都很长，衣服破旧、破烂、破皱、破陋、破损。但他们当中也有诸多相当聪慧之人，也许私下纵情于某些奇特、宝贵的嗜好，过着宁静孤僻却有尊严的生活。很多年轻职员则相对不太能享受精致消遣，他们大多来自乡村，是地主、客栈老板、农民或者手工业者的后代。他们一进城，就马上开始努力接受属于城市的讲究做派。然而要做到这一点却很难，他们始终无法摒弃身上那种笨拙的粗鲁。此外，也有些沉静的年轻小伙，举手投足间尽显温和气质，从一众莽撞者之中脱颖而出。银行经理年岁已高，沉默寡言，基本不怎么现身。整个庞大经营体系的脉络与根茎都盘踞、交织在其脑海中。如画家斟酌颜色、音乐家考虑音色、雕塑家端详石料、面包师计量面粉、诗人推敲词句、建筑师考察土地标线，这位经理先生则盘算着金钱。一个在合适的时间冒出的合理念头，能在半小时内带来五十万的收益。也许！也许更多，也许更少，也许什么都没有。而可以肯定的是，有时候，经理会在暗地里亏损，不为任何下属所知：十二点的钟声敲响，他们便起身去吃饭，两点再回来，工作四个小时，起身离开，睡觉，醒来，起床吃早饭，如前一天一样重返银行大楼，重拾工作。一切都不为人所知，因为没人有空搭理这些隐秘的过程。而且，这位寡言寡欢的老男人在经理办公室思考，对自己下属的事务仅报以一点半真半假的惨淡微笑，其中蕴含些许诗意、崇高、谋划与决策。西蒙经常设想自己坐在经理的位子上，但这幅图景总是消失不见。每当他深思此事，所有概念会一并消失："这事带着点骄傲和崇高，但也有些许不可捉摸以及近乎非人性的东西。文员、出纳，甚至还有正处于豆蔻年华的少女，所有这些人究竟为何要走进同一栋大楼的同一扇门？就为了涂写、试笔、计算、挥舞双臂、死记硬背、擤鼻涕、削尖铅笔，以及把手里的文件传来传去？他们是乐意为之，还是迫不得已？是带有要达成什么合理结果或者取得成果的意识吗？他们从四面八方前来，有些偏远地区的人甚至还要搭乘火车。他们竖起耳朵，盘算是否还有时间在冲向岗位前办点私事。他们像羊群一样善于忍耐，一到傍晚便分散开来，重新踏上各自的方向，在早晨同一时间全部回来。他们看着彼此，从步态、声音、推门的动作中相互辨认，却很少产生交集。他们彼此相同，却彼此陌生。倘若其中一人死去或者贪污，他们的诧异最多只会持续一个上午，然后一切照旧。也许一个人在抄写时中了风，那么他在这长达五十年的业务'工作'中又得到了什么呢？五十年里，他每天进出同一扇门，千万次在商业信函中使用同样的话语，更换好几套西装，也时常为每年穿靴子的次数之少而惊异。现在呢？能说他活过吗？千万人难道不也是如此生活的？也许孩子才是他生活的重心？也许妻子才是他存在的兴致？没错，也许是这样。算了，我还是不要在这类事情上充当内行了。我还年轻，过于老练会显得不合时宜。现在外面是春天了，我本可以跳出窗外的，这种漫长的'四肢不动'状态真是折磨人啊。春日里的银行大楼让人烦躁，丰茂青草地上的银行机构会是什么样子？也许我的笔会像花朵从泥土里发芽一样长出。啊，算了，我不喜欢讥讽。也许万事必须如此，也许万物各有其目的。我只是太看重景象本身而看不见其中的关联，这景象有点让人沮丧：眼里窗外的天空，耳中甜美的鸟鸣。白云在空中飘荡，而我不得不在此抄写。我为何要有只能看见云朵的眼睛呀。我要是个鞋匠，至少还能给孩子、男人和女人做鞋子，他们穿着我做的鞋在春日青草上散步。每当看到陌生人脚上穿着我做的鞋，我都能感受到春天。在这儿感受不到丝毫春意，春意却烦扰着我。"

西蒙垂下脑袋，为自己的柔情恼火。

一天傍晚，回家路上的西蒙在灯火通明的桥上看见了一个人，正大步流星地走在前面。其瘦削的身形掩盖在厚重的大衣之下，给西蒙带来一阵甜蜜的惊骇。他觉得自己认出了那步态、那条裤子、锅一样的特殊帽子以及蓬松的头发。陌生男人胳膊下夹着一个轻薄的画夹。西蒙匆匆赶上前去，颤抖的预感侵袭全身。他突然喊了一声"哥"，冲过去一把揽住了前面行人的脖子。卡什帕也回抱着弟弟。两人一路放声闲谈着回了家，也就是一路沿着相当陡峭的山脊向上攀爬，走过城市在这片山坡上绵延开来的花园和别墅，在山顶俯瞰渺小衰微的市郊。在落日余晖的映照下，窗户变成亮闪闪的眼睛，定定地注视着远方，美丽极了。城市卧在下面，像熠熠生辉的地毯一般在平原上繁荣地延展。总与晨钟不同的晚钟此时从脚下传来。湖泊的轮廓已经难以分辨，以无法描述的形状盘踞在城市、山坡和众多花园的脚边。还有很多灯没有亮起，但已经点亮的灯光正以奇特壮丽的锋芒熊熊燃烧着。此刻，所有蜿蜒、隐蔽的路上都有人行走，虽然看不到，但是可以想见。"这个时候去车站街肯定很壮观。"西蒙想。卡什帕沉默地走着，他已经长成了出色小伙儿的模样。"他的步态真优雅。"西蒙想。二人终于到达屋舍。"怎么回事？你竟然住在森林边上？"卡什帕大笑道。他们一同进了房子。

克拉拉·阿加派亚看向新房客，疲倦的大眼睛中升腾起罕见的火焰。她垂下眼眸，将迷人的面颊转了个方向。看上去，她好像并没有因为看见这个年轻人而兴高采烈，而是某种别的情感。她尽量尝试保持自然，露出人们表示欢迎时的微笑，却没有成功。"上去吧，"她说，"今天我很累了。真奇怪，我也不知道怎么回事。"两人上楼进了房间：月色照亮了屋子。"别点灯了，"西蒙说，"让我们就这么睡吧。"——有人敲了敲门，是克拉拉，她站在外面问："你们都有必需品了吗？还缺什么？"——"什么都不缺，我们已经躺在床上了，还能缺什么呢。"——"晚安，朋友们。"她说，稍微开了一点门，随即又关上，走了。"她似乎是个独特的女人。"卡什帕心想。接着，他们沉入梦乡。

第三章

第二天早上，正当画家从画夹里取出风景画，他突然第一次完全感受到了秋天，而后是冬天，大自然的所有情景全都重现生机活力。"万物之中，我见得太少。画家的眼睛如此迅捷敏锐，双手却如此缓慢迟钝。还有好多东西等着我创作！也许我终有一天非疯掉不可。"克拉拉、西蒙和画家三人围绕画作而立。他们很少交谈，只发出些沉醉的赞叹。西蒙突然跳起来，拿起放在房间地板上的帽子，粗鲁而愤怒地扣在头上，接着冲出门外，喊道："我迟到了！"

"迟到一小时！年轻人可不该这样！"银行里有人这样训斥他。

"事已至此，还要怎样？"被斥责者固执回击。

"怎么，您还想反抗？随便吧！您想做什么就做什么！"

经理注意到了西蒙的行为，决定解雇这个年轻人。他喊来西蒙，说出自己的决定，语气相当温和，堪称仁慈。西蒙说：

"终于结束了，我很高兴。也许有人觉得被解雇会让我受沉重打击、挫伤我的勇气、毁灭我或者别的什么？恰恰相反，我感到欢欣鼓舞，过了这么久，终于有人重新给我灌注了零星希望。我生来就不是抄写和计算的机器。我相当乐意带着热爱去抄写和计算，但周遭同事只是出于规矩才这么做。我愿意勤勤恳恳，那些命令若是不伤害我的内心，我也乐意满怀激情地服从。如有必要，我也懂得遵守特定的规章制度，但对我而言，已经很长时间没这个必要了。今早迟到的时候，我只感到恼怒，没有一丁点真心实意要为此负责的忧虑，也并不责怪自己，或者最多责怪自己为何还是现在这个怯懦的笨小伙，依旧每天八点钟声一响就跳起，急急忙忙地赶来，好像上紧发条之后的钟表自动运行一样。我要感谢您有精力将我辞退，请您随意评价我，不要有顾虑。您确实是举足轻重、丰功硕德的大人物。但是您看，我也想成为这样的人，因此把我打发走是件好事，而我今天如人所说的'逾矩'也是幸运之举。每个人都愿意在您这备受吹捧的办公室里工作，然而这里没有年轻人发展的空间。我并不在乎每月固定收入带来的好处，我收着工资，却也在堕落，变得愚昧、懦弱、僵化。您听了这些话一定大为震惊，但也得承认我说的话全然真实。这里只可能有一个男人：就是您！——可别想着手里那些可怜下属中还有谁渴望成为男人，渴望成为精明强干、出类拔萃的可敬英才。只为了避免落得个不知满足、没有工作的名声，就完全认同世界这一边的价值，我绝不接受。这里对恐惧的蛊惑何其巨大，而对从恐惧之中解脱的鼓励又是何其微小啊！我今天做了这件几乎不可能完成的事，当然要对自己大加赞赏，别人爱怎么说就怎么说吧！经理先生，您在这里为自己建筑防御，让人捉摸不透，不知道要服从哪些指令。事实上，大家根本不服从，只是迟钝地固守自己的坏习惯。这对年轻人——那些安逸和懒散成性的年轻人——而言是极大的陷阱。在这里，没有任何渴望振奋年轻人精神的力量，没有任何激励男人或者所有人变得杰出的要求。无论是勇气还是精神，忠诚还是刻苦，创造的喜悦或是努力的欲望，都无法帮助这里的人提升自己：没错，展现实力和能力反而会遭人唾弃。当然了，在这个迟缓、懒散、枯燥、卑微的工作系统里，怎么可能不被唾弃呢？再见吧，先生，为了健康起来，我要走了，哪怕这意味着我要去挖土，或者扛好多袋煤炭在肩上。我热爱工作，那种无须发挥全部能力的工作除外。"

"要为您开具工作证明吗？虽然说实话，您还不够格。"

"证明？不，请您别给我开。假如并非我应得的，不如压根儿没有。从现在起，我为自己签发证明。从现在起，倘若有人问我要证明，我只愿请我自己来说明，理性明智之人必会由此产生最好的印象。能从您这里两手空空地离开，我心满意足。因为您的证明只会让我想起自己的怯懦与恐惧，想起滞涩与无力的状态，想起一天天得过且过、无所作为，想起每个下午对自由的狂躁渴求，想起傍晚时分美妙但徒劳的向往。感谢您特意用这样一种友善的方式解雇我，说明在我面前的男人也许能够理解我说的话。"

"年轻人，您太浮躁了，"经理说，"您葬送了自己的未来！"

"我不想要什么未来，只想拥有当下。在我看来，后者更有价值。未来只属于没有当下之人，而拥有当下之人自然不会只想着未来。"

"我祝福您，但恐怕您不会一帆风顺。您是个有趣的人，否则我也不会浪费这么多时间倾听这些言论。也许您选错行了，也许您会大有作为。无论如何，祝您好运吧。"

经理点头示意，西蒙就此被解雇，很快发现自己被赶到了大街上。他瞥见一个男人，正在蛋糕店门前踱来踱去，估计在等人，可能在等一位女士，谁知道呢？但男人引起了他的兴趣。第一眼看过去，他长得实在丑陋，头大得出奇，满脸络腮胡，眼神疲倦又野性。他的步态造作又高贵，衣着精致，格调风雅，手里还拄着一根黄色的拐杖，看上去颇有学究气，但应该还只是个年轻学者。男人的整体动作有一种温柔、动人的气度，让人似乎可以鼓起勇气上前随意攀谈。西蒙就这么做了。

"打扰一下，先生，抱歉贸然与您打招呼。我一看见您就心生好感，想跟您认识。难道这种冲动还不够强烈，不足以促使我在路上与您这样一位先生攀谈吗？您似乎在找人，觉得有什么人在广场上等您。这里人潮涌动，一个人不好找，我想帮着一起。您要是信任我，可跟我描述一番您翘首以待之人的特征。是位女士吗？"

"当然是位女士。"男人微笑着答道。

"她长什么样？"

"从头到脚穿一身黑，高个儿，苗条。眼睛很大，您要是看向那双眼睛，它们就会一直一直盯着您，即使她实际上根本没在看您。她脖子上戴着一串白色的大珍珠项链，耳环长长垂落，腕上有简单的麦穗式样的金环，我指手腕。她有着圆润丰满的椭圆形脸庞，您会看见的。她的嘴唇紧闭，富有欺骗性，似乎藏着什么秘密和诡计。她一般喜欢戴宽檐帽，上面有垂下的羽毛，帽子看上去仿佛只是堪堪搭在脑袋和头发上。描述要是还不够明确，那您还可以注意：她用一根细长的黑色狗绳牵着一条灰猎犬，从不放手。我就在邮局这里等您消息了。感谢您愿意帮忙，更不用说您的言行也早已勾起我的兴趣。人流确实在变大，好像有什么庆典。"

"没错，我估计也是。不过我不怎么关心庆典一类的事。"

"为什么呢？"

"每个人都有自己的路！一会儿见！"西蒙一边说着，尽可能快地一头扎进汹涌的人流之中。四面八方都在拥挤推搡，他差不多要被举起来了。但他自己也在挤来挤去，缓慢地穿过熙熙攘攘的身躯和面颊，乐在其中。终于，他成功来到一座岛屿，也就是说，来到一小片空地。他正环视着，突然看见了克拉拉夫人，手里确实牵着一条狗。自从搬进她的房子，西蒙还没怎么关注过这位夫人，也完全不知道她有遛狗的习惯。

"有一位先生在找您。"他在克拉拉夫人留意到他的时候说道。

"也许是我丈夫，"她答道，"来吧，我们一起走。他突然从旅行中折返了，连封信都没给我写，总是这样。您是怎么认识他的？又是怎么接到委托，去寻找一位女士的呢？您真的很特别，西蒙。什么？您辞职不干了？好吧，那现在您要做什么呢？跟我来！从这儿穿过去！这里更好走！我要把您介绍给我先生。"

他们决定在剧院里度过这个夜晚。卡什帕接到通知，准时到达剧院。剧院的白色大楼非常雄伟，耸立在湖畔。帷幕升起时，只能看到一片灰色的空间，其余什么都没有，但这个空间很快便苏醒过来。裸露大腿和手臂的女舞者登场，伴随轻柔的音乐起舞。一件翻飞、飘逸的轻绡长裙包裹着她的身躯，仿佛要飘浮在空中，再次描摹舞蹈的线条。观众从舞蹈中感受到的是全然的纯洁与优美，没有任何人会对少女的裸体产生丝毫龌龊淫荡的念头。她的舞姿常常只是迈步，但仍是舞动。某一时刻，舞者似乎要随着律动将自己抛入空中。比如，每当她抬腿，勾起柔美的足弓，呈现出前所未有的自然姿态时，都会让所有人想道：我曾见过，可究竟是在哪儿呢？难道只是梦见过吗？少女的舞蹈繁复而自然。的确，若是按照芭蕾的标准来看，其艺术性也许并不是太高，她的能力和技艺也远不如其他女性舞者。但她拥有一种艺术，用未经雕琢的、少女含羞的娇媚，让人心醉神迷。她的俯身甜美却有力，起身时划过一道高高的弧线，所有见证其狂野而纯洁的动作之人都陶醉其中。她流畅的运动也让自己激动了起来，随音乐不断变换摆动，双手就像两只曼妙翩飞的白鸽。少女微笑着舞蹈，自己一定也很愉悦。这种无艺术技巧的质朴，恰恰让人体会到无上的艺术。她一会儿飞跃起来，一个柔软的大跳，像是被追猎的小鹿，一拍接着一拍。她跳起舞来好似海浪飞溅，洒落在低矮的岸边。一会儿，她又如阳光照射的浪花，宽广有力；时而如湖中央的微波，时而又像颤悠悠的碎石团块；变化多端，始终饱含深情。所有观众的感官都随之舞动，满怀喜悦或痛苦。一些人看着舞蹈，抑制住眼里的泪水，这是纯粹共同沉浸、共同舞蹈的泪水。女孩结束舞蹈，看到尊敬的女士们热情地站起身来，挥舞着手帕，把鲜花扔进舞池向她致敬，多么美好。"做我们的姐妹吧。"每个微笑都带着这样的请求。"要是你愿做我的女儿该多好呀！"一位女士似乎这样欢呼道。凝视着空旷舞台上的小小身躯，数百位观众忘却了边界，忘却了舞台隔板。无数手臂在空中挥舞，仿佛在亲切抚摸；无数人招手示意，浑身颤抖，向舞台上喊话成了纯粹的喜悦。即便是冷冰冰的金色塑像也显出益然生机，它们手中的月桂树枝好似要为一人加冕。西蒙从未见过如此华美的剧院，克拉拉沉醉其中。今晚，有谁能不沉醉呢？只有阿加派亚先生始终平静，一言不发。卡什帕说："要是我画出这喝彩，肯定会是一幅壮丽的画。""可是很难，"西蒙说，"喜悦的芬芳和光芒，迷醉的闪亮，冷漠和温暖，确切与模糊，香气中的颜色和形状，金色和浓重的红色，要淹没在所有颜色中。还有舞台上那个极乐的小女孩，那小小的焦点、女士的衣裙、男人的面容、包厢，以及其他所有东西，真的，卡什帕，相当难画。"

克拉拉道："想想外面寂静的风光，森林、山丘、广袤的草地，再看看此刻自己正坐在其中的耀眼剧院。多么奇妙。但也许一切皆是自然：无论是外面的宏大与静谧，还是人们创造的渺小和动态，剧院也是自然。大自然号召我们去建造的，也只能是自然，当然，可能是其某个变种。文化若是都能如此精巧，便也成为自然了，因为它同样需要经年累月才能慢慢形成，甚至也始终依附于自然的存在。卡什帕，您作画的时候也是自然，因为您在用感官和手指描绘，二者皆从自然而来。不，我们最好感念、热爱甚至朝拜自然——如果我能这么说的话。毕竟人们总要有地方祈祷，不然就会变坏。

若我们能爱上身边的自然就好了！这是一种福祉，推动我们数百年来狂飙突进，让我们的地球有条不紊地转动；一种福祉，让我们更强烈地感知到生活的极乐。因而，我们必须在无数的瞬间千百次捕捉、把握这种福祉——我又知道什么啊！"——

她讲话时简直要鼻端出火。"我说得有道理吗？"她问卡什帕。

卡什帕没有回答。他们慢慢踱出剧院大门，走上了回家的路。

西蒙与阿加派亚先生领先他们几步。

"跟我讲点什么吧。"克拉拉央求同行者。

"我有个同行叫埃尔温，"卡什帕说着，走到女人的身侧，"他没什么天分，或者也许曾经只在少年初期天赋异禀。然而，尽管他的画作从未获得过一丁点成功，他还是着了魔似的热爱艺术。他认为自己所有的画作都不好，事实也确实如此，可他还是坚持了很多年。他不断刮掉颜料重画。像他这样热爱自然，断然是折磨和损害；因为人的理智趋利避害，会远离对象的取笑、愚弄和蹂躏，哪怕那个对象是自然。当然，艺术并不是施虐者，他自己对艺术及世界的那点可怜见解，才是折磨他的罪魁祸首。埃尔温很喜欢我。早在初学阶段，我们俩就一起画画了。我们一起在草地上嬉戏打闹，回想起那段'神圣'时光，树下那些开到最丰满处的华丽花朵总是历历在目。'神圣'这个词是埃尔温在盲目的过分热情之中创造出来的，每当他立足风光前，自然的美丽都会远超其理解能力。'卡什帕，快来看这神圣的风景。'这样的话他对我说了不知几百遍。当时，他虽然已经能创作出相当漂亮的画作，却还是辛辣刻薄、毫不留情地批评自己。他毁尽已完成的作品，只留下失败品，视为珍贵之物。他的天赋不断被自我怀疑痛苦地折磨着，直到在虐待中最终干枯、萎缩，像一口被太阳暴晒至枯竭的井。我时常建议他低价卖出已完成的画作，可就因为我这种'苛求'，他几乎要与我断绝友谊。他对我的惊奇与日俱增，不明白为何我能如此轻易甚至草率地继续画下去，但也不得不承认自己欣赏我的天赋。他希望我能更严肃地对待艺术，我回答，在艺术实践中，完成一件作品需要勤奋，以及快乐的热情和对自然的观察。我提醒他，做一件事的时候，要警惕过度神圣庄严的态度及其必将带来的损害。他真的信了我，却太过虚弱，没法从他紧紧咬合的那种执拗的严肃中挣脱出来。之后我去远行，他寄来一封怀有深切想念的信，埋怨我的离开。他说我是唯一能够振奋他的人，想让我回去，要么就恳求我带上他，一起旅行。他确实跟着来了，即使我经常对他冷嘲热讽、颐指气使，他还是像我的一道阴影一样，终日跟在我后面。他讨厌女人，躲避她们，担心女人会让他偏离使命中的神圣性。我常因此取笑他，对待他的态度可谓相当轻蔑。他画得越来越笨拙，越来越沉迷于研究。我劝他别研究那么多，要多动笔，熟悉笔触。他试着做了，每每看到我漫不经心的'随心创作'便要落泪。我们一同前往我的家乡，您知道的！翻越连绵的高山，抵达幽深的峡谷，再陡然回升。对我而言，这是触手可及的乐趣，一种享受：呼吸微微加速，双腿更加卖力，就这样。埃尔温几乎走不动路：真的，在艺术追求的沉溺中，他的体力已经折损殆尽了。有一天，大约傍晚的时候，我们站在一片高山牧场上眺望远方，透过冷杉树的枝丫，家乡的三处湖泊尽现眼前。巍然奇观引得埃尔温惊叹连连，景色确实秀美非凡。脚下铁路轰鸣作响，钟声也沿山脊传上来。看不到城市，但我伸出手，为埃尔温指了指城市所在的方位。湖泊蔓延开来，像是侯爵夫人温柔闪耀的长裙，被壮阔的山脊线环绕。迷人的娇小湖岸，远在天边却又似乎近在眼前。这天晚上回家的时候，我们满身尘土，饥肠辘辘。我姐姐很喜欢这位远道而来的寡言客人。大概是三年前的事情吧，随着时间推移，她愈发挂念埃尔温，我有理由相信，她心中已燃起对他的沉静爱意。我与她爱惜之人的相处方式深深刺痛了她，每次我带着打趣的语调说起他，她都请我讲话客气、尊重一些。这可怜鬼终于渐渐受不了了，某天告了别。他肯定在我姐姐的日记里留了言。这一切多可笑，又多叫人印象深刻啊。也许他在本子上写的时候，也曾思绪万千地把手搁在上面，畅想过自己与她的未来。艺术为他贡献了什么？我有些担心姐姐会大闹一场，但她只是真挚仁善地看着他，与他告别，而他不敢与之对视。他是不是觉得自己像个可怜虫？也许吧。也许他根本不相信女孩子会爱上他，会想让他成为自己的丈夫，因为他脸上有一块胎记，贯穿整个面部。但在我眼中，那块胎记只增添了他的高贵，我也很乐意看他。我们继续游历。一天，他问起是否能给我的姐姐写信。'这跟我有什么关系，'我喊道，'想写就写呀！'他又回到家里，回到死气沉沉的学院教授氛围当中去。我可怜他，但与他分别时还是很冷淡，至少我摆出了一副冷脸。热切面对自己怜悯的人，让我浑身难受。他写了几封信，我没有回复，他现在仍然在写，我也仍然没有回。他在绝望之中依赖着我。回信有必要吗？他已经迷失了，绝不会有半分进步。他现在的画作都很可怕。从未有人像他一样，与我有过如此紧密的联系，每当我想起我俩被大自然吸引的那段日子！世界上的一切都转瞬即逝啊。人要创造，创造，不断创造，创造而非怜悯才是人存在的目的。"

"可怜人哟，"克拉拉说，"我同情他。他要是在这里，要是生了病，我愿意照顾他。失意的艺术家就像失意的国王，知道自己毫无天赋会让他灵魂深处多么痛苦啊，我完全能想象。苦命人哟。既然您没时间与他共情，我想和他做朋友。我有的是时间。世上怎会还有如此苦命之人啊！"

卡什帕第一次握住了她的手，喃喃道："您真好！"

森林是一片深沉的墨色，万物昏暗，房子是昏暗中一块更暗的斑点。西蒙和阿加派亚在门前等待另外两人。

"他们不会来了。走吧，我们进屋。"

"我想立刻躺下睡觉。"西蒙说。

正当他上床躺着、准备闭上眼睛的时候，突然听到了一声枪响。他吓了一跳，惊魂未定，连忙打开窗户向外看去。"发生什么了？"他朝下喊道，但林中只有自己声音的回响。林子笼罩在一片毛骨悚然的死寂之中。突然，他好像听到一个男人的声音从下面传来："没什么，您睡吧。非常抱歉，吓到您了。我习惯在夜间的树林里射击，听着枪声的鸣响与回音自娱自乐。有些人在周身寂静的时候喜欢吹口哨解闷，我则会打枪。您大开着窗子，当心别着凉了，深夜温度比较低。一会儿您再听见枪鸣就不会害怕了。我还在等妻子回来。晚安，睡个好觉。"西蒙重新躺倒，却没了睡意。男人的声音很特别，平缓得让人惊奇。如此冰冷，虽然实际上仍然和气，但平缓之中透着冰冷。肯定有所隐瞒，不过也许只是他不了解这个男人的习惯。"谁知道呢，今天的怪人怪癖已经够多了，"西蒙暗自想道，"生活太过平淡无聊，需要多来点怪人。人一不留神就成了罕见的怪人。阿加派亚习惯了稀奇，可能压根儿不觉得自己有什么古怪。他只当是运动，没什么怪念头。不管了，现在我得试着睡觉。"——但总有其他想法冒出来，都跟夜晚有关。他想起幼小的孩子不敢走进黑暗的房间，无法在黑暗中入睡。父母向他们灌输关于夜晚的可怖与恐惧，还会将顽皮的孩子们关进无声的小黑屋作为惩罚。孩子在一片深邃的漆黑中胡乱抓取，却只能触到黑暗。恐惧与黑暗相处甚欢，孩子却不堪其扰。孩子特别擅长感受恐惧，恐惧越来越多，不断侵袭着幼小的心灵，它巨大、浓厚，令人窒息；孩子也许想要哭喊，却又不敢。这种"不敢"进一步助长了恐惧；因为如果吓得连喊都喊不出来，那必然有极其可怕的东西。孩子觉得有人在暗中偷听。想想这样一个惨兮兮的孩子，多凄惨。他那可怜的小耳朵努力听着周遭响动，哪怕是千分之一的小动静。站在黑暗中静听的时候，什么都听不到更吓人。尤其是倾耳静听，却几乎只能听到自己的聆听。孩子不得不竖起耳朵，有时能听见响动，有时只是单纯在听，在这无名的恐惧之中，他尚且还能分辨二者。人们说"听见"，就是说真的听到了什么；但说起"听"，则只是徒劳地在听，想听见，却什么都听不见。"听"是孩子的事，是因淘气而被关进小黑屋的惩罚。现在想象一下，有人悄悄走近，脚步几不可闻。算了，还是别想了。最好别想了。想象这种事的人会跟孩子们一样死于惊恐。孩子们的灵魂极其柔软，怎能给这么柔软的灵魂以如此可怕的东西呢！父母，父母！不要把不听话的孩子关进小黑屋，除非你们事先教过他们不要畏惧黑暗，而是要感受其亲切可爱——

今晚还可能发生一些事情，但现在西蒙不再恐惧。他睡着了。早晨醒来时，他看见哥哥正安静地睡在床上，就躺在自己身旁，几乎要亲到他。为了不吵醒沉睡的人，西蒙轻手轻脚地穿好衣服，悄悄打开门下了楼，正好撞见克拉拉。看上去她已经在这里等了一段时间了。西蒙还没来得及道早安，女人就一把搂住他的脖子，她似乎内心波涛汹涌，扯着他充满爱意地又亲又抱。"我也想亲你，你是他弟弟。"克拉拉急切而喜悦地低声道。

"他还在睡。"西蒙说。他习惯于温和地推开不属于自己的柔情蜜意，空气中的安静却让她的灵魂更加激荡。克拉拉不让西蒙走，反而愈加紧紧抓住他贴着自己，用双手抱住他的头，重重地亲吻其额头和面颊。"我对你的爱与对你哥哥的爱一样多，你现在也是我的弟弟。我拥有的既少又多，看看你！我一无所有，已经全部献出。你要躲开吗？

不，你不会，别这样！你的心属于我，我知道的。得一知己如你，我内心富足。你比所有人都爱你哥哥，强烈而坚决地爱着。跟我讲讲你自己吧，我眼中的你无比可爱，和他完全不同，让人无从描述。他也这么说，觉得几乎没法理解你。然而人们又总是对你投入彻底的信任。亲亲我。我是你的，无论你的心想要我怎样。你的心灵体现着你的美好之处。什么都别说。我理解人们都不理解你，但你理解万事万物。你喜欢我，承认吧，不，不要承认。不重要，一点都不重要。你的眼睛已经说了'是'，我早就意识到了。我早就知道有你这样的人，请你不要强迫自己走向冷漠。他在睡吗？噢不，别走。我还要再跟你争辩一会儿，我是个蠢女人，很蠢很蠢，是不是？"

　　她本打算继续用这样的语气说下去，可西蒙非常委婉地拒绝了，用他一贯的方式，说自己想去散散步。她目送他离开，后者却一点都不在意她的眼神。"她若需要我帮忙，我肯定乐意效劳，肯定的！"他对自己说，"如有必要，也许我会放弃生命，如果这能让她安好，很可能！没错，毋庸置疑，我定会为这样一位妙人披荆斩棘。她值得。简而言之：她征服了我，很显然，但继续沉思下去又有什么意义呢？我得想想别的事情。比如今早我很高兴，感受到自己的四肢如精致灵巧的铁丝。每每感受到四肢，我都很高兴，不会再想起世界上的其他人，无论是女性还是男性，谁都不想。啊，阳光明媚的清晨森林是多么美妙！自由是多么美妙！也许有的灵魂此刻正思念着我，也可能没有，无论如何，我的灵魂一无所想。这样的早晨总会唤醒我身上的某种野性，但没什么坏处，相反，这是忘我地享受自然的基础。好极了，好极了。阳光点亮青草，白亮的天空灼烧大地。今天的我也许同样会变得柔软。我想起别人的时候总是很强硬，但现在的状态更宝贵。可爱的早晨，我应该唱首歌。是啊，我自己就是首歌。我更想大喊大叫，像鬼怪一样四处乱跑，或者像那个蠢货阿加派亚一样乱放子弹。"

　　他把自己放倒在草地上，开始做梦。

第四章

这天早上，卡什帕和克拉拉在湖上划着一艘五彩斑斓的小艇。湖面水平如镜。前方不时有小小的蒸汽船游弋，泛起阵阵微波，他们就这么穿过涟漪。克拉拉穿着一条雪白的长裙，宽大的袖子挂在曼妙的臂弯上，一直垂到她的手上。她摘了帽子，散开头发，用手随意拨弄几下，动作优雅迷人。她的嘴唇正对着面前年轻男人的嘴唇微笑。她不知道要说什么，也什么都不想说。"湖水真美啊，像天空一样。"她说。她的额头就像周围的湖泊、岸边和明朗的天空一样平静。苍穹之上，一片芬芳而闪烁的白色流淌过湛蓝，稍微模糊了蓝色，让它变得更为雅致、游移、柔和、迷人。太阳被遮蔽一半，收敛着光芒，似在梦中。万物都羞怯迟疑。微风拂动，吹过他们的头发和面颊。卡什帕脸色严肃，但并不忧虑。他费力划了会儿桨，便放手让舵自行运转了。小船失去引导，晃晃悠悠地继续漂荡。他转向沉落的城市，看见塔楼和千家万户的屋脊在隐绰的阳光下发出微光，看见勤劳的人们匆匆走过一座座桥梁。手推车和汽车紧随其后，有轨电车伴着独特的声响隆隆跃过。电线嗡嗡作响，马鞭声噼啪划过空气，远方某处传来鸣笛声和巨大的回响。十一点的钟声打破近处的寂静，一直穿过遥远、颤动的喧嚣。两人都从白昼、清晨、声音和颜色中感到无言的愉悦。一切都汇聚成了一种领悟，一种声音！爱者，就像此刻的他们，听见万物都交叠成一种独特的音调。克拉拉怀里抱着一束朴素的花，卡什帕脱去大衣，继续划桨。到了正午，所有工作的职员都四散开来，像一群蚂蚁一样走上不同方向的街道。白色的桥上挤满移动的黑点。你要是想到这些黑点都有嘴巴，现在要享用午餐，准会不由自主地放声大笑。这是一幅怎样的生活图景啊，他们边笑边想。两人现在也打算返航了，生而为人，总归还是会饿的；越是靠近岸边，那群蚂蚁就越大；随后他们下了船，也与其他人一样，成了黑点中的一员。但他们是带着无上的喜悦蹦跳着溜达过青翠树木的。很多人惊奇地看着这奇怪的一对：女人一袭白裙拖地，小伙子则粗野放荡，连裤子都穿得乱七八糟，怪异荒诞，与相伴的女士简直天差地别。人们习惯于搞错身边的人，或者对其感到愤慨。突然，一个人欢喜地朝卡什帕大步走来。确实，那人有充分的理由要以这种方式打招呼：他就是克劳斯，与自己的弟弟已多年未见了。他身后跟着妹妹和一个男人，他们相互致意。陌生男人名叫塞巴斯蒂安。

　　此刻，西蒙正坐在不足千步远的一家小餐馆中，里面挤满了形形色色的食客，所有饭菜都很便宜，所有人都吃得很快。西蒙就喜欢这种缺乏舒适和典雅的地方，况且他也得掂量掂量手里的钱才行。小餐馆是一群女人开的，她们精打细算，堪称是节省和公共福利的联盟。事实上，进来吃饭的人不得不对这低廉的清汤寡水心满意足。只要排除某些微不足道的狭隘不满，多数时候，所有人都很满意。常客们似乎都很享受这里的餐食：一碗汤、一块面包、一份肉、一份蔬菜，以及极为娇小的一块甜点。一般来说，这里的服务是没什么好期待的，需要加快速度，但总归足够迅速，能够满足源源不断的饥饿食客。每个人都能及时得到餐食，虽然有些人因为期待着更早被投喂而已经有些不耐烦。食物持续不断地被分发、接受、吞食、收走。有些已经饱餐一顿的人，期许着速度别这么快，羡慕地看着那些仍在等餐的人，等待那实际上相当可口、易于下咽的饭菜。干吗吃这么快？这"速吃速决"的习惯真是荒谬。服务员都是些城郊乡村的女孩，特别可爱。这些美妙的造物最初笨手笨脚的，但很快就学会了防御，并且通过拒绝以赢得时间，满足那些极其紧急、焦灼的愿望。这里有这么多愿望，得仔细甄别，精挑细选才行。偶尔，老板娘——捐款人之一也会来到店里，端详人群吃饭。这样一位女士将长柄眼镜架到眼前，打量着饭菜以及用餐的人。

西蒙对这些女士很有好感，每次见她们来时都很高兴。这个场面对他而言就像是一群可爱、仁慈的女人来视察满是贫穷小孩的大厅，来看看这群人如何在盛宴上被款待。"人民难道不就是被管束、监督的大号贫穷小孩吗？"他内心响起这样的呼喊，"这群高贵气派、心肠慈悲的女人来监督，难道不比那些明显是男性英雄意义上的老年暴君更好吗？"——各种各样的人在同一家小餐馆里吃饭，联合成和和气气的一大家子！最多的是女大学生，她们能有时间、有钱到洲际酒店吃饭吗？第二多的是男仆，他们身穿轻便的蓝色罩衫，脚蹬长及大腿的靴子，大胡子乱蓬蓬的，脸上有着多是棱角分明的嘴。这些棱角分明的嘴都是用来做什么的呢？的确，皇家酒店里，一些人的胡子会逐渐在嘴巴一周长出棱形，显然，这里的棱角是为了掩饰圆圆的嘴唇，可这又说明什么？没工作的女仆也来这儿，还有可怜的抄写员，大多是被开除的人。失业者、无家可归者，以及居无定所者都出现在这里。同样，生活遭遇打击的女人也常出没此地，这些妇人留着罕见的发型，面色发青、手指粗壮，眼神大胆而羞怯。所有人，当然包括还能见到的一些狂热的宗教信徒，在这里通常都表现得腼腆害羞、彬彬有礼。人们在吃饭时相互看着别人的脸；没人说话，只有偶尔礼貌的低语。此处是人民福祉和节制赐福的体现。这些可怜人身上怀有些许滑稽、质朴、压抑和释放，他们的言谈举止就像夏天的鸟儿一样斑斓丰富。有些人比气派宅子里最文雅的人还讲究，在他们踏入公共饭堂之前，谁也不知道他们是谁、曾经做过什么。生活难道不就像剧烈摇晃的色子筒一样，把人的命运胡乱投掷吗？西蒙缩在一个小小的角落里，像是纸牌上的草花。他把带蜂蜜的黄油抹在一块面包上吃下，还配了一杯咖啡："日子这么美好，在吃的方面我还有什么其他要求呢？湛蓝的初夏晴空不正穿过窗子，俯视我金色的食物吗？我的饭菜当然是金色的。只需看看蜂蜜：不正是明黄、蜜金的吗？金色如此迷人地流动、环绕在白色小盘子上，用刀尖沾上一点，感觉就像是淘金者发现了珍宝。黄油的乳白配在旁边，也很迷人，然后是美味面包的浅褐，最美的是盛在精致、干净杯子里的咖啡的深棕。这世上还能有比这顿饭更漂亮、更可口的吗？饥饿已充分得到满足，难道还需要在吃饱的基础上，再吃点什么，才能说自己已经吃过了吗？的确有些人把吃变成文化，变成艺术；但现在的我不也是这样吗？当然是啦！只是我的艺术比较简朴，我的文化更加精细敏感，因为单从这一点点东西上，我就能比那些饕餮、那些'吃得停不下来'的人体会到更强烈、丰富的感受。况且，一顿饭吃太久也不是我的风格，时间一长，胃口便丧尽。我更愿意不断重新体会吃的愉悦，所以我吃得少而精。而且，能一直与陌生人聊天也让人胃口大开。"

西蒙刚胡思乱想、喃喃自语了一阵，一个上了年纪的白发男人就坐在了他旁边的空位上。老人苍白的脸灰败憔悴，鼻子里有水要滴下来，更确切地说，是有一大滴鼻涕挂在上面，落不下来，但摇摇欲坠。人们总觉得要看见它掉下来，可它就这么一直挂在那里。男人点了一盘水煮土豆，只有这一道菜。他小心翼翼地用刀尖撒盐，大费周折又不失惬意地吃着。不过在这之前，他先是双手合十，向上帝祷告。西蒙打算搞个小小的恶作剧：他悄悄向服务员小姑娘点了一份烤肉，烤肉上来的时候肯定会放在男人面前，西蒙就等着在男人一脸惊讶的时候放声大笑。

"您为什么要在吃饭前祷告呢？"西蒙随口问道。

"祷告是因为需要。"老人说。

"那我很高兴能看到您祷告。我只是很好奇，究竟是什么感觉推动您这么做的。"

"很多感觉，年轻的先生！比如您肯定不做祷告，如今的年轻人没时间，也没意愿，我能理解。祷告只是习惯成自然了，我习惯了它，它也给予我慰藉。"

"您一直都很贫穷吗？"

"一直如此。"——

男人说话时，克拉拉夫人的倩影出现在了潮湿发霉却也算干净的小食店里。所有的手，握着叉子的、舀着勺子的、拿着刀子的、端着杯柄的，全都停顿了一瞬，片刻后才继续动作。每个人都张着嘴，眼睛紧紧黏在那道身影上。她看上去跟这间屋子不怎么搭调，不知在寻找什么。她是位完美的女士，在此刻甚至更加无瑕。西蒙的眼睛和感知都觉得她像敞开、飘浮的穹宇之上出现的天使，正飘落大地，探访各处的灰暗洞穴，仅凭自己的绝妙外形就能给那里的居民带来幸福。这正是西蒙一直设想的慈善家形象，她来看望那些不幸者和穷人，他们除了满腹忧愁以外一无所有，好像每时每刻都在被荆条抽打后背。在这样一所慈善机构，克拉拉似乎很乐意扮演一位高贵的、远程飞来的、不食人间烟火的遥远生物，仿佛从另一阶层、另一世界越界而来。正是这种流光溢彩引得所有人畏畏缩缩，大张着眼睛，快要喘不上气，得用一只手扶着，才能避免另一只手因为剧烈抖动而把餐刀掉下去。克拉拉的美丽让这些人顿时痛苦地想到、意识到，这世上除了繁重的工作，除了每日为面包忧愁以外，也许还有其他东西。如此健康，如此丰满、繁盛、微笑的魅力，几乎早已从他们的想象中消失殆尽；生活流散在黯淡、脏污的日常中，磨损在忧心忡忡里，绕着卑微低贱打转。这一切都发生在他们身上，即使不是每个人都这么明显，但他们全都备受折磨；折磨在于，看见了美，想要沉醉于其散发的香气中，然而，只要谁胆敢对其微笑回报以微笑，这种美也会置人于死地。因此，所有人都不由自主地开始龇牙咧嘴，向高高在上的女人露出狰狞的表情，因为每个人都坐在低矮的椅子上，卡在闭塞的空间中，只有她站在高处，站得笔直，俯视所有人。她似乎在找什么人。西蒙躲在他的小角落里没动，目不转睛地微笑着看这个环顾四周的女人。虽然屋子相对不大，但她好长时间都没发现他；要习惯这打乱的、混成一团的黑压压的场面，锁定自己熟悉的身影而不去注意其他人，还是很费劲的。她几乎快要放弃了，正不耐烦地打算转身离开，目光恰好扫过西蒙，认出了他。"您在这里坐着呢，就挤在这么一个小角落里?"她一边说,一边雀跃不已地在他身边坐下,在年轻朋友和那个鼻子总挂着大鼻涕的老男人中间。白发老人已经睡着了。这种小酒馆里不许睡觉,但老年人在饭后睡着实在是稀松平常,因为他们更容易感到疲惫,也更难以控制疲惫感。也许老人已经在城里的各种路上走了很久,徒劳无功;也许他想找份工作,尝试了所有能想到的、哪怕机会渺茫的地方。他越来越疲惫,却还是想在这天做点什么,便花了最后一点力气爬上了山——城市一直延伸到山腰上。然而在那里,他同样被迅速支开了,就像在山下一样;于是他又下山,心如死灰,精疲力竭,直到来到这里。这个老人可能仍然想找工作,如人们猜想的那样:他,一个耄耋老人,仍然抱有工作的意志。只是这么想想就已经足够凄惨可怕,这种念头却又很容易出现。老人出了小酒馆便无家可归,即使在这里也只能待上个把小时,因为不久之后就要关门了。也许这就是他祈祷的原因:为艰难困苦的处境制造一点点轻柔平静的旋律。因此他说:"我需要祷告。"根本不是出于什么虔诚，而是纯粹出于悲伤的需要。他想要感受到被一只手爱抚，感受到儿子或女儿的手，轻轻地、安慰地抚平他可怜额头上的皱纹。也许他有个女儿，但现在呢？看到身边坐着的老人这样手托着脑袋、睡得一动不动时，人们很容易生出这些念头。克拉拉说："西蒙，您的兄弟来了，穿着官员制服，还有您的姐妹，以及一位叫塞巴斯蒂安的先生。"一听此话，西蒙便去付了自己欠的账，两人一起离开了。他们走后，一个服务员注意到了睡着的男人，狠狠摇晃着他，尖酸刻薄地说："不准睡觉！您！听见了吗？这里不准睡觉！"老人醒了。

那个白天后的晚上妙不可言。全世界都绕着秀丽的湖滨信步闲游，上有阔叶树木遮挡。伴随低声闲谈的快活人群散步，仿佛身处童话之中。整座城市在落日中仿佛燃起熊熊火焰，而后焦灼，在沉落的红霞和余晖中变得黑暗。夏日的太阳有着些许奇异与冲动。湖水在昏暗中亮起微光，众多灯火在静水深处闪烁。座座桥梁都显出娇媚身段，走在桥上便能看见下方水面上黑黢黢的小船穿行而过，轻舟上的少女身穿浅色衣裙。时常还能听到漂荡的扁舟上传来阵阵响亮、悠然、庄严的手风琴声，温暖的声音正与夜色相宜。琴声逐渐消失在漆黑中，继而重新响起，明亮而温暖，低沉又动人。这简单的乐器听上去似乎遥不可及，不知是哪位船夫在演奏！黑夜似乎正变得越来越浩大深沉。遥远的对岸闪烁着几家村舍灯火，就像女王沉重的深色长袍上的宝石微微闪出的红光。整片土地好似散发着芬芳，如沉睡的少女静卧。夜空巨大、昏暗的穹隆在所有人眼前铺展开来，笼罩在山脉和灯火之上。湖面失去了空间，被天空合抱、围拢、笼罩。人群聚集，年轻人扎堆，所有长椅上密密麻麻地挤满安静、沉默的人。这里也不乏翩翩起舞、骄傲地卖弄风情的女士，还有身后紧盯着女人们的男人，他们总是稍做犹豫，随后又蜂拥向前，直到最终鼓起勇气，或者找到与女士们攀谈的话题。那晚，许多人都如俗语所说的，碰了一鼻子灰。

西蒙满心欢喜地走在克劳斯旁边，这位兄长

问个不停，西蒙都一一做出了简单合适的回答，让对方确信自己还未彻底变成什么失足少年。克劳斯像个无知小儿一般询问着生活点滴，也怀有一丝亲切的忧虑。面对成熟的哥哥，西蒙的语气带上了某种骄傲，同时又透露出恭顺屈从。他们自然而然地说着雅致、拗口的长句，克劳斯很高兴见到弟弟在一些事情上很有见地，他还以为西蒙会在这种情况下冷嘲热讽呢。"很长时间以来，我都没想过你会这么认真！"西蒙答道："很多事情，我的确不习惯严肃对待。我喜欢把事情藏在心里，因为我认为，倘若命中注定——我是说，也许一个人偏偏被选中了要扮小丑——那么，摆出严肃面孔又有何用呢？有很多很多命运的因素，在它们面前我不得不低头，除此之外没得选。不过话又说回来，确实应该有人来指责我的手足无措与垂头丧气，我跟许多人都讲过这些内心所想。"——西蒙说这话的时候，语句流畅，重音清晰，且完全安定友善，让克劳斯根本没把这些话当作厌世之语，反而认为弟弟年轻的灵魂正尝试着认清自己的处境与世界的关系。他确信西蒙本性精明能干，但有点担心这种本性只浮于表面，仿佛只是轻易、随性、招摇地环绕着他的弟弟，而并未如他所愿，深深植根于其内心。毕竟，这样一个灵魂若是想在说话时变得热情似火，简直轻而易举。他能刻画出老实又精明的世界，让自己都陶醉其中数小时，尤其还是在这样久别重逢的场合。不过，克劳斯还是对弟弟很满意，交谈时也明显带着愉悦，讲了各种安慰的好话。克拉拉和卡什帕紧紧贴在一起，落在后面有一段距离。画家沉醉在夜色的美妙和音乐中，想象着马匹驮着苗条漂亮的女骑手，从夜的花园疾驰而过。她穿着及地长衣，衣摆与马蹄交织共舞。接着他笑了，对万物发笑，那是一种放肆任性、毫无拘束的大笑，对人群、对风光，单纯对眼前的一切发笑。克拉拉完全没想试着平息他，正相反，飒爽才俊的豪放不羁让她乐在其中。她是如此喜爱身旁的少年，爱其放浪，甚至爱其孩子气的天性中的自负，这种天性逐渐转换成了男子气概。他喋喋不休，谈天论地。别人这么做只会让她觉得滑稽且笨拙，但放在他身上便显得可爱。究竟是什么原因，让这个人在所有场合都无条件吸引她的视线——无论是手势或举止、所做或未做的、说话或沉默？在她眼里，卡什帕胜过所有其他男人，在所有人中出类拔萃，却又还不是一个男人。她该怎么形容他的步态呢？有些幼稚傻气，却又充满威严。年轻人周身毫无喧闹激动的痕迹，反而有种羞怯、愚笨、深刻的孩子气。如此沉静，却又能迅猛如烈火燎原！她看见他的发丝在黑暗中光芒四射，充满青春活力。此外，他的步子和头颅扬起的样子，也都带着质朴、疑惑、沉思的骄傲。这样的少年若是想念某人，脑中必有无限梦幻。卡什帕逐渐陷入沉默。她一直注视着他，一直！此夜，此地，四周满是漫游的人群，她注视着可爱的他，如此可爱，让人不能自持。她觉得注视比亲吻更美妙。他的嘴唇轻启，似乎带着痛苦；他的脑袋里当然没想什么，一无所想，一片空白，一言不发，仅凭嘴唇的位置就给人留下痛苦的印象。他的眼睛冰冷而平静，望向远方，似乎那里有什么更好看的东西。眼睛似乎在说:"我们,我们看见了美;你们这些俗人的眼睛,不要白费力气了,你们永远看不到我们看见的东西!"他的眉毛微微弯出迷人的弧度,忧心忡忡,如同天使伏在孩子——那双眼睛——身上。那双向外张望、凝视世界的眼睛,好像每个瞥眼的瞬间都有可能受伤。"确实,每个人的眼睛都是最容易受伤的部位。每当我注视他的眼睛,都会感到彻骨的疼痛,仿佛已看到它们为碎片所伤。这双眼睛那么大,远远便能看见,漫不经心,无忧无虑,始终大张着;多么脆弱啊!"她哀叹道。克拉拉不曾知道他是否爱自己,但又有什么关系呢?她,她爱他,这就够了,是的,只能如此,她忍不住要落泪。这时,西蒙和克劳斯折返回来找寻其他人。克拉拉尽力压下千头万绪,拉住西蒙的胳膊,与他一起走在前面。"让我看看你的眼睛,西蒙,你的眼睛真美,沐浴在你的目光里,仿佛在万籁俱寂时躺在床上祷告。"她对他说。

克劳斯和卡什帕沉默不语地走着。自打几年前爆发的一次小争执后,他们便不愿理解彼此,从那以后没再见过面，通信也中断了。这件事一直压在克劳斯心里，但卡什帕相当淡然，认为这是一种必然。他对自己说，万物自有秩序，自己不被哥哥理解也是如此。他不愿回转目光，回溯过去的事物。而且，那些事物已然流逝，继续忧心毫无意义。他属于一直向前进发的人，认为追忆老旧的关系有害无益。现在，面对卡什帕的沉默，克劳斯再也受不了了，便开口谈起弟弟的艺术，鼓励他去一次意大利，去获得艺术家应有的成熟完满。

卡什帕大喊道："我宁愿马上被魔鬼接走！去意大利？为什么要去意大利！难不成我有病，要在那橘子和石松的国度疗养？我如果能待在这里，而且浑身舒畅，为何还要去意大利？难道我在意大利能比在这里画得更好吗？难道我在这里不能画画吗？你认为意大利很美，我便必须前往。好吧，这里还不够美吗？在这儿，在我生活、工作的地方，我看到无数美丽的事物，而等我自己早已腐烂朽坏的时候，它们还能留存下来——那里会比这儿更美吗？如果想要创作，怎可能去意大利？意大利的美景必然胜过这里的吗？也许它们只是更精致讲究，正因如此，我一眼都不想看。六十年后，我若到了能够画出一朵浪花、一片云彩、一棵树或一片田野的地步，让我们再看看不去意大利是不是明智的选择吧。那些神庙的支柱、满世界都是的市政厅、喷泉和拱门、石松和月桂树、意大利服装和宏伟建筑，非看不可吗？不看有什么损失吗？人的眼睛一定要吞噬万物？每次有人期望我前往意大利，以成为更好的画家时，我都会极其愤怒。意大利是我们的陷阱，只有我们蠢如高塔、不可理喻才会跌落进去。如果意大利人想要绘画或者作诗，他们会来我们这里吗？沉溺于过去的文化对我有什么好处？难道我的精神真能由此拓展吗？不，我只会把自己的精神搞坏、搞弱。倘若古老、沉落的文化当真如此辉煌，如果它在活力和宏伟上远胜过我们，那我准不会像鼹鼠一样好奇地窥探，而是从相关且有趣的书本中观摩，书本无论何时都会为我所用。可消逝之物早已不再那么珍贵；因为我体察周遭，在我们这常常被贬低为不美、不可爱的当代，不乏让我着迷的大批图景，还有充盈双眼的美好。人们对意大利之旅的狂热让我气愤不已，怒火要冲出皮肤。可能我搞错了，但即使有二十个粗暴的魔鬼在我周围散发臭气，挥舞着丑陋的叉子，也休想带我到意大利去。"

卡什帕对待事物的激烈态度让克劳斯很是震惊和悲伤。他总是这样，因为这种行事方式，别人无法预见该如何跟他缔结良好的关系。克劳斯沉默下来，伸出手，因为两人已经到了他的住所。

回到单调的房间，他对自己说："如今我又一次失去了他，就因为完全无辜、善意的，但实际上不够严谨的意见。我对他了解得太少，仅此而已，而且我也许永远都不会了解他。我们的生活轨道差之千里。也许未来某一天我们还会相见，在谁也猜不透的未来。我们必须等待，承受这一切，慢慢长成更成熟、更好的人。"他觉得自己实在是太孤独了，于是决定不久后再次启程，返回自己的工作地。

第五章

塞巴斯蒂安是位年轻的诗人，此时正在一小块舞台上，对着下面的听众朗读自己的诗作，不时在激情澎湃中加上些玩笑。他少年时期就从父母家逃走了，十六岁时在巴黎生活，直到二十岁才归家。他父亲是小城的乐队指挥，三兄弟的姐姐黑德维希也住在那里。塞巴斯蒂安有一种游手好闲的特质，他整日或坐或卧在布满灰尘的阁楼小屋，在晚上睡觉的狭窄小床上四仰八叉，睡前也不费心去整理床铺。父母认为他已误入歧途，随他做想做的事。但钱是不会给的，因为他们觉得花钱迎合儿子的放荡生活并不妥当，也知道他确实会这样做。塞巴斯蒂安不再想着认真学习；他庸庸碌碌，把书夹在胳膊下或装在袋子里，爬上森林环绕的山坡。如果天气允许，他常常就在那里过夜，住进衰败、无人、未经粗暴放肆的牧人征用过的小屋，在比起任何人类文明都更接近天空的牧场，接连数日都不归家。他总是穿着那件破破烂烂的浅黄色西装外套，任胡须肆意生长，却很注重外表的舒适和洁净。比起野蛮生长的理智，他会更悉心打理自己的指甲。众人皆知其俊美潇洒，又因他作诗，人们总将其看作一半可笑、一半忧郁的魔法造物。城中有很多理智之人真诚地同情这个小伙子，如果可以，也真心愿意接纳他。塞巴斯蒂安是卓越的社交能手，所以人们经常邀请他参加自己的社交晚宴。这也稍稍弥补了他在世上无事可做的空虚，好像能满足他对于行动的向往。他拥有非常强烈的工作渴望，但自己早已远远偏离普遍有效的、既定的奋斗轨道了。也许曾经的奋斗太粗野激烈，如今，他明白自己的奋斗没什么意义，便再也不想奋斗了。他在琉特琴上弹奏着自己谱下的歌谣，用温柔的嗓音轻轻伴唱。他唯一受到过的不公待遇——当然也是非常严重的——便是在童年时代被溺爱过甚，以至于自负为神童。骄傲的幻想就这样钻进了男孩的敏感内心！成年女性喜欢与这个无所不知的早熟少年交往，他举手投足都散发着无可比拟的魅力，却牺牲了自己的人性发展。塞巴斯蒂安常说："我的光辉岁月早已远去。"听到如此年轻的人说出这样的话是很可怕的。事实上，倘若他企图过、准备过、完成过什么，也都是带着疲惫、冷漠、三心二意，所以他也没做成过什么事，只是在跟自己玩过家家。有一次，黑德维希对他说："塞巴斯蒂安，听着，我相信您时常为自己哭泣。"他点点头承认。黑德维希怜悯他，有时为了让他更好过一些，会暗中塞给他一点钱或者别的什么东西。所以这次，她也一同踏上小小的旅途，顺便拜访自己的兄弟们。到了傍晚，克拉拉极乐若狂，克劳斯暗自神伤，西蒙怡然自得，卡什帕烦乱忘怀，黑德维希与诗人一起沉默地沿着湖岸慢慢散步。能说什么呢，所以两人都沉默不语。卡什帕走到他们面前：

"我听说您在写一首反映自己生活的诗。如果从未经历过，您如何能描绘生活呢？看看自己吧，您年轻力壮，却打算蜷缩在写字台后面，在诗行中歌颂生活。等您五十岁了再这么干吧，我始终为制造诗句的年轻人感到可惜。这不是工作，而只是游手好闲者藏身的洞穴罢了。若是您生命将尽，经历过伟大与平静，有权回顾错误、美德与迷惘，那我便也不会说什么了。然而，您似乎还没遭受过挫折，似乎从未行过好事。待您决定好要做天使还是罪人之后，再去写诗吧。否则不如不写。"——

卡什帕对塞巴斯蒂安没什么好印象，便想取笑他一番。他完全不能理解那些悲剧性的人物，或者说他太能理解这些人了，理解得过于轻易而深入，所以完全无法做到尊重他们。更何况他今晚本来就心绪烦躁。

黑德维希激动起来，要为可怜的同伴辩护，于是禁不住回嘴道："卡什帕，你这说的可不是什么好话。"她对弟弟大喊，辩护的迫切心情让她的声音热烈而高亢。"也一点都不聪明。所有人都应该因其不幸而得到关爱和尊重，你却以伤害别人为乐。随你嘲笑吧！总有一天你会后悔说出这样的话。要不是我了解你，一定会觉得你粗鲁无礼，十足恶霸。人能如何蹂躏毫无还手之力的可怜人，便也能如何折磨可怜的动物。弱者太容易引发强者施加暴行的欲望。你若感觉强大，自己开心就好，别找弱者的麻烦。把力气滥用在欺负弱者上，只会显示出你的糟糕。自己站稳脚跟还不够，为什么还要踩在别人的脖颈上，践踏那些摇摆不定、苦苦寻觅之人呢？为什么要让他们更加怀疑自己，跌入'对自己绝望'的浪潮中呢？难道自信、勇敢、强力、目标明确之人非要犯下粗暴、冷血、不知趣地对待他人的罪，尽管这些人根本不碍你的道，只是站在那里，渴求地倾听他人所得名誉、尊荣和成功的声响？侮辱渴望之人难道是高贵、良善的吗？诗人多么容易受伤啊，哦，人们永远也不该伤害诗人。顺带说一句，小卡什帕，我才不是针对你，你是什么世界伟人吗？你大概也就是个无名小卒，没有任何资格讥讽同为无名小卒的他人。你与命运角力时，别人正巧也是如此，别去烦扰他们，两个角力者为何还要争个不停呢？简直愚昧不灵。在艺术中，你们两人都会碰到足够多的痛苦，迎来各种各样的危险、迷惘、允诺与失败，难道还要给对方造成更多痛苦吗？说实话，我若是个画家，定会乐于成为诗人的兄弟。我们也不该过早蔑视那些失败者，或那些似乎懒散倦怠、无所事事的人。太阳和诗歌从阴郁长梦中飞升的速度是多么快啊！那时，你们这些鲁莽的蔑视者又该立于何处呢？塞巴斯蒂安在与生活较真，这已构成我们爱他、尊重他的理由了。怎么能嘲笑他柔软的内心呢？真可耻，卡什帕，你要是对姐姐还怀有一丝爱意，就请你别再给我责骂你的机会。我不愿做恶人。我珍视塞巴斯蒂安，因为我知道他拥有承认很多错误的勇气。此外，到处都在闲谈，什么话题都有，你若不愿与我们同行，大可直接走开。你这是什么表情，卡什帕！就因为有个女孩有幸做你姐姐，对你长篇大论，你就生气了吗？别，千万不要，求你了。请你随便嘲笑诗人吧。为什么不呢？是我吹毛求疵了。原谅我。"——

黑暗中，塞巴斯蒂安露出一个纤细、腼腆，

但温柔至极的微笑。黑德维希不住地讨好弟弟，直到他恢复兴致。接着，他滑稽地模仿了一段她的慷慨陈词，惹得三人都捧腹不止，笑声震耳，塞巴斯蒂安尤其笑弯了腰。树下渐渐清净，人们都回了家，灯火在做梦，许多已经熄灭，远方一片漆黑。那边村子的田地上早早就灭了灯；远山静卧，如死亡的黑色躯体；仍有零星几对未归家者，似乎打算整夜都在这苍穹之下闲聊，清醒地度过这段时间。

　　西蒙和克拉拉坐在长椅上，沉浸在低声、漫长的交谈中。他们要说的有那么多，甚至想无止境地聊下去。克拉拉始终在谈卡什帕，西蒙则一直论起身边的女士。被谈论的对象，若正巧是身边或坐或立倾听着的同伴，便会让他有种罕见的开放态度。他打心眼儿里感觉身旁的人最能激发谈话欲，于是就只诉说她，不论及不在场的人。"我们一直谈论他，"她问，"你不觉得难受吗？""不，"西蒙答道，"他的爱就是我的。我总在问自己，我们之中会有人坠入爱河吗？这是件奇妙的事，而我俩也许都不够格。我在书中读到过很多爱情，我爱那些恋人。早在学堂时期，我就数小时地俯在那些书上，和我的恋人们一同激动颤抖、惊慌失措。几乎总是一个骄傲的女人，贵妇人一类的，与一个天性更加执拗不羁的男人，穿衬衣的工人或普通士兵。普通恋人没什么意思。我的感官随着打开书本而复苏，随着合上而消沉。随后我就走进生活，忘却了一切。我开始迷恋自由思想，但仍梦想着经历爱情。如果爱情已然到来却不属于我，那么发脾气又有什么用呢？多么幼稚。我甚至很开心爱情选择的不是我而是别人，我还想先仔细打量一番，之后再经历它。然而我永远无法体验爱情。我想，生活也许对我有别的期许和计划吧，它丢来各种表象，然后迫使我爱上它们。我可以爱你，克拉拉，不过是以其他方式，也许笨拙愚钝。我心知肚明，如果你想，我可以为你赴死，愿意为你赴死，这不是很傻吗？我怎会不为你去死呢？理所当然。我的生命一文不值，他人的生命才有意义。我虽然热爱生命，但也仅仅因为希望有机会体面地丢掉它罢了。说这样的话很蠢吧，是不是？让我亲亲你的双手，这样你就能感觉到我属于你了。我当然不是你的，你也从未从我身上渴求什么，因为压根儿没什么好索取的。但我喜欢你这种女人，你让人怜爱，让人想要送礼。没有更好的礼物，我就献上自己，为你所用，一双腿为你跑前跑后；你若想让人沉默，我便缄口不言；你若需要个无耻骗子，我便满口谎话。还有些更高雅的场景：搀扶你的臂膀，让你不会摔倒；抱你越过水洼，你便不必沾脏双脚。看看我的手臂吧，是不是已经准备好扶稳、抱紧你了？抱起你的时候，你笑，我便随你笑，一个温柔的微笑总能唤起另一个微笑。我送你的礼物既灵活又永恒，因为人是永恒的，哪怕是最普通的人。倘若你已灰飞烟灭、不在人世，我仍属于你。礼物总比收礼者更长久，以便为其主人哀悼。我生来就是礼物，属于某人。要是游荡一日仍寻不到效劳的对象，我就会气急败坏。此刻我属于你，虽然对你而言，我微不足道，而你别无选择。人们习惯于无视礼物，比如我自己一想起礼物，就别提有多蔑视了。我简直厌恶收礼，也正因如此，无人爱我是我至善至明的命运。也许我根本承受不了爱情，只能忍受无情。不应爱上想要爱人的人，否则便会打扰后者的虔诚热忱。所以你看，我很高兴你爱上的是别人，我爱你的道路由此便畅通无阻。我所爱的面庞，是扭头转向另一对象的面庞。而画家的灵魂则痴迷于接受这种转向。感知到的而不是看见的微笑最为美丽，这便是你让我深爱之处。你觉得你不需要取悦我吗？确实：你无须取悦我，大可不必；因为我只能苦苦哀求，没有资格指手画脚。我已经不知道自己在说什么了。"

克拉拉为此表白感动得落泪。她早已把他拉近自己，用晚风中吹得微凉的手抚上他灼热的面颊。"说什么呢，你根本不必开口，我全都知道，都知道，明明白白。"她的语气温柔和煦，好像不小心弄疼了动物之后，要让它们重新产生爱意和依恋。她很快乐，拖长的高亢嗓音中流淌着愉悦，用全身的力气说道："你爱我，真好，现在我必须去爱人了。我会欣然地爱。也许有一天我会变得不幸，但我将在不幸中感受到怎样的快乐啊。女人一生只会有一次因不幸而快乐的经历，但我们了解如何品味这种不幸。我要如何与你倾诉那些苦痛啊。你看，仅仅是说出口就已让我羞愤了。我怎敢把你拴在身畔，怎敢不相信自己的幸运呢？你让人相信，值得相信。一直做我的朋友吧，我的乖孩子。你的头发滑过我的手心，脑袋枕在我的怀中，里面满是关于友谊的深邃思想。我感觉如此美妙，是你带给了我这样的感觉。你一定要亲我，吻我的嘴唇。我会比较你们的亲吻，卡什帕的和你的，你的吻也让我想起他的吻。亲吻确实奇妙非凡。此刻，你不是在用嘴，而是在用灵魂吻我。卡什帕跟你说起过我是如何亲吻他的吗？说起过我是如何恳求他亲吻我的吗？他得换种方式，向你学习亲吻，啊不，为什么他要像你一样亲吻呢？他的吻需要当下的回应，而你的吻让人想再次索取，就像现在这样。继续爱我吧，一直爱我，再吻我一次，让我感受到你属于我，如你所述。亲吻让一切都清晰起来。我们女人想要被教导。西蒙，表面上完全看不出来，原来你这么懂女人。起来吧，现在我们该走了！"

二人起身，还没走多远，就遇到了其余三人。黑德维希向兄弟们和克拉拉女士告别，塞巴斯蒂安陪着她。两人远去后，克拉拉轻声问卡什帕："你放心让姐姐跟着这个男人一起走吗？"卡什帕反问道："我要是不放心，还会让他们走吗？"

他们回到家，林中传来一声枪响。"他又在打枪了。"克拉拉悄声道。"他射击做什么？"卡什帕问。西蒙笑着抢先快答："他射击是因为觉得这背后还有某种说不清的、至今还没搞明白的独特之处。要是没意思，他就不会再打了。"又一声枪响传来。克拉拉皱起眉头，叹了口气，然后试着将一些预感扼杀在笑声中。但她的笑声有些刺耳，两兄弟抖了一下。

"你表现得很反常。"三人正欲进屋，阿加派亚突然出现在房门前，对妻子说。她一言不发，好像没听到似的。然后所有人都去睡觉了。

当晚，克拉拉毫无睡意，便写信给黑德维希：

您，亲爱的姑娘，我的卡什帕的姐姐，我不得不给您写信。我无法入眠，心神不宁，正衣衫不整地坐在写字台前，不由自主地想东想西。我似乎可以给所有人、随便什么陌生人、任意一颗心写信，因为每颗心都在为我温暖地颤动。今天，您对我伸出手时，有些严厉地长久注视着我，似乎已经知道我身上发生的事，似乎已经察觉我的困境。我在您眼里是不是很糟糕？不，我想，您如果知晓一切，就不会谴责我了。您是那种让人不愿有所隐瞒的姑娘，人们愿意在您面前敞开心扉。我要把一切都告诉您，这样您就无所不知，从而喜爱我了；您了解我之后定会喜欢我的，我也渴望被您喜欢。我梦想着所有秀外慧中的姑娘能簇拥着我，做我的密友、导师、学生。卡什帕说，您想当老师，想要投身幼儿教育事业。我也想做老师，女人是天生的教育者。您想成就一番事业：这很适合您，正符合我对您的印象。这也符合我们所处的时代，以及作为时代产物的世界。您真好，我要是有孩子，就送到您的学校，完全委托给您，让孩子习惯于把您当母亲一样敬爱。孩子会怎样抬眼看向您的眼睛，打探您是严苛还是慈爱呢。如果他们看到您上课时脸上挂着忧虑，情感泛滥的幼小心灵又会如何悲叹，毕竟孩子们能理解您的灵魂。您不会长时间与顽皮的孩子纠缠，因为我想，面对您，即便是最调皮任性的孩子，也会很快就感到羞愧，后悔自己给您添了痛苦。黑德维希，服从您一定特别美好。我想做个孩子，听从您的号令，体验追随您的乐趣。您想搬到一座安静的小村子里去！更美妙了，这样您就能教导乡村孩子，他们比城里的孩子更容易管教。不过，即使在城里，您也能成就斐然。您向往村野，向往低矮的房屋和房前的小花园，向往在那里看见人的面庞，向往奔腾的河流，向往寂寥的迷人湖畔，向往静谧树林中找寻到的植物，向往田间的动物，向往乡村生活。因为性情投合，您会在那里找到一切。我们都与自己向往之处情投意合。终有一日，您会找寻到"如何幸福"这一问题的答案。您已经很幸福了，我多想也拥有这种蓬勃的朝气呀。您让人觉得似曾相识，也让人意识到母亲的模样。我们会夸赞姑娘们亭亭玉立，美丽动人，您却让人有结交和喜爱的冲动，哪怕只是匆匆一瞥。在您年轻明媚的面容中，有着近乎祖母般慈祥的迷人之处，也许这就是您内心田园牧歌的体现。您的母亲是农妇吗？她一定美丽可爱。卡什帕曾与我说过，她在城中受了很多苦，我深信不疑，仿佛亲眼见到这位母亲一样。我知道她表现得很傲慢，因而备受其害，自然，人在城里不能像在乡下一样傲慢，在那里，女人自由自在好似领主。您曾在苦命的母亲生病衰微时悉心照顾，我也希望谈论她能让自己跟您亲近一些。我见过她的照片，如果您允许，我也会敬爱她，会更加热忱、真挚地这样做。要是见到她，我将跪在她脚边，捧起她的手，用嘴唇亲吻，若能这么做就太好了。就像是临时偿还微薄且不完整的债务，我欠她的债，也欠您的，黑德维希。您的弟弟卡什帕时常粗暴无情，年轻人总是苛待他们最爱的人，以便破开通往大千世界的道路。我想，艺术家经常把爱当作阻碍，必须彻底摆脱它才行。您看着他长大，从牙牙学语，到初入学堂。您批评过他的调皮捣蛋，与他起过争执，同情过他，也羡慕过他，保护过他，也警醒过他，痛斥过他，也赞扬过他。您分享了他初次产生的情感，并对他说起怀有感情的美妙之处。您意识到他与您有着完全不同的志向，便退出了他的生活；您放手让他远走高飞、一展宏图，期望他能够茁壮成长，永不衰败。您牵挂着远行的他；在他某日归家时，您便立马跑去拥抱他，又开始将他置于羽翼之下；因为他的确是个需要保护的人，似乎一直需要。感谢您，我的呼吸、心绪、语言都不足以表达这种感激，也不知自己是否有感激您的权利。也许您根本不愿意认识我。我是有罪之人，倘若可能，罪人大概要学着如何表现得谦卑一点。我恭顺，但并不是灰心丧气、失魂落魄的那种，而是满怀熊熊热情、哀求恳切的恭顺。我想用恭顺弥补自己用爱犯下的过错。我很乐意跟您成为姐妹，您若愿意接受，我便事事追随您。您知道您的弟弟西蒙给我送了什么吗？他自己。他倾心于我，把自己抛了过来，而我想要把自己抛向您。然而，黑德维希，我不能把自己抛向您，这意味着不想对您多多付出。但自从卡什帕拥抱了我，我便心满意足，开始自吹自擂，夸夸其谈，我不想这样。此刻我要试着睡觉了。森林已入眠，人怎会无法入睡呢？我知道自己现在能睡着的！

——克拉拉写信时，西蒙和卡什帕就坐在台灯边上。他们尚无上床睡觉的兴趣，仍在彼此交谈。卡什帕说："自从几天前，我就再也没动笔画过画了。再这么下去，我准要变成农民，把艺术束之高阁了。为什么不呢？非要从事艺术吗？难道不能过别的生活吗？也许为艺术而工作的决心只是习惯使然。没错，没准儿十年后从头再来！那时再看问题就完全不同了，更简单，不再天马行空，没什么坏处。人得有勇气和信念。猜疑者生命短暂，信仰者生命长久。能失去什么呢？我感觉自己日渐迟钝。我应该振奋起来，强迫自己像个小学生一样履行义务吗？难道我该将艺术当作要履行的义务吗？可能是，也可能正好相反，全凭心情好坏。绘画！此刻看来，这是多么愚蠢而无关紧要啊。我不得不随它去。我究竟是画了一百幅还是两百幅风景画，很重要吗？人可以一直作画却愚钝如旧，不曾在画作中投入一丝一毫的个人经历，因为他活了很久却毫无阅历。未来某日我若增长了见识，下笔自然也会更有灵气，更有思想，那时画画便不再无关紧要了。数量多寡有什么意义？不过：只要一日不练习，我在冥冥之中就会有种不祥的预感。懒惰！该死的懒惰！"——

他没有继续说下去，因为眼下，一声恐怖的叫喊穿过层层墙壁传来，久久未散。西蒙一把抓起台灯，两人冲到楼下，冲进他们所知的、她睡觉的房间。叫喊是克拉拉发出的。阿加派亚也奔了过来，他们发现女人正躺在地上，四肢僵直。她似乎正打算脱衣服上床，却突然发病，一头栽了下来。她的头发散开了，秀美的手臂正在地面上疯狂抽搐，胸脯剧烈起伏着，大张的嘴巴似乎还带有一丝笑意。三个男人都弯下身去，抓住她的手臂，直到抽搐渐渐停止。出乎常理，她栽倒的时候没什么痛感。他们抬起这个毫无意识的女人，把她放在干净整洁的床铺上，保持她衣衫不整的样子。他们把她的束身胸衣解开，克拉拉由此逐渐平静下来，呼吸变得平稳，似乎进入了梦乡。她的微笑越发甜美，开始如远方的钟声一般喃喃呓语，尖锐却几不可闻。男人们紧张地听着，商量着是否有必要从城里请位医生过来。"您待在这里，"阿加派亚平静地对正欲出发的西蒙说，"会没事的，这已经不是第一次了。"他们坐下又听了一会儿，意味深长地交换着眼神。克拉拉嘴里听不出什么，只吐出一些短促破碎、半说半唱的句子："水里，不，看哪，多么深，多么深。要很长时间，很长，很长。你没哭。你若知道。我的周围好黑，好脏。但是看哪。紫罗兰从我嘴里长出。它在歌唱。听到了吗？你听到了吗？你会觉得我溺水了。真美啊，真美。不是有首小曲？那个克拉拉！她现在在哪儿呢？找她，找找她。但你要走进水里。呼，打冷战了，是吗？我早就不再打了。紫罗兰。我看见鱼在游。我很平静，不再挣扎。可爱点，善良点。你看起来很凶。那个克拉拉卧在那里，那里。看呀，看见了吗？我本应再说点什么的，但我很开心。我本来要说什么？不知道了。听见我的声音了吗？我的紫罗兰在摇铃。小铃铛。我一直都知道。别说出来。我什么也听不到了。拜托，拜托——"

"您二位去睡吧，若情况恶化，我再把二位叫醒。"阿加派亚说。

没有恶化。第二天早晨，克拉拉又恢复生机，完全不知曾发生的事，只是有点头痛，没别的了。

克拉拉如在云霄，感觉好极了。她坐在阳台上，深蓝色晨衣松松垮垮地套在身上，带起一些典雅的褶皱。这里能看见一片冷杉树林，一阵阵微风拂动，树梢轻轻左右摇摆。森林雄伟瑰丽，她边想边躬下身去，倚在精雕细琢的栏杆上，凑近树木的芬芳。"森林摊开，仿佛此刻正迎着夜晚安睡。日间的阳光下，走进森林就像进入了傍晚，簌簌叶声逐渐柔和清晰，空气也变得湿润柔和，让人得以静心祷告。在林中，人们不自觉就想要祷告，这是世上最靠近上帝的地方。森林似乎由上帝所造，在其中祷告也如在神庙。有些人以这种方式，其他人以那种方式，但所有人都在祈祷。如果说祈祷就是在思绪中迷失，那么躺在冷杉树下读书也是一种祈祷。上帝所至全凭心意，身处林中你能感觉到他[1]的踪迹，并愿意献出一点带有沉静神迷的信仰。上帝不想让人全身心信仰他，想要被遗忘，甚至更乐于见到别人的羞辱。因为上帝全知全能，伟

---

[1] 原文中指代上帝的人称代词并没有像宗教文本中大写成"Er"，因而在此也不译成"祂"，而是用"他"指代。——如无特殊说明，本书注释均为译者注

大不朽，他是世间最好说话的。无所构成，无所愿望，无所要求。'想要'是我们人类的品质，对他而言并不存在。他是全无。他乐于见到人们祈祷。噢，我此刻前去感谢，哪怕仅仅是零星一点肤浅的感谢，都让这位天父心醉神迷，无法抑制至上喜悦。上帝值得感恩，还有谁比他更值得感谢呢。这位不拘小节的仁慈者给了我们一切，若是此刻他的造物能够想起一点他的存在，那上帝便很开心了。这是上帝的独特之处，只有当我们将他提升到天神的高度来看待时，他才愿意成为上帝。有谁能比他更谦逊？谁能更有先见之明、更沉静纯粹？也许上帝对我们只有模糊的概念，就像我们对他也只略知一二一样，正如我现在只是在这里表达对他的无知。他知道我正坐在阳台上，感觉森林一片壮阔吗？他若能知道他的森林有多美就好了。但我相信上帝早已遗忘了他的造物，不是因为痛苦——他怎会有痛苦的能力呢？不是，他只是单纯忘记了，或者至少他似乎是忘记了我们。每人都对上帝有着不同的感受，这是上帝所允许的。但是我们一想起他就容易丢失他，因此我们祈祷。伟大的上帝，请带我们避开诱惑。我小时候曾在小床上这样祈祷，时至今日仍庆幸自己这么做了。今天的我何其幸福快活啊，周身都是微笑，极乐的微笑发自内心。我想，今天是周日，空气清新，肯定有很多人从城里过来，在林中散步，我要去寻一个孩子，恳求其父母把他交给我一段时间，让我陪那孩子玩耍。啊，我仅仅在这里静坐，便能感受纯粹存在、倚栏静坐带给我的欢愉！真美啊。我几乎要忘却卡什帕，忘却一切。当下我想不起自己怎会为某人某事哭泣，又怎会感到悲伤震惊。森林矗立不移，坚定却柔软、温暖，生机勃勃又娇媚可人。冷杉树的呼吸啊！簌簌叶声！在树木的沙沙作响面前，一切音乐都是多余的。我一般只在晚上听音乐，早上从不，早上的时光太神圣了。多么清新奇妙啊！躺下睡觉，不，疲倦而后就寝，然后像新生一样醒来，这一切都无比神秘。每天都是我们的生日。我们从夜幕下走进湛蓝的日的波澜，就像走进浴池。正午的炽热马上就要来临，直到太阳再次渴望沉落。这是何种渴望和奇迹啊！从傍晚到清晨，从正午到傍晚，从夜晚到早上。倘若感知到一切，那是多么奇妙、美好啊。假如一样东西奇妙，其他东西怎会不呢？我想我昨晚肯定是病了，只是他们没有告诉我。我的双手仍然秀丽无辜。如果它们有眼睛，我便要举起一面镜子，让它们看看自己的倩影。凡被我的手爱抚过的男人都会感到幸福。这念头多奇异啊。要是卡什帕这时候进来，我肯定会因为露出这副模样而哭泣的。我没有想起过他，他也许会有所察觉。我竟然忽视了他，这让我一下子觉得自己好卑鄙可耻。我是他的奴隶吗？他对我而言是什么样的存在？"

她哭了。此时卡什帕走来："你怎么了，克拉拉？"

"没什么！我能怎样呢？你就在这里，我想你了。我很幸福，但我无法承受没有你的幸福。所以我哭了。来吧，来。"她紧紧抱住卡什帕。

第六章

　　西蒙逐渐无法忍受自己懒散、闲逛度日，感觉得重新开始做些什么，每日完成点工作才行："像大多数人一样生活还是有点道理的。我这么无所事事、奇奇怪怪实在是让人恼火。饭不香了，散步变得无聊疲倦。在热烘烘的乡间小路上被苍蝇和牛虻叮咬，走过村子，跳下陡壁，蹲坐在奇形怪状的岩块上，撑着脑袋看书却永远读不完；然后在美丽却偏僻的湖里游泳，重新穿上衣服，踏上归程，回家见到卡什帕，发现他也在庸碌懒散中手足无措，不知该用哪条腿站立，用什么鼻子思考，也不知到底该把哪根手指放在哪个鼻子上。这种生活让人很容易就有一堆鼻子，整天都想用十根手指放在十个鼻子边上玄想。而且你自己的所有鼻子只会取笑你，或者长伸着幸灾乐祸。那么，看见你的十个甚至更多鼻子一齐幸灾乐祸，人家会怎么想，很神气吗？我只是借此阐述事实：无所事事的日子让人变傻。不，我重新开始意识到了良知一类的东西，又开始想仅仅良心不安还不够，自己得做点什么。在太阳下乱跑总归算不上什么作为，而读书是蠢人才会干的事，因为他们再没别的事情可做了，为人世间创造价值才是独一无二的教化。现在干什么呢？也许作诗？要想在炎炎暑气中这么干，估计我得先改名叫塞巴斯蒂安才行。他就是这么干的，毋庸置疑：先去郊游，仔细研究湖泊、森林、山脉、溪流、水洼和阳光，做笔记，然后回家写作，再由举世闻名的报纸印出来。这能成我的门路吗？好吧，也许我能胜任，但我在这类事情上总是笨拙不堪。还是回去刮掉字母，擦去计算结果，倒掉墨水吧。没错，我想肯定得这样，哪怕退出一项才开始的活计并不光彩。但必须这样，眼下该考虑的不是什么脸面，而是必不可少以及不可挽回的东西。我现在二十岁。怎么就已经二十岁了呢？二十岁了还要像刚离开中学一样从头来过，这要换了别人得多挫败啊。但我要尽量愉悦地接受这一切，总得这样来一次啊。我也不再想着这辈子锐意进取，活着、有点门道，这就行了。其实我只想活着，直到冬天回归。冬日落雪之时，我便能知晓该如何继续活着，便能明白最好该如何继续生活。我享受把生活切割成简单易解的小小演算的过程，它自然而然，丝毫不费脑筋。我在冬天总比在夏天更聪明。热气、所有的花朵与芬芳让人无所事事，而寒冷与霜冻催人奋进。冬天未到时要攒够钱，然后在美妙的冬天，把钱合理地花在有用的东西上。我不会在冬天整日坐在没有暖气的房间里学语言，把手指冻僵。但夏天是为有假期的人，为那些在避暑胜地放松身心之人准备的，他们在其中悠然自得，赤脚在温暖的牧场蹦蹦跳跳，裸着，或者最多像施洗者约翰那样，在腰上系一条皮围裙——顺便提一句，据说他还吃过蝗虫。所以现在，就让我躺在整日工作的床上一直睡，直到白雪飘落大地，直到山脊玉琢银装，直到北方风暴呼啸而来，冻伤你的耳朵，将它们融化在冰与霜的火焰之中，而后我再醒来。对我来说，寒冷就是炽热，无法描述，无从表达！就是如此，要不然我也不叫西蒙了。克拉拉要在冬天把自己裹进厚厚的柔软皮草，我随她一同穿行街道，雪花落在我们身上，如此轻盈、隐秘、悄无声息而温暖和煦。噢，当漆黑的道路上落雪，广告牌亮起时去购物！和克拉拉走进一家商店，或者尾随她的身影说：这位女士想要买这件或那件。皮草中的克拉拉和她的面颊都散发着香气，我们重回到路上，多美啊。她也许会像我一样，在冬天前往某个讲究的地方工作，我每晚都去接她，除非她禁止我这样做，说更愿意自己回家。阿加派亚可能会把妻子送走，强迫她在某处找个营生。她外表得体，找工作并不难。再远的事情我就想不到了，那些东西可能是电力光源合股公司的施皮尔哈根先生要考虑的，不是我。我没有这样的地位，在这世上也没有堆积这么多义务，因此也不必想得那么远。啊，冬天！但愿它快点到来。"——

第二天，他便去一家大型机械制造厂上班了，这家工厂需要大量年轻人来清点库存。傍晚他在窗边读书，或围着群山绕路，走入隔断山脉的一道道小峡谷，踏进幽深的密林，以拖延从厂房到克拉拉家的路途。每次他都在时常经过的泉水边停下，解决难耐的口渴，然后躺在僻静的林间空地上，直到夜晚最终提醒他要回家。他钟爱夏日傍晚的沉降，树林的色调缓缓变成浅红，而后落入彻夜的黑暗。他常毫无思绪，一言不发地陷入梦境，抛却一切指摘，沉浸于甜美的疲惫。有时候，他隐约感觉身边有什么东西，在漆黑的灌木丛中嘶嘶作响。沉睡的土地中升起火红的大球，他定睛一看，原来是月亮，正悬浮着从宇宙的背景墙中艰难地舞动出来。美丽天体的身姿苍白而轻盈，光彩夺目。眼前的奇妙景致让他觉得，遥远的世界似乎都藏在灌木丛后，一切都近在咫尺，触手可及。突然间，无限遥远也如临身侧。穿越所有在夜间歌唱、散发芬芳的茂密绿植回到家中，被每日等候的克拉拉上前迎接，这让他感受到了某种神秘和爱意。她的眼睛似乎总是在前来或等候的过程中哭过。然后两人一起在小阳台上坐到深夜，小阳台已经变成了飘在空中的避暑屋。他们俩用小卡片玩游戏。女人或是唱起某段旋律，或是让他随便编点什么来讲。她的最后一句"晚安"仿佛是一句魔咒，让她有了将他绑缚于沉静美梦的权力，西蒙因此一夜好眠。早晨，他前去工作，开始写作和帮忙盘点机械厂进货时，丛林、青草、叶片上的银色露水正闪烁着光辉。有一个周日，他刚散步回来，就看到克拉拉躺在自己卧室的长沙发上睡着了。外面，一间破败的山郊小屋里住着一群贫穷的工人，里面传来小竖琴的声音。百叶窗合闭着，屋内有一道明亮的绿色光束。他在沉睡者的脚边坐下，感觉到她双脚的轻轻触碰。这一点点重量让他很舒服，他一动不动地注视着睡美人的面庞。她睡着的时候真美啊。克拉拉属于那种五官静止时最美丽的女子，她的呼吸带起静谧的微波，胸脯半遮半露，柔软地起伏；双手下垂，一本书掉落下来。西蒙内心升起一股冲动，想要跪伏着亲吻其玉手，但他没有这样做。如果她醒着，也许他就这么干了，但是睡着的时候？不！暗地里温存不是我的性格，他想。她的嘴唇带着笑意，仿佛就这么入眠，并且知道自己正睡着。沉睡者的微笑打消了任何粗鲁的念头，但让人没法将视线从这嘴唇、面孔、秀发和拉长的脸颊上移开。睡梦中的克拉拉突然重重地推了西蒙一下，弄醒了自己，她疑惑地环顾四周，怔怔地盯着西蒙的双眼，好像没明白发生了什么。于是她说："哎呀，西蒙！听着。"

"怎么了？"

"我们在这栋房子里住不了多久了。阿加派亚把一切都输干净了，还落入了骗子的手掌心。这房子已经卖了，甚至是被人民福祉与节制妇女联盟买下的。她们要在这里为打工者建一栋林间疗养大楼。阿加派亚已经加入了一队亚洲探险者，马上就要远行去印度的什么地方，发掘一座沉没的希腊城市。他一点都没考虑过我。多奇怪，我甚至没觉得委屈。我丈夫从来就无法伤害我！我会搬到下面城中的一个朴素的房间，卡什帕和你可以去那里拜访我。我要去找份工作，随便什么，像你一样。秋天我们就搬出去，之后房子就要动工改造了。你怎么看？"

"我很高兴。我一直想着要'改变'自己，现在改变自动发生了。我期待着拜访你未来的家。"

两人开始畅想未来，笑声不断。

卡什帕此刻身处一座小城，他受托装饰这里的一间舞厅，须从上到下画满所有墙壁。此时秋日已至，一天，星期六收工之后，西蒙打算走上一整夜，用脚丈量自己与卡什帕的距离。为什么不能整晚漫游呢？他手里拿着一份地图，借助指南针精确测算出走到小城所需的小时数，认定自己若是充分利用夜晚的时间，定能走到那边去。这条路首先穿过郊区，他的前女友罗莎就住在那里，他觉得经过的时候匆匆打个招呼也没什么可耻的。久别重逢让罗莎欣喜不已，连骂西蒙是个不忠的坏蛋，就这么抛弃了自己，语调却是激动高昂的，更像小孩子在闹别扭。她也没拒绝与西蒙同饮一杯红酒的邀请，声称这是在为其夜游加油鼓劲；还在煤炉上快速烤好了香肠，一边做菜，一边与身边人打情骂俏，措辞得体，不失仪态。她说他身边肯定有不少女人，笑着让他小心一点；还说他根本不配吃自己的香肠，除非他以后能更勤恳地前来拜访才行。西蒙许下诺言，吃了香肠，重新踏上漫游路途，对即将来临的劳顿忐忑不安。然而现在，他既不想使用铁路，又觉得折返回去未免太过怯懦，所以还是选择继续前行。他时常停下来问路，确认自己没走错；在路标旁边划亮火柴，举起来看道路通往何处；步伐匆匆，仿佛担心脚下的路会逃跑不见。罗莎的红酒在他的血管里燃烧，振奋着精神，他只希望群山能快点来到身前，畅想自己征服它们时的愉悦和轻松。就这样，西蒙到达了第一座村子，在一片纵横交错的乡间小道中费劲地辨认着路。他叫住一个正卖力锻打的铁匠，得知自己走对了。眼前出现一片被灌木丛遮掩的模糊景色，他继续朝山上攀爬，一片可怖的高原映入眼帘。周围一片浓重的漆黑，不见一颗星星，月亮在云层中时现时隐。而后西蒙穿越幽暗阴森的冷杉林，气喘吁吁地留神脚下，以防总被路上的石头绊倒，惹得心情烦闷。冷杉林渐渐消失在身后，西蒙长舒一口气，在昏暗的森林里独自行路毕竟有些危险。忽然，他撞见一座巨大的农舍，仿佛是从地里冒出来遮挡他视线的。一只大狗冲出来扑向漫游者，但是没张嘴咬。西蒙一动不动地站定，紧盯着狗，于是狗也不敢咬他了。继续前进！桥来了，急促的脚步踏上去如惊雷般划破寂静，因为桥是木质的，那种头尾有圣像、带着棚顶的老木桥。西蒙开始摆弄起步伐，自娱自乐。突然，一个强壮的男人在空旷阴暗的田野中杵在他面前，高声叫喊，凶神恶煞地紧盯着他。"干什么？"西蒙朝那边大声道，随后马上绕过那人，掉头就跑，完全不想听清男人说了什么。他的心脏怦怦狂跳，吓到他的不是男人本身，而是其毫无征兆的闪现。他又疾行过一座沉睡着的宽阔无边的村庄，长条状的白色修道院注视着他，而后又消失不见。下山了。西蒙脑子里一片空白，疲惫渐渐累积，麻痹了思想；孤寂的树群与沉静的水井相接，森林之后云雾缭绕，踏过山石有溪流盈转，万物好似皆与他同行，转而沉落消失在背后。夜晚水汽氤氲，阴森冷寂，他的面颊却灼烧发烫，头发被汗水打湿。突然，他注意到脚下水平延伸出了某个宽阔、闪烁、耀眼的东西，是湖泊。西蒙停住了脚步。从这里开始他就一直在下坡，路面坑坑洼洼。双脚开始感觉到疼痛，但他没在意，继续走着。苹果掉落在草地上，传来一声闷响。草地的美丽是多么神秘莫测：模糊不清，晦暗不明。承接其后的村子唤起了他的兴趣，其中雅致的房屋如展览一般陈列。但西蒙不知道接下来该怎么走了，无论如何寻找都不见正确的道路。愤怒的漫游者不假思索，决定走上主路。大约过了一个钟头，他才明确意识到自己走错方向了，于是又折返回去，气得哭了起来，跺脚狂踩路面，仿佛这一切都是双脚的过错。重回村子：耽误了两个小时——太丢人了！这一次他更加仔细分辨，很快就找到了出路，向前进发，走上一条被落叶覆盖，沙沙作响的树下小道。西蒙来到了一片陡然伸向高空的山林，他眼前不见任何道路，便干脆径直向前，打算一直攀升，在浓密的冷杉枝丫间开出一条道路。他的脸被划伤，双手伤痕累累，却没怎么向上走，他边呻吟边咒骂着出了森林，终于，一片开阔的牧场进入视线。休息了片刻。"老天爷，我要是去晚了，多丢脸啊！"继续！西蒙不再用走的，而是肆无忌惮地蹦跶着用腿踩踏着耕地。天边泛白，一道羞怯的晨光不知从何处徐徐展开在眼前。他跃过似在嘲笑他的矮树篱，不再仔细找路，但仍幻想着一条宽敞通达的路，并心向往之。又是下坡，这次到了狭窄的小山谷，其间房屋像是玩具一样黏在坡面。走在胡桃树下，一阵香气传来；谷底似乎有城镇，不过这只是一种贪求的预感罢了。他终于找到路了，双腿也好像在共同庆贺，脚步恢复平静。他找到一口井，疯子似的朝着水管飞扑过去。下面有个小城，一座闪着白光、纤巧秀丽、似乎属于教会的宫殿就在路边，其倒塌的姿态深深打动了他，而后他重新进入一片开阔的平地。天已破晓，夜色退去；漫长而寂静的夜晚显露出松动的迹象。西蒙冲锋着占领这条路，在这样平坦的大路上行走多舒服啊，蜿蜒上升的转角宽大，引导下坡的转弯也宏伟阔气。雾气沉落到牧场上，白日的些许噪声来找耳朵报到。这一夜真长啊。在他奔走于大地的这一晚，也许有位学者，也许就是兄长克劳斯，正坐在写字台的灯前，同样清醒地度过了艰辛之夜。这样一位静坐者自然也会如公路奔走者一样，对这渐渐复苏的日光感到惊异。小小屋舍中，人们已经点燃了清晨的灯火。随后，更大的城市，郊区、草地、城门、宽广的主干道接连醒来。一座带有沙砾雕塑的豪宅吸引了西蒙的注意：这是一座古老的城市堡垒，现在充当邮局。街道上不再空无一人，他得以像傍晚那样找人问路。西蒙再一次朝平阔的田野进发，雾气已经消散，色彩显露出来，让人陶醉的色彩，自我陶醉的色彩，清晨的色彩！秋季的周日灿烂而湛蓝。西蒙遇上了一些人，主要是节庆打扮的女人们，她们也许是大老远跑来的，要在城里的教堂做礼拜。白日越发缤纷，街边草地上可见红通通、亮闪闪的果实，树上成熟的果子还在不停掉落。西蒙现在继续走过一片片水果田，与游走的工匠学徒擦肩而过，他们气定神闲，脚下轻松快意，不似西蒙一般严肃。整个学徒小团体都在牧场边上舒展四肢，感受第一缕阳光：多么惬意的景象啊！一头牛被牵了过来，女士们都温柔地道早安。西蒙在路上吃着苹果，穿过这美丽富饶的陌生田野，脚步也舒缓了下来。街边的房屋令人心驰神往，但在那些田野深处，隐于绿意之中，为树木环绕的屋舍更加华美纤巧。山丘受到高空的吸引，优雅而温顺地向上延展。万物被一片壮丽热烈的蓝灌注，都变得湛蓝。一大群人骑着马走过，西蒙终于看见了一间城前的路边小屋，哥哥正把脑袋探出窗外。他还算准时，比约定的时间稍晚了一刻钟。他欢呼雀跃地走进房子。

他与哥哥一道进了房间，睁大眼睛打量起一切，虽然屋里也没什么好看的。床放在一角，因为是卡什帕睡过的，所以平添了许多韵味；窗子美妙非凡，即使只是简单的木头框架，窗帘也很朴素，但这是卡什帕向外看的窗子。地上、桌上、被子上、椅子上都散落着素描和图画。来访者的手指抚过每一张纸，每一张都完美无瑕。西蒙不怎么能理解画家的工作，眼前纷繁异常，简直目不暇接。"你的画本身就是自然!"他喊道，"每当看到你新画的画，我都觉得苦乐参半，每幅都那么美，闪耀着感觉的光辉，直击自然的心灵。而且你总在画新的东西，永远追求更进一步，几乎要毁掉很多你已看不上的作品。我在你的画中挑不出一点瑕疵，每一分毫都打动着我，深深吸引着我的灵魂。只需一根线条或一种色彩，就能让我对你的天赋异禀坚信不疑。每次看到你的风景画，看到那宽阔而温暖的笔触，我总是能看到你的身影，感受到你的某种痛苦，它告诉我艺术永无止境。我非常理解艺术，理解人们莫名的渴望，理解那种争取自然之爱与恩典的向往。我们为什么着迷于描摹风景呢? 是享受吗? 不，我们想以此解释某种不可解释的东西。每当我们倚在窗边，梦游般注视着落日时，这种场景会深深刻入我们的骨髓，虽然它与落雨的街道，与女人温柔撩起的裙摆，与花园或轻薄晨雾下的湖面，与冬日里随便一棵冷杉树或夜划贡多拉船的景象，或者与阿尔卑斯山脉的景致相比，完全算不了什么。雾与雪的迷人不亚于太阳与色彩；雾气以精巧增添色彩，而暖和的早春蓝天下的白雪，则自成深沉、绝妙，近乎不可理解。卡什帕，你的画与你作画的姿态真美。我想成为自然的一部分，让自己能像你热爱自然一般被爱。画家对自然的爱必然最浓烈也最痛彻，比诗人更猛烈、更坦率。就拿塞巴斯蒂安来说吧，我听说他为自己在牧场建起了一间屋舍，以便如日本隐士一般免遭打扰地朝拜自然。你们画家对待自然，无疑比诗人更忠诚，因为后者往往是带着被教化到畸形、被知识堵塞的脑袋进入自然的。不过也许我弄错了，此情此景，弄错了我也乐意。你究竟是怎么工作的啊，卡什帕。你肯定没理由自责，我也不会责怪你，绝不，真的，哪怕我觉得有必要。我不指责是因为这让人不安，而不安对人而言是种丑恶、有失尊严的状态。"——

"没错。"卡什帕说。

两人唱着歌穿过小城，匆匆流连万物，继而花了点工夫恢复往日的亲密。路过邮递员，他交给卡什帕一封信，还扮了个鬼脸，信是克拉拉的。他们对小城的教堂赞叹不已，也倾心于塔楼与城墙的雄伟，虽然城墙经常破损。葡萄酒商的小屋与凉亭镶嵌在山坡上，早已了无生机。冷杉树肃穆地俯视古老的小城，苍穹娇媚可爱，座座房屋的纵深与延展则好似在赌气烦闷。草地闪烁微光，山丘上金色的山毛榉林向高远处招手。下午，两个年轻人走进了树林。他们话不多，卡什帕陷入沉默，弟弟察觉到他有心事，便也不去打扰；他觉得思考比交谈更重要。两人在长椅上坐下。"她不想让我走，"卡什帕说，"她很伤心。"西蒙没出声，但是为兄弟体会到了某种愉悦，因为女人为他不快而感到喜悦。他想："她很伤心，真好。"这种爱情让人陶醉。没过一会儿，两人就此分别，西蒙搭乘火车返回。

第七章

　　冬天到了。西蒙已然自我放逐，正坐在小房间里，穿着大衣，在桌前写东西。他不知道该如何利用这段时间，而且因为职业的缘故，他已经习惯了写作，所以现在就漫无目的地在剪成一条一条的纸上信笔写着。天气很潮湿，西蒙裹着的大衣替代了火炉的作用。外面狂风大作，大雪将至，而"静坐屋内"则安逸闲适。真舒服啊，就这样坐着，随便找点事做，沉溺在自己被世界遗忘的想象之中。他回想起童年，虽然那段日子还不算太年深日久，但已经像梦境一般遥远，西蒙写道：

　　我想忆起童年，现状使回忆成为有趣而

有益的任务。我曾是个喜欢倚在暖炉边的孩子，这样让我觉得自己既重要又悲伤，因而脸上同时挂着满意和忧郁。只要允许，我总爱换上室内穿的柔软毡鞋，用温暖的鞋替换湿冷的鞋，并为之喜悦不已。暖和的屋子对我有特殊的吸引力。我从未生过病，便时常羡慕那些病患，羡慕他们得到的照顾与和声细语。因而我也常幻想自己生病，一想到父母会柔声对自己说话，我便深受感动。我想要被温柔对待，却从未如此。母亲总是厉声正色，让人畏惧。我有着无赖的名号，自知不无道理，然而每每提起这个恶名，仍让我感到受伤。我渴望被宠溺，所做的一切却化作泡影。于是我为了赢得关注，转而调皮捣蛋，挑衅那些优越、乖巧、可爱的孩子，比如姐姐黑德维希和哥哥克劳斯。没什么比他们扇我耳光更让我享受的了，因为这表明我有本事惹恼他们。关于学校生活的记忆很淡，没什么特别的，学校里的表扬补偿了父母在家中对我的怠慢。带着好成绩回家是一种弥补。我畏惧学校，总表现得很乖，在学校常常怯懦迟疑，避免引人注意。老师们的弱点很快就暴露了出来，但他们在我眼里变得更加可怖而非可笑。有个老师身材矮胖，块头巨大，一张典型的酒鬼脸；但我从未想过他会是个酒鬼，学校里反而都在传另一个老师堕入酒精无法自拔，而他脸上的痛苦让我永生难忘。在我眼里，犹太人比一般的基督徒更有教养；有些犹太女人的确美得惊人，每次在小巷里偶遇她们，都让我振奋不已。父亲时常要我与那些讲究的犹太家庭打交道，这些房子总闻起来像牛奶，里面帮我开门的女士都身着宽松的白裙，散发出温暖醇厚的芳香。起初我很厌恶这种气味，后来却渐渐喜欢上了。我小时候肯定没有这么漂亮的衣服，因而常常带着一种恶狠狠的羡慕盯着其他孩子，他们穿着合体的套装，脚下有精致的鞋子和光滑的丝袜。其中一个男孩给我留下了很深的印象，他有着柔软甚至脆弱的面庞和双手，和声细语，动作轻巧，像小女孩一样穿着细软的料子。老师们都对他关照有加，让我万分不解。我有一种病态的渴望，想要跟他搭话。幸运的是，有一天，他突然在一家文具店的橱窗前直接和我说话。他恭维我书法优美，说自己也想写出同样美妙的字母。我太高兴了，至少在这一点上，面前这位小小神灵逊色于我，而我红着脸避开了这些恭维，内心的喜悦久久不散。他的微笑！我仍能想起他的微笑，他母亲是我渴求很久的梦想。通过抬高她，我贬低自己的母亲。真是无理取闹啊！班上有几个捣蛋鬼开始欺负那个男孩，他们把脑袋凑在一起，说他是个女孩子，只是穿着男生的衣服。这当然是无稽之谈，但对当时的我来说就像是晴天霹雳。很长一段时间里，我都把他当成变装的女孩来爱慕崇拜。他那过于柔软的身躯为我高涨的浪漫情感提供了充分的养料。当然，我太害羞了，也放不下架子去表白我的偏爱，所以他也认定我是敌人之一。他连疏远漠然都是那么的优雅体面！现在回头看看，真是不可思议！——我深受宗教课老师的喜爱，因为我为某种特定的感觉寻找到了最合适的语汇，这也是永生难忘的。许多学科我都学得不错，但是因为耻于充当模范，很多时候会刻意考出很差的成绩。这是天性使然：倘若被我超过的人可能会讨厌我，那我宁愿被众人喜爱。我害怕被同学仇视，觉得这堪称灾祸。班上有一种蔑视那些刻苦钻营者的风气，因而机灵聪慧的学生也时常会装作单纯愚笨。我们认可这种态度，甚至将其视作模范品行。这确实带有一点英雄主义的意味，虽然是被误解了的英雄主义。受老师称赞与被同学轻视的危险紧密相关。学校，真是奇特的世界啊。在低年级的班级里有个学生，脸颊上零星散落着小雀斑，小小年纪就喜好吹牛。人人都知道他爸爸是个编筐工人，四处寻酒喝。全班都爱嘲笑这个小家伙，常让他念"烧酒"（Schnaps）这个词，但他做不到，因舌头上的缺陷总是只能念成"骚酒"（Snaps）。真是给我们带来了许多欢笑啊，如今想来很是残忍。另一个同学，某个叫比尔的，是个滑稽的小孩。他上课总是迟到，因为父母的房子在荒僻的城外山区。迟到鬼每次都要因为来得太晚而伸出手，挨下藤条的尖锐疼痛。每一次，疼痛都刺激得眼泪夺眶而出，惩罚带来了巨大的紧张和压力。顺便强调一下，虽然我看似对那些老师有所不满，但在此我不想指责任何人，只是简单陈述过去那段日子。——失业者、野人、拾荒者聚集在俯视城市的群山与森林中，我估计人数比现在还多。他们在丛林里喝烧酒、打牌或泡妞——她们的凄苦明晃晃挂在脸上，从破烂的衣裙可以看出她们是女人。这些人被称作流浪者。某个周日傍晚，黑德维希、卡什帕、我，还有个女孩——我们叫她安娜，她很喜欢我们家——我们四人沿着狭窄的山路散步，来到了一片乱石遍布的林间空地，看见一个男人拳头里紧攥着石头，正朝着另一个男人的脸上大力砸去。一道口子破开，鲜血喷涌而出，被击倒者旋即倒地。我们迅速逃开了，也没看到争斗的结局。这似乎是因一个女人而起，至少我总能看到一个纤细高挑的女人身影出现在眼前，当时她就站在一旁，冷眼观看这场角斗，神色可怖。回到家后，深重的痛苦与颤抖让我难以进食，也让我很长时间都避免踏足林间。在那场男人的战斗中蕴藏着某种令人恐怖的原始与野蛮。——

卡什帕和我有一个共同的朋友，他父亲是州议会议员，也是一位可敬的商人。这位朋友时刻愿意投入且全身心服从我们的任何计划，很讨人喜欢。我们经常去拜访他父母那座议员府邸，他母亲是位非常温柔贤淑的女士，每次都会热情友好地欢迎我们。我们一起玩他家的积木和铅制小兵，相谈甚欢，几个小时都不知疲惫。卡什帕擅长建造堡垒和宫殿，以及草拟作战计划。朋友很依赖我们，大概依赖卡什帕更多。他也常来我们家做客，我们的房子确实没有那么精致，黑德维希很喜欢他。他母亲和我们的母亲截然不同，他家房间的光线更好，连说话的声音都不一样，我是指日常说话的语调。不过，我们家总体来讲要更生动活泼一些。那时候，城里有位夫人，很有钱，独自住在一座带有气派花园的房子里，房前有大片常春藤、树木和喷泉遮挡，让人难以见其面貌。她有三个美丽又苍白的女儿，据说，每两周她们都会更换新的衣裙。这些换下来的衣服不会被收到衣柜里，而是让特殊的差役卖到城里去。黑德维希也曾从这些女孩那里得来过一件丝裙、一双鞋子。一看到或者碰到这些二手货，我就心生憎恶，但心中又夹杂着极大的兴趣和关注，因此总是被嘲笑。这位女士总是坐在家中，或者最多去一下剧院，在她暗红色的包厢中看起来苍白得吓人。三姐妹中排行第二的可能是最漂亮的，我总幻想着她在马背上的样子。她的面容似乎生来就应该在腾跃的马背上俯瞰大众，让他们目瞪口呆，然后俯首垂眸。三个女孩都已经订婚很久了。——我们这儿曾经起过一场大火，甚至还不是在城里，而是在隔壁村子。那个冰冷的冬夜，火光将整个天空映得一片通红。人们，包括我和卡什帕，在寒冻的雪地里奔跑，嘎吱声不绝于耳，母亲叫我们去打探起火点。我们到了火堆旁，但长时间凝视燃烧的屋梁实在无聊，而且还冷得要命。所以我们又迅速跑回了家，母亲严厉而忧虑地让我们进了屋。彼时，她已经生病了。不久，卡什帕离开了学校，他在那里也没什么前途。我还有一年书要读，但某种忧郁占据了心头，学校里的所有东西都让我痛苦不堪。终结与崭新的开端近在眼前，是什么呢？我这方面的想法都很愚钝。我常见到哥哥满载包裹朝着他的商业活动进发，继而疑惑他为何看上去如此垂头丧气、意志消沉。要是让人连眼睛都懒得睁开，那这种崭新肯定不是什么好东西。不过，那时候卡什帕正开始思索自己的职业，总是浮想联翩。他相当镇定，让父亲看了直摇头。我们住在城市边缘，只消一眼就能知道它简陋得令人心寒。母亲住不惯，她得了一种罕见的病，总觉得自己会被所处的环境所害，想要花园中的精致小宅。我能知道什么呢。她很不幸，比如，我们所有人都一如往常坐着吃饭，沉默不语的时候，她会突然抓起一把叉子或餐刀，丢到桌子的另一端，于是我们所有人都得把脑袋转过去。要是试图让她平静下来，只会让她委屈；倘若指责她，那她可就更不依不饶了。父亲为此一筹莫展，我们做孩子的也常回忆起那段时间的痛苦与哀愁。她曾是个到处受人尊重和喜爱的人，若她朗声喊谁，那人准会满心欢喜地赶紧跑过去。城里所有女士都对她殷切客气，而她只是优雅谦逊地拂袖而去。那段消逝的时光好似神奇的童话，带着动人的芳香和形象。我早早就学会了将一腔热血投入美妙的回忆之中。我又看见了那高楼，其中有一家引人注目的时髦服饰店，我父母就在那里工作。很多人前来购物，而孩子们就在采光良好、宽敞明亮的托儿所待着。紧挨着高楼的是一座矮小、倾斜、破败的老房子，上面还有尖尖的双坡屋顶，里面住着一个寡妇。她有一个儿子、一个亲戚，经营着一家帽子店，如果没记错的话，好像还有只狗。她对顾客特别热情和蔼，仅仅站在她面前都会让你觉得如沐春风。她会把不同的帽子按在你的脑袋上，领你去镜子前，微笑地看着。帽子会散发出好闻的味道，引人不禁要驻足沉迷。她是我母亲的好朋友。隔壁，也就是帽子店的隔壁，雪白的蛋糕店闪烁着诱人的光芒。点心铺的女主人像天使而非女人，有着人能想象到的最柔软圆润的面庞，是善良和纯洁赋予了这张脸以这样的形状。她的微笑能让任何进门的人都变成虔诚的孩子，为其本就甜美的五官增添魔法与甜蜜。这个女人似乎就是为售卖甜食而生的，那些大大小小的点心小食只能用指尖轻触，否则便会夺走其风味。她也是我母亲的朋友，母亲有很多朋友。——

西蒙停下笔。母亲的照片挂在卧室脏兮兮的墙壁上。他走过去，用手按着，踮起脚尖亲吻了一下，接着撕毁了写下的东西。不是因为气恼烦闷或思绪万千，单纯是因为它失去了意义。然后他走到城郊的罗莎家，对她说："不久的将来，我可能会在一座小城市里得到一份工作，能有工作已经很好了。小城市也有迷人之处，只需极少极少的一点钱，就能拥有一个古旧温馨的房间。从工作地点到家只需轻松几步路。所有人都在路上相互致意，暗自思忖眼前的年轻人到底是谁。那些有女儿的妇人都想着赶紧把自己的女儿嫁出去，满头鬈发、小小的耳朵上戴着沉重挂坠的小女儿，无疑是那担忧的来源。你会渐渐在职场中举足轻重，老板也很庆幸接受了你的求职。傍晚回到家，坐在暖气房里看着墙上的绘画，其中一幅可能画的是美丽的厄热妮皇后[1]，另一幅则是大革命主题的。这家的女儿也许会进来给我送花，有何不可？在小城里人人彼此温柔相待，这一切又怎会不可能呢？不过，某天，正值温暖明媚的午休时光，这姑娘将羞怯地敲响我的房门——顺便提一句，那是一扇洛可可时期的门——然后她推开门进房间，朝我走来，脑袋歪向一边做出一种无限微妙的姿态，说：'您怎么一直静悄悄的，西蒙。您太谦虚了，从来不提任何要求，也不说自己缺这缺那，随遇而安。我担心您有什么不满的地方。'我会笑着安慰她，突然，好像有某种奇异的情感涌上她心头，她说：'桌上的花朵娇艳不争，好似有眼睛，依我看，它们正在微笑呢。'听到小城女孩口中说出这样的话，我惊诧不

---

[1]　指厄热妮·德·蒙蒂霍（Eugénie de Montijo，1826—1920），是拿破仑三世的妻子和法国最后一位皇后。

已，而后发现自己突然自然而然地慢慢踱步走向她，走向这个站在那里踟蹰不前的女孩，用手臂环绕其娇躯，然后亲吻她。这一切被默许，但不会让人耽于某些不雅的想法。她目光低垂，我听见她的心脏怦怦直响，曼妙圆润的胸脯上下起伏。我会求她看我，于是她睁开眼，让我凝视其充满疑问的双眸天堂。接着是长时间的恳请和对视，起初她的目光充满乞求，让我深受感染，而后我也不禁以同样的方式注视她。我自然会抑制不住地发笑，而她仍然会信赖我。多美好啊，这就是小城市，人的眼神便是千言万语。我又开始吻她，吻她弯成美妙弧形的嘴唇；奉承她，并让她不得不相信我所有的赞美，于是奉承压根就不是奉承了；对她说自己视她为妻子。而她一听这话，又将脑袋可爱地歪到一边，然后说好。我像个孩子一样覆在她的唇上，用庄严美妙的亲吻掩盖狂妄与胜利的微笑，她还能怎么抵抗呢？当然啦，她才是胜利者，我只是她的手下败将。稍后就会真相大白，我会成为她的丈夫，为她牺牲、奉献整个人生、自由以及饱览世界的所有欲望。自此，我将永远端详她，觉得她日渐美丽。直到步入婚姻，我将为其魅力所折服，像个流氓一样终日尾随。我会看她跪在地上点燃炉子，我会像个疯子一样放声大笑，以免总是诉诸精妙温柔的言辞，也许还会为了捕捉她脸上一点痛苦的表情而粗暴待她。这样做了之后，我会偷偷跪在床边，在她看不到的角落里，用一颗火热的心朝拜她，爱慕她。即便是她已经涂黑了的鞋子，我也要拿起来亲吻。包裹她纤巧玉足的物件，足以引发朝拜的激情，祈祷不需要很多东西。我时常去临近的高耸石山攀登，无忧无虑地爬上小小的树梢，越过深渊峡谷，在山顶上找块泛黄的牧草地躺下，思索自己究竟在哪儿，追问自己是否把人生局限在这样的狭窄天地间就够了。更何况我虽深爱妻子，但她对我苛求颇多。我只是摇摇头，所有健康、澄明的感官都张开，向着下方的小城延伸出去，任凭思绪神游。我可能会哭上半个钟头，为什么不呢，以此与我的渴望和解，然后恢复平静和喜悦，直到日影西斜，我的姑娘对我伸出手来。一切已经板上钉钉，背后的门闩已经关上，不过这种坚固强硬的封闭只会让我欢欣雀跃。之后我便庆贺婚姻，为生命赋予新的生活。过去的就像骄阳一样沉落下去，我一眼都不会再回顾，这回顾有害且昭示脆弱。时间悄然流逝，我们不再躬身于花朵，而是臣服于孩子们，为其微笑和疑问着迷，这是温馨生活的写照。对孩子们的爱和万千呵护，只会让我们之间的爱恋变得更加温柔、伟大、静谧。我从不问自己是否还爱妻子如初，也未曾认为自己的生活寒酸。我经历生活给予我的一切，心甘情愿地放弃了置于眼前却错过了的刺激冒险。'什么叫错过了呢？'我平静而审慎地问自己。我变得更加可靠，直到妻子去世，我都会坚守一切，保持不变，她也许注定比我早死。我不愿再想下去了，所有东西都尚在明媚未来的黑暗中。您怎么看？我幻想太多，但至少得承认，这甜梦体现出了我想要成为比现在更好的人，体现了我的坦诚与渴望。"

罗莎笑了。她沉默了半晌，仔细端详着西蒙，然后问道："您的画家哥哥最近在忙什么呢？"

"他最近想去巴黎。"

罗莎的脸色唰地一下子白了，闭上眼睛深深吸了一口气。西蒙心想：原来她也爱他。

"您爱他。"他轻声道。

第二天一早，西蒙穿上深蓝色短外套，手里拿起一根纤细而无用的小棍，走出房子。外面还完全是黑夜，黏稠的浓雾笼罩着他，一小时后天空才见亮。他站在一座小山丘上，俯视脚下巨大的城市。天很冷，不过火光四射的太阳正攀越白雪皑皑的灌木与田野，昭示着今日的好天气。悬浮的红球不断升高，熊熊燃烧，蔚然可观，西蒙驻足观赏，暗自觉得冬天的太阳是夏天的三倍之美。明亮而温暖的通红不一会儿便灼燃了白雪，暖烘烘的景色与真切的寒冷交替作用，复苏、激励着漫游者，让他不得不继续大步向前，无法逗留过久。这条路是秋夜里西蒙曾走过的，熟悉得连睡着时都能找到方向。他就这么走了一整天。中午，太阳将美好的暖意播撒到整个地区，积雪快要消融，几处绿色湿漉漉地探出头来。涓涓细流加强了温暖的感官印象，不过到了傍晚，天空泛出深蓝、太阳的红光从山脊消失的时候，天气又重回严酷的寒冷。西蒙再次登上曾经爬过的山，不过这次是在夜里，疾如风火地费劲攀岩，白雪在脚下嘎吱作响。冷杉树上载满厚雪，坚韧的枝丫壮观地朝地面垂下。林子里尚有最后一缕微光，还足以看清沉睡者的身影。这人到底是受了什么刺激，要在这刺骨严寒中躺在冷杉林里的孤僻角落呢？男人的宽檐帽子横扣在脸上，就像是一个人要在酷热无荫的夏天躺下休息，为了安睡而遮蔽阳光一样。可现在是隆冬时节，如此遮住脸实在让人毛骨悚然，毕竟，这季节躺在雪地里休息可真算不上什么乐事。男人躺着一动不动，林子里越来越黑。西蒙仔细打量着男人的大腿、鞋子和衣服。一件淡黄色的夏季西装，很薄，已经破旧磨损。西蒙把帽子从男人脸上拿开，僵硬的面色看上去很是骇人。他一下子就认出来塞巴斯蒂安的脸，这毫无疑问是塞巴斯蒂安的五官：他的嘴巴、胡子、大而塌的鼻子、眼睛的轮廓、前额和头发。他冻死在了这里，无疑，他肯定已经在路上躺了许久。白雪没有显出脚印，可以想见他已在这里躺了很长时间。脸和手早就僵硬，衣服粘在冰冷的身躯上。塞巴斯蒂安一定是因为不堪疲惫才倒在这里的。他从来都不算健壮，总是弓着背，仿佛无法直立，仿佛保持挺直背部、抬起脑袋的姿势让他疼痛，一眼便知，他的生命无法应对寒冷的严酷。西蒙从冷杉树上折下一些树枝，盖在塞巴斯蒂安的身上。在这之前，他先是从死者的外套口袋里抽出来一本露在外面的、薄薄的小册子。里面似乎是诗歌，夜幕已经完全降临，字迹无法辨认。透过冷杉树枝丫的空隙，星星熠熠生辉，一弯皎月纤秀，凝视着地上的情景。"我没时间了，"西蒙冷静地对自己说道，"跟这个可怜人、诗人、空想家再多待一会儿没什么好怕的，但我还得赶紧到下个城市去。他为自己寻的坟墓是多么高贵啊，就这么躺在壮丽青翠、大雪覆盖的冷杉树之中。此事我不会告知任何人。大自然关照着她的死者，星星在头顶轻轻吟唱，夜莺低语索索，对于一个失去听觉与知觉的人来说，这是最好的音乐。塞巴斯蒂安，我会将你的诗带给编辑，在那里它们也许能够被阅读并且出版，这样，你那可怜、闪烁、悠扬的名字便能与世长存。灿烂的安宁，在冷杉树下、在雪中躺卧僵硬，这是你能做到的最好的事了。人们总是倾向于对你这样的怪人施加伤害，还要嘲笑其苦痛。替我向地下可爱的沉默死者们问好，别在不复存在的永恒之火中灼烧过重。你去了另一个世界，肯定在一处风景秀丽的地方，现在成了富小伙，而体面富人的诗歌当然值得发表。倘若我有鲜花，便会将其撒在你的身上。但对诗人而言，再多花朵也不够。你拥有的花太少，你期待着，却从未听到花瓣落在脖颈的簌簌声，它们从未如你所愿落在肩头。你看，我也有很多梦，很多不相信梦的人会做梦，但你认为做梦是你的特权，认为我们其他人只有在愁苦不幸中才会做梦，觉得我们这群人一旦日子好过，便又不再梦想。你鄙视周围的人，塞巴斯蒂安！但是，亲爱的，只有强者才能这么干，而你虚弱无力！我找到你神圣的坟墓不是为了羞辱。不知你遭受了什么，广袤星空下的这场死亡美丽动人，让我无法忘怀。我要把你在高贵杉树下的坟墓告诉黑德维希，让她一起泪洒于此。即使人们与你没什么交集，他们至少会读一读你的诗。"——西蒙最后看了一眼交叠的杉树枝丫，诗人此刻在树下长眠，然后他从死者身边大步离开，迅速转动柔软的身躯从眼前的景象逃离，急急冲上被大雪覆盖的山路。就这样，他不得不在夜里第二次登上这座山。不过这一次，生命与死亡在他的整个身体里焦灼狂热地颤抖个不停。在这个众星闪烁的冰冷夜晚，他几乎想要欢呼雀跃。生命之火驱赶了死亡那温柔的苍白形象。他的双腿失去知觉，只有血管和肌腱顺从地遵循着他快马加鞭的意志。上面有一片开阔的高山草原，他第一次饱览了瑰丽夜晚的崇高景观。他像个孩子一样放声大笑，仿佛从未见过死人。死人到底是什么？唉，不过是生命的提醒，仅此而已，一种甜美追忆之召回，同时也是美丽而不定的未来之驱赶。西蒙感到，既然他还能如此安然地面对死者，那么自己的未来肯定还在很遥远且开放的地方。能最后见一眼这个不幸的可怜人，而且还见到他如此神秘的姿态——如此沉默、雄辩、黑暗、平静、高雅而极致，他感到喜悦至极。赞美上帝，现在诗人身上没什么好微微一笑或皱起鼻子的东西了，只有可感受的东西。西蒙在一家旅馆倒头大睡，恰好就是哥哥绘制过舞厅墙壁的那家。第二天，他整日都在满是积雪的崎岖道路上赶路。他不时张望：看看蓝天，看看路两边的房子，它们漂亮而宽敞，属于那些想显得阔绰优渥的乡民；看看丘陵被黑漆漆的破败树木覆盖，苍穹正在迫近；再看看经过的人们，有些人与他同向，不过很快就被超过了，因为他脚步匆匆，而其他人都在悠闲地散步。到了夜晚，西蒙独自走过一座宁静而狭窄的奇特河谷，四周完全被森林和蜿蜒的小路包围，几乎看不见高处的村子；只能远远看见那里灯火通明，没什么人在外乱跑。沉重的疲惫感开始叫嚣，他便又找了一家旅店。里面的饭馆坐满了人，比起以服务客人为任，老板娘看起来更像个出身名门的贵妇人。他羞涩地表明了自己的需求，惹得漂亮女人惊异地上下打量。他实在是精疲力竭，不过幸运的是，他很快就被带到房间，舒舒服服地躺倒在冰冷的床上，片刻便陷入沉睡。第三天，他来到一座美丽、宏伟的城市，来这里只有一件事：找到一位能够出版塞巴斯蒂安诗歌的编辑。他抵达别人向他描述过的房子，突然意识到自己就这么径直走入、交出已死之人的诗歌并不明智。于是，他在蓝色笔记本的封皮写下标题："一个被发现在冷杉树林里冻死的年轻人的诗，如若可能，烦请出版"，然后投进了巨大的笨重信箱，本子在里面砸出吭当一声。办完此事，西蒙重新上路。天气温和了一些，湿润的雪花凝成大团落在街上，吸引着他前进。城里的陌生人，完全陌生之人，诧异地看向他，仿佛认识他一样。他很快就把真正的城市抛到脑后，来到别致的郊外别墅区，再把它们甩在身后，进入森林、田野，踏上另一片更小的森林，然后到了一个村子，接着是第二个、第三个，直到夜幕降临。

第八章

清晨，小村里在下雪。学生们到校的时候，鞋子、裤子、大衣、脑袋和帽子全被打湿了。雪的香气和泥泞路面上的各种碎石也一并进入教室。小家伙们因降雪而心不在焉，专心不下来，愉悦地躁动着，让老师有点气恼。她刚打算开始上宗教课，就发现一个瘦削、灵活的黑影正在走来，这黑影过于精巧、灵敏，肯定不是农民，就这么飘飘忽忽飞过了那排窗子。于是，孩子们看见他们的老师连课也顾不得上，一下子就从教室冲了出去。黑德维希刚踏出门，就飞奔进站在那里的弟弟的怀抱。她哭着亲吻西蒙，领他到两人能独处的房间里。"你真是不速之客，但来了就好，"她说，"东西放在这儿吧。我还得上课去，不过我今天会早一小时让孩子们回家。没关系，他们本来就心不在焉，我有一肚子理由发火，早点把他们打发走。"——她理了理因热烈问候西蒙而搞得乱蓬蓬的头发，跟弟弟告别，回去工作了。

西蒙在村子里安顿下来。邮政稍后送来箱子，他从中取出全部家当，并不多：几本不想卖掉或送掉的旧书、换洗衣物、一套黑色西装，以及一捆小物件，其中有捆扎绳、丝绸边角料、领带、鞋带、小烛台、纽扣和碎绳。他从隔壁学校的老师那里借来了一张旧铁床，以及上面的稻秆床垫。要想睡在乡下，这点东西足够了。床架是半夜放在宽大的雪橇上，从另一个村子运过来的，黑德维希和西蒙也坐在这架奇特的运输工具上。老师的儿子是黑德维希的朋友，他刚服完兵役，身材魁梧，负责拉着雪橇下山，直到校舍所在的洼地，一路欢声笑语不断。床被安放在第二间房里，套上必要的床褥。对于一个对床没有过分要求的人而言，这就算万事俱备了，西蒙便是如此。黑德维希起初还思考了一会儿："好吧，他来这里找我，是因为他在这广阔的世界上无处可住。这就是我的用处。一旦有别的地方吃饭睡觉，他肯定就会忘记我这个姐姐。"不过，她只是一时钻牛角尖，很快便打消了这个念头。并不是她乐于这么想，纯粹是因为西蒙来得匆忙。西蒙自己则因麻烦姐姐、求其恩惠而心怀惭愧，不过也没持续多长时间。惯性迅速吞噬掉情绪，习惯了，就这么简单！他是真的没钱，但他在随后几天里马上给所有当地的公证处写信，请求派一份工作给他这位字迹优美的熟练抄写员。再说了，村里要什么钱呢！总归要不了多少。隔开校舍里两位住户的脆弱挡板日渐崩塌，他们像一直住在一起那样融洽，快乐地分享匮乏与喜悦。

正值早春，打开窗子时已不再战战兢兢，炉子几乎不需要生火。孩子们给黑德维希带了许多雪莲花到学校，可教室里小容器不够，他们一时手足无措，不知该把花放到哪里。乡野的空气里散发着春光乍现的浓烈芬芳。人们外出散步，沐浴阳光。西蒙已经与当地的质朴乡民们打成一片，毫无隔阂。他们从不反复追问他的身份，只消说出他是女老师的兄弟，就足以赢得尊敬了，人们只当他是来探亲小住的。西蒙穿得破破烂烂，四处溜达，但举手投足间不失些许适度的优雅，绝妙地掩盖了衣物的寒酸。他的破旧鞋子并没有引起许多关注。西蒙觉得穿着坏鞋在田间走动别有一番风味，还从中体会到了乡野生活最突出的乐趣。要是手里有钱，他估计会想要换双好点的鞋，但这只是一种微不足道、不疾不徐的考虑，也许想这件事就要花上两周呢！否则这两周在田里干什么呢？城里人一切都要速战速决，这里的人则都有一项美好的义务：把一切事情从一天拖到另一天，没错，事情自己拖延自己。因为白天来得悄无声息，一不留神，傍晚就再次降临，真正的安睡伴随热烈的夜晚而来，继而又被白日轻轻唤醒，小心而轻柔。西蒙钟爱乡间道路，它们大多尘土飞扬：铺满碎石的羊肠小路，或是让人一不小心就深陷污泥的宽阔大路。他正是爱这一点！让人有机会注意脚下的步子、炫耀自己城里人的身份——他们在遇到路上的泥土时故作小心，带着略显夸张和做作的惊恐表情。上了年纪的农妇也许视其为干净谨慎的年轻人，女孩们则取笑西蒙为躲避沟壑与水洼的纵身一跃。天空经常乌云密布，刮起令人愉悦的风暴，搅动森林，然后在沼泽上歇息。在那里，人们耕作，土地翻腾，马匹静立一旁。有时，天空会微笑，所有人看到这一幕也旋即绽开微笑。黑德维希的面庞露出轻松愉悦的表情，住在楼上的男老师好奇地把眼镜探出窗外，以他的方式享受温柔天空的惬意。西蒙在小商铺买了支便宜烟斗和一些烟草，觉得田间适合美美地抽烟斗，因为烟斗要填满，而"填满"这种动作，与他游荡度日的广袤田野、森林相称。到了温暖的午间时分，他便躺在瑰丽柔美的穹顶之下，在明黄色的湖边草地上舒展四肢，不仅可以，而且必须浮梦万千。但他不梦远方、偏僻和美好，而是梦他周遭的环境——他不知道还有什么比这更美。近处的黑德维希便是他的畅想对象。他忘却了世上的其他地方，用烟斗抽的烟草只会引他重回村子，回到校舍，回到黑德维希身边。他想象："她被某人绑架，乘于一叶轻舟上。湖面娇小宛如公园池塘。她凝视着男人巨大、晦暗的黑色眼珠，坐在舟里一动不动，心想：'他的眼睛就这样看向水面，不分给我一丝目光。但整个广阔水面都在凝视我，用他的眼睛！'男人胡子拉碴，像个强盗。行为上比任何人都更彬彬有礼，眼睛都不眨一下地至死坚持这种殷勤风度，也定不会以手拍胸，吹嘘丰功伟业。这个男人从不吹嘘。他拥有一种绝佳的温暖而雄壮的嗓音，但从来不借此说恭维话。骄傲的双唇之间未曾冒出任何阿谀奉承，而且他还故意用嘶哑无情的声音破坏其嗓音。然而少女知道他的内心无比善良，因而不敢用请求去冲撞他的心灵。一根琴弦悬在水面上，奏响悠长的声波，黑德维希觉得自己要在这鸣响的微风中死去。水上的天空与浮在我头顶的轻盈天空一色，那水色的天空，如飘荡悬浮的湖水，两相映衬。画面中公园的树木与这块地方摇曳的高耸树木遥相呼应，像是园林或庄园。不过，画中的一切都更加浓缩紧凑，而今我重回其中信步游荡，不再进一步考究此地与我的无声关系。男人紧握船舵，肆无忌惮地猛划起来。黑德维希觉得他要用这种方式对抗其温暖与爱意。每当觉察到自己心中的爱与柔情时，他便大感屈辱，毫不留情地惩罚自己，因为他不允许自己的胸怀中仍有这种柔软的情感。他的骄傲真是生硬别扭啊。他不是男人，而是男孩与巨人的融合。对男人来说，发现自己被情感冲昏头脑并不可怕，但男孩却会深受其害。后者想要超越男人的坦诚情感，想要成为超人。他们只想强大，无法接受自己哪怕仅是片刻的脆弱。男孩有种骑士美德，而深思熟虑的理性男人则将这种美德丢弃，认为在爱的节庆中，它不过是无用的附庸。男孩不成熟，所以比男人更无畏，因为成熟往往导致轻微的卑鄙与自私。只需看看男孩坚毅、冷酷的嘴唇：不羁的挑衅清晰可闻，对于自己暗中承诺的坚守历历在目。男孩信守诺言，而男人觉得打破诺言更合适。男孩从严苛的守约中发现美（就像中世纪时那样），男人则雄赳赳地用新的诺言消解许下的诺言，并从中发现美。后者是许诺者，前者才是执行者。少年额前的鬈发，颤抖的唇上带着至死不渝的倔强，目光如匕。黑德维希不住颤抖。园中树木如此柔软，在浅蓝色的微风中逐渐模糊。那边的树下坐着那个她蔑视、厌恶的男人，他就在旁边，冷酷无情，无所承诺，她却一定要献出自己的爱。他从未亲口许下诺言，擅自绑架了她，连作为补偿的温柔耳语都不愿给。耳语是别人的事，他对此一窍不通。即便能理解，他也不会这么做，或者只有在别人皆不愿表达的时候才会。她根本不知个中缘由，但仍献出自己。这是没有回报的奉献，女人们乐于有所渴望，她却无以希求，只承受着不留情面的态度，承受他作为主人，对待所有物的暴躁。他粗声粗气、漫不经心地说话，她却觉得很幸福，仿佛自己成了他的一部分。的确是他的，男人深知这一点，占有之后便不再花心思关照。她散开头发，秀发如液体一般从纤瘦红润的面颊上倾泻下来。'扎起来。'他命令道，她便尽力服从，带着陶醉。男人闭上了眼睛，看上去依旧神色如常；因为他接着就听到了她嘴边呼出的愉悦叹息，一种劳作带来的喘息，她的双手也许别扭，但内心雀跃。他们下船上岸，土地湿软如地毯，或者是好几块交叠的地毯，脚下很容易陷进去。从我抽烟斗的地方看过去，初春刚冒出来的青草纤纤弱弱，还泛着嫩黄。突然，一个娇小、苍白、瘦削的少女闯入视野。她好似公主，身上的衣裙华贵非凡，翩飞着划出宽大的弧度，勾勒出耸立如闪耀蓓蕾的胸脯。长裙深红恰似凝血。少女面色苍白，几近透明，色如山间冬日傍晚的天空。'你认得我！'她说着，转向撞见的男人，他正僵立在那里。'你敢再看我一眼吗？去啊，自杀吧。我命令你！'她对男人如是说。男人的表情似是要顺从。什么表情？好吧，就是那种人们觉得不可挽回、非做不可之时露出的表情。怪相是免不了的，他的脸抽搐着，不得不用尽意志力咬紧牙关，揉搓面颊才行。目眦欲裂。一块鼻子摇摇欲坠。此情此景之下，这种事总会发生的。不过，我不想继续与男人一起摆出表情，一起自杀。想来肯定要用一把长刀，而我没有利刃，只有烟斗。这个梦的开头还挺不错，但现在情节脱轨了，不再适合黑德维希。黑德维希温柔，即使受苦也美好而沉静。男人满脸络腮胡子，还如此残暴待她，听到我的设想无疑只会让她开怀大笑。我描绘的风景虽说秀美，但也仅仅因为这是从我所处的自然环境中借来的。做梦的时候也不应丢弃自然的大地，尤其是设想人物的时候，否则便很容易让角色说出'去啊，自杀吧'之类的话。接着就得可笑地摆出表情，这可是最能败坏梦境的，哪怕是纯然美梦也会败坏透顶！"——

西蒙回了家，这是他养成的习惯：每天傍晚的特定时刻，垂首看着棕黑的土地溜达回去。他还开始在家煮茶，甚至已经掌握了煮茶这门手艺，比例总是恰到好处。这精细富贵的植物一次不能搁得太多，也不能太少。器皿要时刻保持洁净，端上桌时还得整齐优美。酒精炉上的水也不能烧得太过，需按照规定的方式与茶叶混合。这给了黑德维希喘口气的机会，因为她现在只要速速冲出校舍，就能喝上茶，然后重新返回工作。早上起床，西蒙把床铺整理好之后，便走进厨房开始准备可可，让黑德维希高兴的是，味道还很好。他期待能在这项工作中凭借正确的手法，使其至臻至善，哪怕这只是微不足道的日常家务。他也顺理成章、自然而然地负责起给炉子生火，使其保持燃烧，并打扫黑德维希的房间——他熟练操纵长扫帚的技能功不可没。他打开窗户让新鲜空气通进屋舍，看准时间再关上，保证屋里既温暖又芳香怡人。房间里、各种盆盆罐罐中，到处绽放着从外面大自然中采撷来的花朵，狭窄四壁内浓香袭人。窗子上的帷幔简朴却轻薄，为房间增添了许多光亮与舒适。地上铺着暖和的毯子，是黑德维希用可怜囚徒们收集起的废布料制成的，工艺同样精巧出色。角落里放着床，另一角摆着钢琴，中间的沙发套了花朵装饰的布罩，正前方的桌子宽大有余，几把椅子搁在一旁。房间里还有盥洗池、一张带写字垫片的小书桌，桌上的架子堆满了书。地上的小枕头翻了个面，铺了块柔软布料，适宜坐卧读书，偶尔，阅读时就是想离地面近一些，体现某种东方韵味。旁边有台带篮子的小缝纫机，是深居少女不可或缺的绝佳拍档；一块奇特的圆形石头，上面贴了邮票盖了邮戳；一只鸟、一打信笺、几张风景明信片；墙上还悬着用来吹奏的号角、喝水的杯子、手柄粗大的拐杖、装着军用水壶的背包，以及一尾猎鹰的翎羽。此外，几面墙上还挂着卡什帕的画：森林的傍晚风景、从窗户里看出去的屋顶、雾蒙蒙的灰色城市（黑德维希觉得这幅特别好）、傍晚缤纷下的河流局部、夏日的田野、骑士堂吉诃德，还有一座紧挨丘陵的房子，用诗人的话来说就是："其后隐隐有屋。"钢琴上盖了绸布，上面放了一尊青铜制成的贝多芬胸像、几张照片和一个小巧精致的空首饰盒，让人看到便会回忆起母亲。帘子好似舞台帷幕，分隔开了两间屋和两个就寝者。傍晚，女教师的房间亮起台灯，遮上百叶窗，看上去特别安逸。清晨，阳光唤醒沉睡者，她虽然不愿从床上起来，最终却仍不得不起床。

公证处一点消息都没有，西蒙如坐针毡。因此他现在要匆匆忙忙地去寻其他路子挣钱，同时希望姐姐能在分摊家里开销的时候发发善心。他拿起一张纸，写道：

乡村生活

　　我踏着大雪走进村里的房子，虽然我既不是，也不打算成为房子的主人，却同样有着归属感，甚至比国有住房的拥有者更开心。我住的房间从未属于我，它的主人是位温柔可爱的女教师，在我饥饿时以食宿招待我。我乐意当个依靠他人的善意恩赐而活的小伙子，依赖他人，继而喜爱他们，仔细聆听以免错过其善意，何乐而不为？完全可以将这姿态当作最甜蜜的不自由，一种介于无理放肆与温顺、轻柔、自然的小心翼翼之间的行为，我对此深有体会。最重要的是，不能让主人察觉到感激之情，这会暴露你的胆怯与懦弱，从而让招待者倍感羞辱。我们要在内心尊崇同一个屋檐下的乐善好施者，倘若硬把感谢塞给他、大声言说，只能表明你缺乏眼色。他并不想要这样的感谢，其慷慨也不是为了获得什么乞丐式的回报。在某些情况下，感谢就是乞讨。仅此而已。此外，在村里，感谢更多是沉默不语，而不是滔滔不绝。有感谢之义务者如此行事，是因为看到对方也在如此行事。讲究的给予者几乎比接受者更羞怯谨慎，他们更喜欢看到接受者能够自然地接受，如此，自己便也能体面、直接地赠予。顺便提一句，女教师就是我姐姐，这层关系并不妨碍她一时兴起，把我这个懒汉从家门前赶走。她勇敢而真诚，半是慈爱、半是狐疑地接纳了我，当然，她肯定想着，自己这个叫花子弟弟跋山涉水，远道而来看望安逸的姐姐，那肯定是因为他在上帝的世界流离失所了！想必她也有点困扰和受伤，毕竟我已经数月甚至数年都没写过信给她了。她一定以为我不是出于对姐姐的关心与思念，而是出于自己身体的需求而来的，为此惨遭痛击也在所不辞。现下情况有所转变，这些敏感问题不复存在，如今我们不仅是血亲，更是和睦相处、并肩生活的同伴。啊，在乡村，两人和睦相处并非难事。拥挤的城里，人潮涌动、忧愁日增，而在这里，人们很快就抛开了所有怀疑与秘密，爱得更明快、更愉悦。即使是最贫穷的乡下人，都比不那么穷的城里人忧虑更少。城里的一切都要由人的言行来衡量，而在这里，忧虑就这么继续安安静静地忧虑着，痛苦顺应痛苦之自然会慢慢自行消退。城里的万事万物都在为致富奔波，因此总有许多人认为自己穷困潦倒；乡里至少大部分人都无须与富人比较，也不会终日内心受挫。尽管穷，但他们心平气和地继续呼吸，因为他们有能呼吸的天空。城里哪有什么天空！——我自己只剩一小块银币了，得花在洗衣服上，我姐姐也身无分文。除了一些没法说的秘密，她对我毫无保留。但我们沉声静气。松软的面包、新鲜的鸡蛋、香甜的糕点，想要多少就有多少。孩子们及其父母会把所有这些东西带到学校给我们，赠予他们的女教师。乡下人知道该以何种方式给予才能让接受者同时倍感荣幸，而城里人简直害怕别人的赠予，接受者是屈辱受伤的一方。我真搞不懂为什么，也许是因为城里人面对善心的给予者总是显得厚颜无耻吧。于是人们提防着，不愿对挨饿受苦者怀有高尚的同情心，只能偷偷摸摸地施舍，或者将慈善作为自我炫耀的方式。害怕穷人，这是多么可怕的弱点啊！人们宁愿固守财富，而非获得如同女王对卑微乞丐伸出手一样的荣光。在我看来，城里的贫穷是巨大的不幸，因为没人能乞讨，因为大家都觉得仁慈的施与并非当今主流。城里至少有一条真理：宁可不施舍、不感到怜悯，也不要心不甘情不愿地施舍，然后意识到自己委身于弱点。在乡下，给予并非弱点。人们希望给予，有时候甚至觉得能够给予是种荣耀。倘若谁对给予抱有戒心，终有一日定会被各种命运践踏，备受折磨，然后不得不像真正的乞丐那样，狼狈、尴尬地接受施舍。那些家财万贯，却刻意无视穷人的人，真是卑劣可鄙。哪怕是折磨、奴役、强迫、打击他们，都比无视要好，这至少会产生一种连接、愤怒、心跳，也即一种关系。然而，蜷缩在金色花园栅栏后的精致房子里，感受到一丝温暖人类的气息便惊惧万分，不愿放纵豪奢，因为害怕自己会被痛苦的受压迫者发觉；因为自己在压迫他人，却没有勇气承认自己是压迫者，害怕被自己压迫之人——他在财富王国中既不自在，也不让别人自在。使用无耻的武器，既不需要真正的反骨，也不需要勇敢的气魄，只要有钱。但只有金钱，没有华贵，这就是当今城市的景象。在我看来，它令人厌恶，亟待改善。乡村大不一样。这里的可怜穷鬼更清楚自己的位置，仰视富裕者时带有一种健康的美慕，人们欣然应允，因为这种目光更增添了富裕者的荣光。在乡间，拥有一座自己的房子是种根深蒂固的渴望，一直要持续到见上帝为止。因为在广阔的苍穹下，拥

有一座宽敞美丽的房子便好似天堂。城里则
不是这样。暴发户可能就住在有古老血统的
伯爵家旁边，没错，有钱便能随意拆除住宅
和神圣的老房子。城里人谁想拥有房子呢？
不过是一桩生意罢了，既无骄傲也无喜悦。
住宅里从下到上住着形形色色的人，所有人
都只是擦肩而过，互不相识，也并不想结识
彼此。这还算住宅吗？长长的街道上满是这
样的住宅，为了正确称谓，最好还是别叫
"住宅"，换个奇特的新名字吧。乡下的新鲜
事总是比城里更丰富，城里人阅读报纸上的
事件时冷漠而厌烦，到了这里则是口口相传，
热切而刺激。乡下也许一年就发生一次大事，
但这是所有人的共同经历。一个村庄由其所
有的隐秘角落组成，比大多数城里人设想的
更具活力和智慧。比如，许多五官神似我们
所有人祖母的老妇，整日坐在窗子的白色帷
幕后，能够出神入化地讲述动人的故事。许
多村里小孩接受的是心性与理智的教育，其

心智远超人们想象。这样的孩子一旦转到城里的学校，常常会显露出过人的天赋，让新同学们震惊不已。不过，我也不想贬低城市或者过分拔高乡村。只是这里的日子太过美好，容易让人忘掉城市。乡村生活唤醒了对远方的向往，人却不想启程远行。万物有来有往。白日将尽，送来美妙的傍晚。人们走去散步，走在发现夜晚的路上，走在为了夜晚而发现的路上。房屋错落有致，更加突出，窗子闪烁着光芒。下雨也很美，让人觉得下雨也是好事。我来的时候已经差不多要到春天了，现在春意更甚，门窗敞开也无妨。我们开始翻掘花园，而其他人都早已翻过。我们是晚熟之人，倒也恰如其分。一整车湿润、昂贵的黑土卸到了我们家，要和花园里现有的土混在一起。这就是我的工作，虽然听上去不太可信，但我确实挺开心的。我可不是天生的懒骨头，不是的，我只是无所事事，因为好几家行政办公室和公证处都不愿雇用我，他们不知道我的价值。我花了整个周六把地毯收拾干净，这也是工作；我还勤奋地学习做饭，这也算是努力。吃完饭我把餐具擦干，跟姐姐闲聊，话题无所不包，有说有笑。早晨，我打扫房间，把包裹送到邮局，回家，然后思考接下来要干什么。一般情况下都无事可做，于是我走进森林，久久坐在山毛榉丛下，直到觉得该回家了。看见人们劳作，我为自己没有工作而不自觉地感到羞愧，但我又觉得，其实除了羞愧，我什么也做不了。白日好似仁慈的神明朝我砸过来的一样，神喜欢把东西给窝囊废。我对自己的要求，无非就是要有工作的意愿，以及抓住摆在面前的任何工作机会，因为我感觉这样会挺奏效，而且与乡村生活一拍即合。在这里，事情不能做得太多，否则就失去了纵览美妙整体的视角，失去了作为旁观者的体面，这二者在世上都是不可或缺的。对我而言，唯一的痛苦来自姐姐，我无法还清欠她的债务，看着她吃力地履行繁重的义务，我却在一旁做白日梦。对于我游手好闲的惩罚迟早都会降临，但我相信，我的神明喜爱我——神爱快乐者而厌恶悲伤者。在我的不断振奋、搞怪逗乐下，姐姐早就不再悲伤，在这方面我还是很有天赋的。但也只有在笑我的姐姐眼里，我才拥有善意的滑稽，面对他人，我便摆出一副威严但不僵硬的面目。只要不想被当作流氓，免不了需要通过严肃的举止向外界证明自己的存在，这是一项义务。乡下人对年轻人的姿态非常敏感，希望看到他们沉着冷静、彬彬有礼、谦逊恭敬。我写完了，希望能通过这篇文章赚点钱；倘若不能，写作本身本来也足够有趣，随着写作，数小时悄然流逝。几小时？是啊！人在乡下，写作也慢，你时常被打断，手指不再灵活，甚至思考的方式也变得乡村。再见吧，城里人！

第九章

　　西蒙送信去邮局。之后的周日，大哥克劳斯前来拜访。那天还下着雨，冰冷的雨滴敲打在已经苏醒的花蕾上，让人看了感到阵阵寒意。克劳斯见到安顿在妹妹家的西蒙，露出大吃一惊的表情，他还想着西蒙也许在国外呢。不过他面上还是尽量保持着友善，不想毁掉这个周日。三人全都很安静，常常相对而立却一言不发，似乎正在组织语言。随着克劳斯一道，某种引人深思的陌生感也进入黑德维希的住处。环顾四周，各种东西都好像错了位，当然是因为西蒙的在场。克劳斯今天不想说教指责，虽然确实有这种强烈的冲动，但他尽力规避着挑拨离间的言论。他满目疑问、意味深长地看着弟弟，似乎要说："你的行为让我感到震惊。本以为你已经是个成年人了。占用着姐姐的住处，继续游手好闲，光彩吗？真是的，不体面！我本想要打开天窗说亮话的，但我爱惜黑德维希，不想让她因此受伤。也不想毁掉这个周日！"西蒙心知肚明。他完全理解那道目光，理解那种重逢时僵硬、刻意的温暖，理解那些沉默与尴尬的含义。值得庆幸的是，克劳斯没说话，否则他就得找些违背本心的回答来辩白。当然，当然！放在任何一个年轻男人身上，他的状态都该遭到谴责，其行为也确实没什么好辩解的。但在这里的美好也是千真万确的，美好，美好。突然，一种柔情袭来，他对克劳斯说："我明白你的疑问与意见，但我发誓这一切不久就会结束。我想你应该对我有点了解。你相信我吗？"克劳斯朝他伸出手去，周日得到了拯救。很快到了午饭时间，黑德维希发现两兄弟之间的气氛发生了变化，暗自微笑。"还是不错的，克劳斯！克劳斯不错。"她心想，然后兴高采烈地端上了美味的饭菜：先是一道精美的汤，黑德维希对其中的高超烹饪技法谙熟于心，接着是猪肉配酸菜，最后是肥美的烤肉。西蒙滔滔不绝地大谈世界与人，变着花样引得哥哥参与谈话，还带着一种搞怪的热情赞颂着一桌盛宴，让黑德维希每次都开怀大笑，心情愉悦地忘却了所有可称得上忧愁的东西。下午虽然天色阴沉，三人还是散了会儿步。然而田野很潮湿，他们缓步走上去，很快便不得不折返。晚间，兄妹三人又陷入了沉默。西蒙装作读报，克劳斯没话找话，故意说些最无关紧要的事，黑德维希则心不在焉地随口答着。分别前，克劳斯把妹妹叫到厨房去要说几句话，不想让屋里那人听见。到底说了什么呢？该是什么就是什么吧。然后克劳斯就离开了。黑德维希走了一段路送客人离开，当她回到恢复为两人的家时，一阵喜悦不禁涌上心头，仿佛学生们知道了严厉的老师终于再次远去。他们的呼吸自在了许多，又能重新做回自己了。黑德维希张口道——由于对自己要说的话有一丝担心，她的声音听起来热忱而尖锐："克劳斯一向如此。无论在哪儿，他总让人有些害怕。和他在一起时，我好像不自觉地就变成了认罪的学生，正因为自己的轻率等着挨骂呢。哪怕你觉得举止已经够严肃了，在他眼里都仍是轻率的。他的眼光与众不同，时常极其烦扰地打量着世界，好像时刻要为某事忧虑才行。这个人老是给自己和别人制造焦虑，嘴里说出的话都凝结了千万次深思熟虑。他对世界、对把自己与世界牵在一起的绳子满腹狐疑。他可真喜欢说教啊，或者更准确地说，他其实都没意识到自己在说教：他不想说教，却本能地、违背意志地这么做了，也不能怪他。毋庸置疑，克劳斯善良且温柔，但又总在质疑究竟温和良善是否恰当。严苛肯定不适合他，但他又相信，只有通过严苛，才能完成某些他以为通过善良实现不了的东西。他把善良看作不慎，却又非常善良。他禁止自己变得无害而善良，但又最想成为这样的人，始终害怕变得善良就会毁坏什么东西，让自己在世人眼里显得轻浮草率。他只看见别人观察探究的眼睛，却不见那些想要与他平静对视的眼睛。没人能平静地望向他的眼睛，你会感觉到他的不安。他总想着别人在打量他，还想深入了解别人是怎么想的。一旦找不到你身上的过错，他就浑身难受。可他又是这么善良！他不开心。人要是开心，说出来的话就会立马不同，我知道的。他别扭地羡慕着别人的快乐，总喜欢对别人的快乐与不羁指指点点，自己则肯定愈加痛苦。他听不得别人说起快乐，我理解，为什么非要听呢。这简单的道理连孩子都明白：不幸之人常仇视他人的幸福。高贵如他，肯定知道其中的错误，这又何尝不是一种痛苦。他绝对高贵，然而，该怎么说呢，他的冷漠和对这种冷漠的无动于衷，朽坏了内在的某些部分，很微小的一部分。哎呀，当然啦，冷漠是命中注定的，他太看重这种心绪与冷淡了。我发泄一通，因为他伤到我了！而提到你，西蒙！哎哟天哪。别人对你的看法就完全不同，你这个一生欢乐的弟弟呀。知道吗，其他人总在想：该揍他一顿，痛打一顿，该他受的！你让人震惊，让人不明白你为什么还未坠入深渊。从来不会有人同情你。你向来被当作吊儿郎当、放肆捣蛋的快乐小伙。不是吗？"

西蒙爆发出一阵大笑，这样的欢笑又持续了一个钟头。外面有人敲门，两人抬头，西蒙起身前去查看是谁在外面。是邻居女教师，她双眼红肿着跑来——暴虐冷酷的丈夫再次对她施加了拳脚。两人连忙安慰，让她渐渐缓过了神。

天气愈加温暖，大地日渐茂盛，覆满厚实的青草毯，田野与耕地水汽氤氲，森林郁郁葱葱、绿意盎然，蔚然壮观。整个大自然都在尽情展露自己，绵延、扩张、蜿蜒、腾跃、簌簌、嗡嗡、沙沙作响，释放芬芳，静卧如五彩斑斓的梦境。土地特别丰沃，颜色深沉，密不透光，以某种姿态将其繁盛的浓郁延展开来。绿色、深棕的土地，黑、白、黄、红的斑点遍布，灼热的气息吐放，几乎像是开花的景象。大地宛如半遮半掩的慵懒美人，四肢一动不动，熠熠生辉，香气四溢。花园里的芬芳传到路上，再扩散到男男女女劳作的田野上。果树是一阵明快如歌的鸟鸣，不远处的圆拱形森林则是小伙子们的合唱。绿荫浓密，几乎不见其中的道路。林中空地的上方是慢吞吞的白色梦幻天空，好似能看见它沉落下来，听见它像鸟儿一般鸣啭——那种无人见过，却自然地与大自然相融的小小鸟儿。记忆涌来，人们不愿却不得不分析或思考它，由此产生一种甜蜜的苦痛，但人们又太懒散，无法彻底感受这痛苦。你就这样走着，又停下来，转身环顾四周，看向远方、上方、下方、对面、大地，深感万物花开繁荣的倦怠。林间的嗡鸣不是裸露空地的嗡鸣，它与众不同，要求每种新的白日空想都有新的表态。你总是不得不挣扎、抵抗、轻轻拒绝、思忖且踌躇动摇。万物都在动摇：费心尽力而后自觉无力。但这样是很甜蜜的，只有甜蜜：一点点困难，而后又有点吝啬，而后虚伪、狡猾，而后仅此而已，而后愚蠢至极；最后，寻找美丽之处就变得极其困难，让人完全提不起劲去寻了。所以你漫谈、行走、闲逛、忙碌、奔跑、犹豫，如此便也成了春天的一部分。嗡鸣会对自己的嗡鸣、咕咕声和歌唱着迷吗？绿草能观察自己曼妙的摇摆吗？山毛桦有可能爱上自己的倩影吗？你感觉不到疲惫和迟钝，任凭万物保持原样，如此行走，如此来回摇摆。整个大自然看起来就是个犹豫不决者、徘徊期待者、悬而未决者！芬芳悬浮着，土地等候着、期盼着。各种颜色便是其幸福的表达。盛开的灌木丛中也有某种早衰和不祥之征：一种"无所欲求"，一种绝无仅有的微笑。烟雾弥漫的湛蓝林山听上去宛如很远、很远的号角，景色带点英式风味，如同葱茏的英式园林，声音中的葱郁、摇摆与起伏吸引着感官，让人感到亲切。你想着，在这样或那样的地方也有此地一般的景致，这地方在心里唤起了所有地方的形象。一种滑稽的呼唤，是从远方送来、携来、拿来的，少年式的赠送，孩童式的呈现，一种服从和倾听。你可以随意说话或思考，而它总是一贯的无语、无念！它轻盈而沉重，欢乐而痛苦，是诗意也是自然。人们从此理解了诗人，不，其实仍未理解，因为倘若人真的这么走着，如此慵懒迟缓，便也不会想起自己理解了他们。理解本就无甚必要，理解从未"理解"自己，它是自发的，并会悄然消散：在你聆听声响、看向远方、记起"该回家了"的时候，或者在履行某个完全微不足道的义务之时——即使春天也有义务等待着完成。

夜色真美。月在井水与流动的河水中倒映，爱上了开花的灌木与树木的白色，爱上了小路让它目眩的漫长蜿蜒。月光将坟墓静立的教堂墓园变成白色仙境，让人遗忘了埋在那里的死者。它穿过悬空、狭长、发丝般的枝丫，刚好让人能够阅读墓碑上的铭文。西蒙绕着墓园走了几圈，随后踏上一条向上的小路，越过平坦的高地，穿过闪闪发光的矮灌木丛，陡降到一片小树丛中的草地，然后坐在一块石头上，思考究竟还要再过多久这种只有观看和沉思的生活。不久的将来总要结束，这种生活不能继续了。作为男人要严格履行其义务，他知道自己得赶紧重新找点事做。回到家后，西蒙组织好语言，把自己的想法讲给了姐姐。她说，他完全不应该考虑这些，至少不是现在。好吧，他说，我不想了。更何况，继续留在这里的想法实在诱人。他究竟想要什么，要朝哪里努力呢？旅行吧，他身无分文，而且要去哪里呢？什么会在哪里期盼着他呢？算了，还是在这里待上一小段不确定的时间吧。也许将来远行的时候会因渴望归来而发疯呢，这又有什么好处？不，这种不合时宜的渴望当然要尽早清除干净。但人难道不是经常在做不合时宜的事吗？总之，他没走，而且无意继续沉溺于这些烦扰他的念头。

就这样，几天日子来了又去。时间来得无声无息，走时无人觉察。以这种方式，哪怕时间久久地踌躇不前，它仍在匆匆流逝。西蒙和黑德维希如今更是亲密无间，两人在灯下闲谈，度过许多傍晚，不知疲倦。吃饭时他们聊饭菜，搜刮语词褒扬其简朴与美味；工作时聊工作，言辞相伴；散步时则聊散步的愉悦与享受。他们渐渐忘了彼此仅仅是姐弟，仿佛更多是被命运而非血缘相连，像困在一起的囚犯一样相互交流，在友谊下努力忘却生活。他们百无聊赖地浪费时间，也想就这么浪费着，因为每个人都觉得严肃性只会潜藏在背后，只要愿意，他们也都知道该如何严肃行事和交谈。黑德维希感到自己日渐全然暴露在弟弟面前，为他所认识，她没有隐瞒这种感觉带来的安慰感。他不仅认为与她共同生活是明智之举，适合自己的处境，而且也乐在其中，这让黑德维希受宠若惊且感激不已，因而也比以往更加真挚热忱地对他敞开心怀。两人都觉得自己对对方足够重要，足以骄傲地共享一段人生。他们在回忆中谈了许多，想了许多，相互承诺着要将一切深藏在消失的幼年时光中、突然想起的东西全部抖搂出来。你还记得吗！谈话常常由这句话引发。他们就这样沉浸在过去的美好形象之中，不厌其烦地让某段回忆教训自己的情感与理性，在上面磨快自己的笑声，而且在悲伤的时刻依旧保持明朗——这也很适宜。过往反过来让他们对现在的理解更加清晰、敏感，这种被感知的现在变得更为丰满、生动，仿佛被赋予了双重、三重的镜像，也更直截了当、一目了然地展示着通向未来的道路。他们经常描绘着未来，轻松地陶醉其中。梦想中的未来总是美妙的，思考的思想也总是明朗而轻松。

第十章

一天傍晚，黑德维希说："我好像感觉自己与生活之间隔了一面单薄而不透明的墙，对此却只能忧虑，不能悲伤。也许别的姑娘有同样的感受，我不知道。可能我只顾着为生活学习某种职业技能，错过了自己的终生事业。我们女孩总是只学一半，也并不是为了学习而学习。我竟然当了老师，如今想来真是奇怪。为什么不去做裁缝或者别的什么呢？到底是什么情感促使我从事这份职业呢？真是无法想象。那时的我究竟是被什么样的奇妙或希冀吸引了呢？难道我坚信自己要行善，将其视为必须履行的使命吗？少不更事的人会相信很多事情，而经历让人重新相信别的东西。真奇怪啊。我这样严肃对待生活，终究也被严苛冲撞。我得跟你说，西蒙：我把生活看得太严肃、太神圣。我承担着男人的职责，从未想过自己是个女孩。没人说我是女孩，没人用夸赞女孩子的方式奉承过我。从未有人为我深思熟虑，好像必须给出简单的指令，让我顺从，哪怕我会愤怒地跳起来。若是这些话真的发自内心，我会听从的。但我听到的只有些肤浅、漫不经心的意见：'做这个，做那个。有份工作挺好的，会给你带来全部尊严与荣耀。'诸如此类。做个闷闷不乐、内心空虚、充满渴望的女孩，真是独特的荣耀啊，就像我现在从工作中得到的那样。对一个臂膀强壮、积极进取的男人而言，职业之于生活尚且是种负担，而我这样的女孩已然被它压垮。职业带给我快乐了吗？完全没有。请不要害怕我的开诚布公，我这样做，纯粹是因为在你面前，一个人会乐于开诚布公。你懂我，我知道。别人也许同样能理解，但他们出于种种原因不乐意这样做。你愿意理解，因为你没理由畏惧这些简单的坦白。在内心深处，你与我，你的姐姐，共享着我的整个生活。

仅仅作为弟弟，你实在是好得过头。真遗憾啊，我不能更多地拥有你：即使你此刻在点头，表示愿意这么做。让我说下去吧。你做听者，就会让人有说下去的欲望。继续听：我决定放弃学校岗位了，很快；我的精力再也无法支撑生活了。我曾认为这样的生活妙不可言——引导孩子们迈向世界、教导他们、让其灵魂向美德敞开、督促和劝诫他们。这些任务的确美好，然而对我这样的弱女子来说却过于沉重，我无法胜任，远远不能。我曾以为自己可以，如今却意识到了其反面：我看见自己在任务面前轰然倒塌，看到自以为的每日精神源泉原来只是过度与不公的沉重负担。难道我要无限度地遭受不公，哪怕这种不公的来源是无罪且甜蜜的：来自孩子们？来自孩子们！可我又能做什么呢？我再也受不了他们了。起初，所有孩子的面庞、小动作、奋进乃至错误，都会带来喜悦，一想到能为这群羞怯无助的小家伙奉献自己，我便欣喜不已。可是仅凭这种念头如何能掩盖生活呢？怎能因为某个理念就抛却一辈子的生活呢？唉，有一天，那些理念和奉献都不再有意义，曾经让人交付一切的念头，再也激不起内心的热情，灵魂中的交换从而失去了理由。唉，一旦察觉到这是场交换，你便会开始沉思、分辨、评估、带着悲哀和怒火做比较，然后为自己的变化无常和不忠而沮丧，再后来一切作结，你找到一片寂静处独自哭泣，终于能够重获喜悦。只消体会过一丝不忠的气息，你便会彻底抛弃那种全情投入的生活理念，说：我只履行义务，不再想别的了！孩子们仍然可爱，我仍然爱他们。谁能不爱孩子们呢？但我上课的时候，不再关心他们幼小的灵魂，而是畅想其他遥远的东西。这是对他们的背叛，我不愿如此。哪怕是微小的事物，小学老师也必须全身心投入，否则就无法行使权力，一旦没有权力，老师便失去了意义。也许这么说有点夸张，我也坚信，所有或者大部分人听到我这么说，都会觉得言过其实。但这的确就是我对生活的见解，也是我唯一能说的了。我尚未学会如何装作满意、装作富足、在不舒服时装作舒服——任何认为我有这样本领的人都搞错了。我太衰弱，无法蒙骗和假装。哪怕绞尽脑汁，我可能也找不出要如此伪装的理由。现在跟你说这些，是因为我终于等到了一个能让我卸下所有弱点的时机。在经历了数月的痛苦压抑之后，能够坦白自己的弱点是一种解脱，所需要的力量超过我具有的力量。我不可能永远履行那些讨厌的职责，所以我眼下在寻找一份能同时容许我的骄傲与弱点存在的工作。能找到吗？我真不知道，只知道自己必须找，直到证明幸福与职责确实能够共存。我想成为教育工作者，而且已经有位富裕的意大利女士能提供一个职位。我给她写了一封长信，说明我有能力指导两个孩子，一男一女，学习他们想学的任何东西。信里的内容我记不全了，不过我大概写了自己想离开学校去做儿童家教，写了自己很喜欢小孩，也很会照顾他们，写了我能弹钢琴、刺绣，而且属于那种面对严苛仍能释放善意的女孩。我在信里介绍自己的用词相当自信，向女士传达了以下信息：我善于爱护与顺从，但是不善奉承，仅仅在我如此要求自己之时才行；我宁愿未来的女主人自重、严厉而非宽厚，假如我发现她可以被轻而易举地有意蒙骗过去，那只会使我痛苦、失望；我去她那里不是为了休息，而是希望我的手、我的心能够工作起来。我对她坦承，自己现在已经预感到会发自内心地关爱两个孩子，我丝毫不缺乏对孩子的尊重，能够严厉且全心全意地教育他们；我期望能被允许以这种方式来服务她这样的女士，服务应该紧中有松，这是我坚定不移的观点。油嘴滑舌和奴颜婢膝并非我的专长，我也无法以粗暴、低贱的方式待人接物。但我愿意放弃雇主的温和对待，以换来冷漠严厉，只要不是侮辱性质的。在任何时候，我都能够认准、分清自己与她的位置。我不求公正，只求自尊，这种自尊心会阻止我受到不公正的待遇。哪怕在一年之中，她只对我的工作表示过一次善意的赞许，我都会满心欢喜。这对我来说比两人的亲密度更重要，后者是一种羞辱而非仁慈。我希望能找到一位让我仰视的女士，好叫我向她学习人在不同的场合下该如何行事。而她也不必担心我会乱嚼舌根，以四处宣扬她的秘密为乐。我对她说，我无法向她表达自己对她的钦佩与顺服，也无法证明自己绝不会惹她生厌。我接着谈到了自己的担忧与希望，就是我现在还完全不懂意大利语，不过，只要有人教，我肯定能很快学会。除此之外，想不到还有什么别的理由可以阻止我住进她的屋檐下了。最后我说，也许我身上还有附着的羞涩，不过我正要克服它，笨拙和迟钝不是我的本性——"

"你已经把信寄出去了吗？"西蒙问。

"寄了，"黑德维希继续道，"有什么能阻挡我呢？也许我很快就要从这里离开，远行让我有些担心：要抛下的东西很多，倘若我忘却那些丢开、离弃的东西，到头来也可能什么都捞不着。尽管如此，我还是下定决心要走，我不想再跟自己的梦想独处了。你很快也要启程，那我为何还要继续待在这儿呢？你留我在原地，如一地残片、变质的物品，或者说，这整个地方、这座村子、这里的一切都将变成残片，变成被抛弃、被遗落、被漠视的物件，那我还要在里面吗？不，我太习惯于用你的眼睛去审视我们在这里的生活了，只要你觉得美，那就是美；你觉得美，我便也觉得美。但我自己可能再也无法觉得它足够美丽和伟大了，我会因其狭隘迟钝而心生蔑视，它也因为我的无情蔑视而变得狭隘迟钝。我没办法一边生活，一边蔑视生活。我得为自己找到一种全新的生活，即便这种找寻最后成了生活的唯一支撑。受人尊敬，却失去幸福、失去需要被满足的自尊心，怎会如此啊？哪怕不快乐也比受尊敬要好。我受人尊敬，却不快乐，从尊敬之中我一无所获，因为在我眼里唯有快乐值得尊重。所以我要尝试抛开尊重，看看自己是否能获得快乐。也许这种方式能带来幸福，能带来不是出于聪慧、爱和渴望的尊重。一个人可能因为试着变快乐而不快乐，我不想只因没有勇气承认这一点而不快乐。这种不幸值得尊重，其他则不，缺乏勇气没什么好尊重的。我怎能束手旁观，只是谴责自己的生活仅有尊重呢？更何况，这种尊重还总是因为我成了别人想要的样子才获得的！凭什么？我为何要去经历那些终究一文不值的东西呢？所以你为此忧心、小心、等待，最后却只是被人愚弄。等待再愚蠢不过了，如果我们不自己前去争取，想要的东西不会自己跑来。诚然，许多恐惧是由那些看似关心我们的懦夫灌输给我们的——那些一听到你说大胆的话就开始摇头的人，我现在差不多对他们恨之入骨。倘若他们得知那些需要勇气的事业已经完成，又会做何感想呢？这群顾问怎么就从自由行动的内心力量中退缩了呢！他们没寻到，也无法展现勇气，便用甜言蜜语来奴役你。他们满怀遗憾地看到我从此迁走，不愿去想我为什么要离开这个如此舒适又有利可图的地方。而且，其实我离开的时候，内心也在劝说自己留下来。我曾梦想成为农妇，属于某个质朴而温柔的男人，拥有自己的家、一块田地、一座花园以及它所享有的天空，梦想着建造、种植，梦想着除了尊重不需要更多的爱，梦想着看见孩子长大的喜悦，以此来补偿所有失去的、更深的爱。天空触碰大地，日子一天天轮转，我在忧虑中逐渐变老，在阳光明媚的周日站在门下，近乎茫然地注视着匆匆而过的行人。我也许从此再也不会追寻幸福，会忘却热烈的情感，听从我的丈夫及其要求，把它们当作眼前必须履行的义务。我会懂得作为农妇的义务。梦想就像在夜晚一样终日沉睡，不再要求什么。我会心满意足，因为无知而满足，因为不能对丈夫露出阴沉忧心的愁闷额角而愉悦。丈夫起初也许会掌控节奏，那时候许多事情还在热切压抑和悸动着。他关爱我，温柔地培养我处理手头的任务，而我对这一切心怀感激。终有一天，我会奇怪地发现，自己在内心深处开始无法容忍那些性情刚烈、不知满足的女人，也就是曾经的我那种类型，因为我认为她们危险且有害。

简而言之：我变成了芸芸众生，也开始像他人一样理解生活。但这一切只是梦。除了对你，我也不会再说起这些。你不会嘲笑做白日梦的人，也不因为任何人做梦而蔑视他，因为你根本就不蔑视任何人。我其实也不是个这么偏激的姑娘。怎么会呢！现在说得有点太多了，一旦这样我就容易说多。我想解释所有的感受，却解释不了，只会越说越激动。来，我们去睡觉吧。"——

她平静地轻声道了晚安。

"真好，"她第二天早上说，"我还在这儿。怎么能如此疾风暴雨般地就想要从一个地方离开呢。好像搬走有多重要似的！昨天如此健谈，真是让我几乎有点羞耻、发笑了。不过我真的很开心，总得这样发泄一次。你昨天倾听的时候真是耐心啊，西蒙！近乎肃穆了！也让我开心不已。晚上和早上就是不同，不，完全不同，无论是表达还是感受上都大相径庭。听说仅仅是一晚安睡就能改变一个人，我深以为然。在今早的明媚中，昨日所说似乎都变成了不安、过激、悲伤的梦影。算得了什么啊！怎能对待事情如此敏感、较真呢？别想了！我昨天肯定是过于疲惫了，晚上总是劳累昏沉，而现在我又浑身轻松、健康、清爽，宛若新生。感觉变得特别灵敏，仿佛有人像抬轿一样抬高、托举着我。开窗吧，我还想在床上躺会儿。真舒服啊，开着窗躺在床上，就像你现在这样。有什么能比裹在被子里更舒服的呢？从我这里看去，外面的美景好似在舞动，微风穿过我。今天是周日吗？不是的话，那今天就像照着周日打造的一样。你看见那些天竺葵了吗？正美美地立在窗前呢。我昨天想要什么来着？快乐？现在难道不快乐吗？难不成非要先到未知的远方、在根本没时间关心快乐的人群中探寻一番才行？挺好的，人在很多东西上没时间，真挺好，人一旦有了时间，就会狂妄放肆至死。我的头脑现在一片清明。完全空白，而思想的主人，我，要愉悦而轻松地躺倒，就像现在这样。你能把早餐给我送到窗前吗，西蒙？让你来服侍我，真有意思，我好像成了葡萄牙贵族，而你就是很有眼力见儿的摩尔童工，当然会应我的要求。你怎么会用拒绝来证明自己的专心致志呢？稍等，你是冬天来的，大雪纷飞的时候，我记得很清楚，从那以后又过了许多美好的雨天。如今你马上就要走了，求你再多待几天吧，别这么快就收回你带来的愉快。三天之后我又会对你说：'再待三天吧。'而你仍然不怎么反抗，就像现在一样，端着早饭送到我床边。你是个不抵抗也无所顾忌的人：别人让你干什么，你就干什么；别人想要的，你都想满足。我相信，得要求你做特别多不正当的事，你才会生气。这让人不得不对你产生某种蔑视的情绪，我都有点看不起你了，西蒙！但我知道，别人对你这么说也没关系。顺便说一句，我觉得只要你想，你是能成就英雄事业的。瞧，我对你的评价还是相当高的。人们愿意在你面前展示所有的姿态。你的行为是所有不自由的解药。我扇过你耳光，还曾在你犯错的时候向母亲告状，好让她惩罚你。现在求你给我一个吻，或者让我给你一个吻，这样更好。在你的额头，轻轻地！就是这样。与昨晚相比，今天我仿佛圣徒。我对还未到来的时间有种预感，来吧，万物！但别笑话我！不过你笑的话我还是很开心的，因为你的笑声与蓝色的清晨相称。现在我请你出去，给我点自由空间来更衣。"

西蒙退出去，留她独自待在房间。

"我已经习惯了，"黑德维希在那天又对西蒙说，"总是视你逊色于我。也许别人也是这样待你的。你很少留下聪慧的印象，更多是友爱，你也知道大家大概是怎么估量这种感觉的。凭这种行事作风，我不信你能在社会上获得什么成功。但你肯定也未曾为此困扰，至少在我看来，你最不可能有困扰之类的情绪了。只有了解你，才能知道你有深刻的情感与独特的思维，否则就见识不到。这极有可能是你在生活中屡屡失败的要点和原因：别人要先认识你，之后才能予以信任，而认识需要花费时间。成功取决于第一印象，你虽说对此一窍不通，倒也并不会因此心神不宁。爱你的人不多，但那些人中有很多都愿意为你许诺一切。他们都很质朴善良，很喜欢你，你的笨拙会带你走向远方。你身上那种笨拙、无能的东西，某种，该怎么说呢，满不在乎的傻气，让很多人感到不快，骂你粗鄙无礼。你早早就要面对许多恶毒的评价，为很多敌人忙得汗流浃背，但从未感到恐惧。别人总是粗鲁待你，你便也总是无耻待人，摩擦是免不了的，小心点！在大型社交活动中，人人都以卓越的言辞彰显自己、赢得喜爱，这很重要，而你却始终傻站在一旁，不愿在众口空谈时张嘴说话。别人由此会忽视你，于是你就会显得执拗而失礼。而有些了解你的人，会觉得能和你单独交心，反倒是你性格的优势。因为你懂得倾听，而这在交谈中也许是比说话更重要的事。大家乐意向寡言之人，向你，吐露秘密和心事。你下意识地便成了沉默谨言的大师，我是指你好像毫不费力就做到了这一点。你讲话有些迟钝，笨拙的嘴巴要先张开，大开着，然后才能开始说话，仿佛在等待语词从外面的什么方向灌进嘴里。大多数人对你的外表提不起兴趣，女孩觉得你太寡淡，女人觉得你微不足道，男人则觉得你一点精气神都没有，完全不可信。如果可以，稍微改变一下你自己吧！多给自己点关注，虚荣一些。你之后会意识到，完全摒弃虚荣是错误的。比如，西蒙，再看看你的裤子：下面都破了！当然啦，我知道，这只是条裤子。然而裤子也要跟灵魂的状态一样好，因为穿着破破烂烂的裤子彰显着你的邋遢，而这种邋遢源自灵魂。你的灵魂肯定同样残破。我想再问一句：你不会把我说的这些东西都当作玩笑吧？你在笑。你不觉得我比你更有经验吗？不觉得！你更见多识广吗？但我要说，你将来还有很多要经历的事情，这一论断又彰显了我更有经验。不是吗?"——

　　她沉思了片刻,继续说道:

　　"如果你不久之后真的要离开我,就不要再写信过来了。我不想收,你也不用把从远方的熙攘中向我传递消息当作义务。冷落我吧,就像你早年做过的那样。写信对我们俩有什么用?我将在此继续生活,每每回想起你曾在这里的三个月都会感到欢愉。田园风光振奋我,也向我呈现你的样貌。我会探访每一处我们共同欣赏的美景,在其中发现更美之处;因为缺陷、失去会让事物更加动人。我与这整个地方都缺了一部分,空位与缺陷本身都会将更热切的情感烙印在我的生命里。我不会将匮乏感受为压力。怎么会呢! 正相反:匮乏之中是解放与宽慰。而且,空位等待被新事物填满。早晨打算起床的时候,我将听见你的脚步、看见你的面庞、听见你的声音,而后为这幻觉微笑。你知道吗,我喜欢这些幻觉,你肯定也一样,我知道的。真神奇,我这些天竟说了这么多话。这些日子! 估计日子们都能感觉到它们对我有多珍贵了,肯定会出于对我的照顾，放慢节奏、绵延、迟缓、凝滞出现，也定会更安静！事实也的确如此。日子的临近仿佛是亲吻，昏暗的远去则像是握手，或是熟悉亲切的挥手致意。夜晚啊！那么多夜晚，你在我身侧睡下，睡得安稳；在房间里，在麦秆床上，你知道该如何入睡，而那张床很快就会变得无主且无眠。从今以后，夜晚将畏畏缩缩地找上我，就像明知犯错的小孩，低垂着眼眸朝父亲或母亲走去。西蒙，你走后，夜晚的静谧将要减少，我来告诉你原因：你在夜里很安宁，随着睡眠，静谧逐渐扩大。所有这些夜里，我们两个都沉静而安宁，现在我被迫独自安宁。静谧减少了，因为我会在黑夜里频频起身，想要侧耳听些什么。而通过倾听，我便能感受到静谧减少的程度。也许我会哭泣，当然不是因为你，也请你别朝这个方向想。你看，你现在就要这么想。别，别这样，西蒙，无人为你哭泣。你走了，便是走了。就这样。你难道觉得谁会为你哭泣吗？别说了，不可能的。大家感觉到你走了，注意到了，然后呢？想念之类的？没有谁会想念你这类人，你根本唤醒不了这种情感。任何一颗心都不会颤抖着思念你！为你献上心意？嘿，什么东西！好吧，只会偶尔不经意地想起你，就像手里掉落了一根针一样。更多的你也受不起，即使你活到百岁。在引人怀念这件事上，你根本一窍不通，也留不下什么东西。我实在想不到你会有遗留之物，因为你根本一无所有。你怎么笑得这么放肆，莫名其妙，我是认真的。从我眼前消失！去吧！"

接下来的几天里雨水不断，天气恶劣，这也成了多待几天的理由。西蒙没办法在这种天气启程，本来是可以的，确实，但有什么非得赶着坏天气出发的理由吗？所以他还留在这里。一两天，不会更多了，他想。他几乎整日都坐在宽敞空旷的教室里，读着一本想在走之前读完的小说。有时候，他在一排排长椅间走来走去，手里总是拿着书，为书中的内容深深着迷，思绪片刻都不想从中脱离。但他的阅读没什么进展，因为总是陷入思考。雨下多久，我就读多久，他想；一旦天气好转，我必定前行，不是在阅读上前行，而是真正的前行。

黑德维希在最后一天对他说：

"现在万事俱备，走吧。再见。凑近点，把你的手给我。也许我很快就会投奔一个根本配不上我的男人，浪费我的生命。我将收获许多尊重，别人会说：她是个能干的女人。实际上，我不想再从你那里听到什么消息了。试着做个老实人吧，融入公众事务，让人注意你、谈论你。我很乐意听到别人说起你。或者就按你所想所能的，活在黑暗里，在黑暗里挣扎着度过剩下的许多日子。我从不苛求你过得精致体面。该说些什么来祝你一路顺风呢？给我说声谢谢，对，你！我收留你至今，不觉得该说声感谢吗？不，算了，不适合你。你不会懂得鞠躬致谢，也完全不明白该怎么感谢。感谢已经蕴含在你的所作所为里了。我与你驱赶、追捕着时间，让它在我们前面跑得热火朝天。除了小箱子里的，你真的没别的东西了吗？真是穷得叮当响啊。旅行箱就是你在世上完整的家。有点可爱，也有点可怜。

走吧。我从窗子看着你离开。爬到山边的时候，再回头看我一眼吧。你我姐弟一场，还在这里不舍些什么呀？姐姐再也见不到自己的弟弟，又能怎样呢？我的送别挺冷淡的，因为我知道你讨厌告别时的温情，在我们之间毫无意义。跟我说声再会[1]，然后走吧。"——

1　原文为法语。

第十一章

现在差不多是下午两点，历时大约三个月后，西蒙搭乘火车重返大城市。火车站黑压压一片全是人，充斥着各种气味，在小乡村的火车站可见不到这种场面。下车的时候，西蒙浑身颤抖，很饿，四肢僵硬，虚弱无力，悲伤而绝望，还有一股摆脱不去的憋闷压抑。他厌恶这种萦绕心头的憋闷，却束手无策。像大多数旅客一样，他在行李柜台取了包裹，然后消失在人群中。他一行动自如，马上就感觉好多了，重新感受到健康活力，这具身体在乡村逗留时彻底恢复了元气。他随便去了一家奇特的小馆子。这是他第二次光顾，食物单调糟糕，倒人胃口，对落魄的城里人而言是顿美餐，但对一个被宠惯的乡村住客而言则不然。人们仔细打量着他，好像知道他是从乡村来的。西蒙心想："这些人肯定能感觉到我吃惯了美味佳肴，从我对待饭菜的方式就能看出来。"他付了钱，但实际上一半的饭菜都剩在那里，引得漫不经心的女服务员都不得不注意到，这食物究竟有多不合他的胃口。她鄙夷地盯着西蒙这个嘲弄者，一种友善的、淡淡的鄙夷，似乎觉得自己没必要为此发火——他这类人就这样。别人就罢了，可这种人！——西蒙走出去。尽管食物寡然无味，服务员一副臭脸，他还是挺开心的。天色淡蓝，西蒙仰头看去：是啊，这里也有天空。此情此景之下，他觉得过于贬低城市以偏爱乡村实在是愚蠢至极。他打算从现在开始再也不去回想乡村，而是要适应新世界。面前的人群匆匆经过，速度比他快得多，因为他已经习惯了乡下那种从容闲逛的步子，好像都有点害怕如此迅疾地前行了。好吧，今天姑且再允许自己像乡下人一样走路，从明天起，前行的步伐就得变喀。他注视人群时是带着爱意的，毫不羞怯。他直视他们的眼睛、大腿，好观察他们的腿部运动；他通过帽子来了解时尚新动态，还关注别人的衣服，从而判断出，相比那些他苦苦研究了半天的丑衣服，自己的穿着已经挺不错了。他们走得真匆忙啊，这些人。他似乎应该乐于叫住其中一人，与之攀谈几句：走这么快去哪儿啊？但实在没勇气做这种傻事。他感觉不错，稍有点虚弱和紧张。一种轻微但不可忽视的哀伤裹挟而来，不过被轻盈、喜悦的雾蒙蒙的天空调和了。这种哀伤也与整座城市相协调——在城里，摆出一副过于开朗的表情几乎是有失体面的。西蒙得承认自己只是随便走走，绝对没在找什么东西。但他又觉得，自己应当像所有人一样做出寻找与进取的表情，这样不至于看上去像个初来乍到的失业者。他不想引人注目，发觉别人不再继续关注他的举止，便松了一口气。他断定自己仍然有能力在城市生存，于是比之前表现得更端正了些，仿佛要把那种体面的小心思都挂在身上。冷漠地循着这一意图，并不会招致焦虑，只带来兴趣，既不会弄脏鞋子，也不至于让双手紧张。他恰好经过一段美丽富庶的街道，两边栽满了茂盛的树，宽阔的大路让眼前的天空更加辽远。这条路确实恢宏敞亮，它让人相信自己过着最舒适的生活，任何美梦都可再次实现。西蒙现在完全忘了自己应沉着、从容地走过这条路的原计划，被牵着走，时而低头看地，时而抬头，时而看向众多商店的橱窗，最终在一扇橱窗前停下脚步，其实什么都没看见。背对着美丽活泼的街道，噪声却仍在耳中，让他很舒服。他在感官中分辨着每个行人的脚步声，而背后的所有人肯定都在想，他站在那里只是被橱窗吸引了视线。突然，他听到某人在对自己说话，转身看向那位女士，她递过来一个包裹，麻烦他帮忙搬进房子。女人不算特别美，但她的目光让西蒙无暇思考她美丽与否的问题，在内心的呼唤下，他不自觉便爽快地按要求做了。女人的小碎步矜持优雅，也不回头看年轻人，径直穿过街道。包裹一点都不沉，他接过后扛起，跟在女士身后。到了一座华丽的房子前，女人要求西蒙一起上楼，他照做了——他觉得自己没理由不听从。跟着这位女士，进到她的房子，服从她的声音，似乎是再自然不过的事，与他的境况正相称，反正他也没有一定要做的事。否则他可能现在还在橱窗前伫立傻看呢，西蒙踏上台阶的时候如是想。到了上面，女人喊他进去。她走在前面，让他跟着，来到一间屋门敞开的房间。在西蒙看来，这房间相当豪华。女人又走了进来，找了把椅子坐下，清了清嗓子，看向面前站着的人，然后问他能否决定为她服务。她接着说，他给人的印象是无所事事、闲逛于世，她觉得给他份工作也许是件好事。而且，自己到目前为止都很喜欢他，不知他是否愿意接受她的提议。

"为什么不呢。"西蒙答道。

她说："我从第一眼就认定，您这个小伙子肯定会因为找到落脚处而开心的，看来没错。跟我说说，您叫什么，到现在都在世界上做了什么大事呀？"

"我叫西蒙，至今一事无成！"

"怎么会呢？"

西蒙说："父母给我留下了一小份财产，最后一赫勒[1]刚被我挥霍完。我认为工作不是必要的，也没兴趣学东西。我曾把日子设想得过于美好，觉得自己似乎不具备用工作来玷污它的傲慢。您知道，日常劳作会让人失去许多东西，我无法为了掌握科学而舍弃太阳与夜月的景色。我需要观看傍晚风光的时间，需要好几个夜晚坐在草地上，而不是坐在写字台前或者实验室里，需要让河流在脚下流过，让月亮透过树木枝丫看过来。您可能对这种说辞很陌生，但我难道要对您撒谎吗？城市与乡村我都生活过，不过尚未为世上任何人提供过算得上有价值的服务。我很想这么做，现在机会似乎就摆在我面前。"

"您怎能过得如此散漫？"

"尊贵的夫人，金钱从未讨我的重视。另一方面，在某些诱导下，我可能会，甚至真心实意地觉得别人的金钱值得尊重。您似乎很有意招我为您服务：那么，在这种情况下，我自然会认真维护您的利益，因为此刻我也就只有您的利益了，您的利益

1　赫勒（Heller）是种旧硬币，曾在瑞士和神圣罗马帝国发行。

就是我的。自己的利益！我哪有什么自己的利益呢！我到底什么时候才能有件正经事呢。至今我仍在虚度生命，这正是我的愿望，因为生命在我看来总归没有价值。不言而喻，我愿完全献身于他人的利益，因为没有自己目标的人总要为别人的目标、利益与打算而活。"——

"但您总得要有着眼于未来的打算呀！"——

"一刻都没考虑过！您看我的眼神有点担忧，极其不友善。您误会我了，也不相信我的严肃目的。我得承认，直至今天我都还没有什么打算，从没人要求我培养什么打算。您是第一个愿意让我服务的人，我有点受宠若惊，也促使我勇敢地对您说出真相。我想要变好，哪怕时至今日我都是一个放荡散漫的人，又有什么大不了的呢？我被您从空旷的道路上拖到房间里，您难道觉得我不愿对此表达感谢吗？我眼前没有未来，只有取悦您的打算。履行义务能让人快乐。我不喜欢考虑比眼下更远的未来，对职业规划也不感兴趣。然而只要我能取悦别人，就顺其自然吧。"

女士随后说："虽然大家都不愿意雇用粗枝大叶、百无一用的无名之辈，但我想这么做，因为我相信您有工作的意愿。您会为我服务，完成我交代的任务。您可以把接受仁慈当作独特的乐趣，我希望您能努力，配得上这种仁慈。您也没带证书，否则我还等着找您要证明呢。您多大了？"——

"二十出头！"

女士点了点头："是到了该想着为自己的生活设置使命的年龄了。好吧，您身上有很多东西与我并不相合，不过我姑且忽略它们，给您一个成为可靠之人的机会。我们拭目以待！"——

面谈就此结束。

女士领着西蒙走过一排精致的房间，大步走到年轻人前面，指出他的任务就是清理这些房间，问他能否用钢丝球打磨木地板，也没等他回答，好像已经知道了他能，只是随便向他提个问题，要在他耳边高傲地、打探地嗡嗡几声。她打开门，让他走进一间铺满各式地毯的温暖小房间，给西蒙简单介绍了躺在里面床上的男孩：他要照顾这位生病的小先生，细则稍后再说。男孩苍白、俊美，也因疾病有些扭曲，眼睛冷冷地直对上西蒙的目光，什么也没说，让人想着他也许不会说话，只能咕噜几声。细看，他的嘴巴正无用地挂在脸上，仿佛不属于那里，只是后来贴上去的。少年的双手分外漂亮，看上去好像承受了疾病的全部疼痛与侮辱，似乎承担了悲泣的所有职责与美丽的负担。西蒙禁不住向这双手投去怜爱的目光，比合理的时间长了一瞬——女士让他跟着自己，穿过走廊去厨房了，说他要是没有重要的工作就得去帮忙。乐意至极，西蒙回答道，一边看向那个像是厨师长的女孩。之后，也就是第二天清晨，他开始了自己的工作，或者说，工作缠上了他，让他做这做那，无暇再去关心这工作的好坏。夜间，他陪着小男孩，也就是他的小主人一起度过，西蒙睡了又醒。女人要求他只能睡得极轻、极弱、极浅，也就是刻意睡得不要太好，这样才能习惯于回应病人的低哑呼喊，从而迅速从床上跳起，询问男孩的要求。西蒙觉得自己本来就这样睡觉，他稍稍思考了一下就发现自己蔑视睡眠，能有机会避免滞重的沉睡，让他打心眼儿里觉得高兴。第二天一早，他就明显感到自己睡得不好，也实在数不清昨晚究竟从床上跳起过多少次，就这么神清气爽地去工作了。首先，他拎着一只笨重的白色罐子在路上奔跃，到一个女人那里灌满新鲜牛奶。这让他有机会一览湿润而闪烁的、苏醒的白日，双目在日光映照下变得热情激昂。取完牛奶，又噌噌跳下台阶。他急匆匆跑上跑下，注意到自己的四肢矫健灵活，运转良好。接着，在女主人从睡梦中醒来之前，他要与女佣一起把房间收拾干净，女人跟他规定了要打扫餐厅、沙龙和书房。地面要用扫帚清扫、地毯要刷净、桌椅要抹干、窗子要哈气然后擦亮，房间里所有物品都得照顾到，拿起来清理干净再归到原位。一切都得做得飞快，不过西蒙觉得，只消三次，自己就算闭着眼睛也能做完。工作完成后，女佣说他现在可以去擦鞋。西蒙拿起鞋放在手上，这是女主人的鞋，千真万确。一双精美、纤巧的鞋子，是用丝绸一般的柔软皮革制成的，上面还有皮毛饰边。西蒙一直喜爱鞋子，不是所有的鞋子，也不是粗制滥造的那种，他只喜欢这种。而现在他将鞋握在手里，有义务把它打理干净，虽然他觉得这鞋其实没有需要擦净的地方。女人的脚对西蒙而言一向是神圣的，对他的眼睛和感官而言，鞋子就好比孩子，快乐而受宠的孩子，它们有幸装点敏感、动作优雅的双脚。这样一双鞋真是人类的美丽发明啊，他想着，一边用布来回揩拭，假装自己在清理它。这一下被女人逮了个正着，她走进厨房盯着他，目光严厉。西蒙赶紧说早上好，而她只是点头回应。西蒙觉得这真是可爱至极、魅力无穷——他道早安，而对方只是点头作答，似乎在说：好的，亲爱的小伙子，好的，非常感谢，我听到了你说的话，非常好，我很满意！

"您得好好擦擦我的鞋，西蒙。"女人说。

她的责备让西蒙欣喜不已。在那些溜达着穿过炽热、焦灼、空无一人的街道的日子里，在那些漫无目的地闲逛的时候，他打心眼儿里渴望有人能来严酷、辛辣地指责、辱骂、诅咒或贬斥他。由此，他才能确定自己不是完全独游，证明自己尚且参与了社会，哪怕这是一种粗暴而否定的参与。"她的娇唇里传出的责备声多么悦耳啊，"他想，"它深深吸引着我，连接、拉扯、绑缚着我。这样的责备好比人犯了错要挨的一记小小的耳光，不怎么疼。"西蒙沉默着，打算继续犯些错误，不，当然不是紧接着，否则肯定得被打上"蠢货"的烙印。要时不时有些精心设计的小纰漏，以看到敏感而墨守成规的女士被激怒，并从中获得满足感。激怒，也不是，不完全是愤怒，更多是疑惑和诧异于西蒙的笨拙。这样，一个人的其他方面就能大放异彩了——其脸色从冷若冰霜转为如沐春风，这是我们应得的观赏之趣。能让一个人从厌恶到满意，这是多么大的喜悦。"今早已经赚到了一份可爱的指责，"西蒙继续想，"挨骂真舒服，从某种程度上来说，这是一种更成熟、审慎的处境。我天生就是挨骂的料——只有懂得如何以相应的身体姿态来迎接、感谢责骂之人，才配得上亲切的责备。"

西蒙真就这么站在那里，心想："现在我才真成了这个女人的仆人，她的训斥表明，她觉得自己有权利不假思索地训斥我，等着我作为正确回应的沉默。下层员工受到斥责是很痛苦的，而上级还总想暗地里通过彰显自己占据的高位来刺痛手下。训斥仆人只是为了教导、培养他，让他变成自己想要的样子，因为仆人属于自己，而上下级关系会随着工作的结束而失效。比如说，我现在受到了发自内心的温暖责备，此外，这责备还来自一个女人，一个在处理类似事情上永远可爱的女人。的确，只要听见女士们的呵斥就能明白，她们更懂得如何不带偏见与侮辱地批评。不过也可能不尽然，对我来说，出自男人口中的伤人之语，若是出自女人便远非冒犯，反而是鼓励。面对男人，我总是感到一种骄傲的平等，面对女人则不然，因为我毕竟是个男人，或者我毕竟准备做个男人。在女人面前，我要么高其一等，要么屈居其下！——一个孩子下命令的方式若是可爱迷人，我便愿意听从，这不是什么难事，相反，若是男人：呸！只有胆小懦弱与商业利益才能让一个男人匍匐于另一个男人之下：卑贱的原因，算什么东西！因此，我很高兴自己顺从的是一个女人，这是自然而然的，也绝不会有失体面。除非通奸，女人永远不会伤害到男人的尊严，但有那种问题的男人大多数都是些傻瓜和懦夫。他们即使遭到背叛，也不会就此蒙羞，因为在熟人眼里，这种背叛的可能性早已让他们颜面扫地了。女人可能让你不幸，但从不会羞辱你。真正的不幸并不可耻，只有那些脾气暴躁、本性粗糙的人才会觉得不幸是可笑的，而那些人嘲笑这种不幸，是在给他们自己带来耻辱。"

"过来！"

女人一句话，把她的仆人从一系列自负的想法中拉了回来，她让他现在去给生病的男孩更衣。他听从命令，照做了。他端了一满盆刚接好的水到床边，仔细用海绵擦拭少年的面颊，递去半杯清水让他漱口，少年接过杯子的手纤秀美丽。接着，他拿起刷子和梳子，把少年久卧床褥的乱发打理整齐。最后，西蒙送去放在银盘上的早餐，不厌其烦地注视着少年不断拿起又放下，不慌不忙地小口吃着。此情此景，任何不耐烦都是讨厌而失当的。他重新把刀叉端了出去，再回来帮不能自己更衣的病人穿衣服。他事先已经用长袜包裹了少年的双脚和双腿，替他穿上小小的家居鞋，然后小心翼翼地从床上扶起少年清瘦、单薄的身体。他手里拿着裤子，套上，扣紧腰带，根据样式把肩带翻到后面。一切都进行得迅速而悄无声息。一如之前的动作，他给男孩的脖颈围上领子——一条向外翻的宽幅男孩领，然后在衬衫纽扣处灵巧地打上领带。衬衫当然早就穿好了，现在要穿马甲，他让少年把胳膊伸进去，又这样穿上了大衣，最后把几样男孩常带的物件，如表、表链、小刀、手帕和笔记本，也一并塞进去，这样就大功告成了。现在要为小主人整理床铺，并且按照夫人的指示清扫卧室：打开窗户，把枕头、被子、床单搭在窗台上。他做了一切应做的和他注意到该做的。女人就像击剑教练观察学生的动作一样，注视着他的一举一动，觉得他在处理这些工作上挺有天赋。但她没有开口称赞，也根本想不到这一点。而且，从她的沉默中，仆人大概也知晓了她对自己行事方式的赞许。夫人很满意他对待自己儿子的温柔，她注意到，西蒙的每个穿衣动作都体现了他对病患的尊重。她看到西蒙从最开始握住男孩时的拘谨，到之后放开了手脚，动作变得更有力、安静和平稳，脸上不禁浮现出微笑。她得承认，眼前这个年轻人暂时取悦了她。"要是他继续保持初始的劲头，我可能会喜欢上他，因为他给我的第一印象没骗人，"她暗想，"他很安静，很诚实，似乎有着能快速熟悉各种处境的天分。我相信他出身不俗，其举手投足都展现了这一点，既然如此，我便要敦促他行事灵巧、漂亮。这是为他兴许还在世的母亲着想，也是为了他那些可能身居要职、为其命运担忧的兄弟姐妹着想。看到他开窍、做了符合期望的事时，我也会很开心。或许我很快就能更亲切一点，不用强迫自己用命令仆人的态度使唤他。不过我还是要当心，不能因为过早对他态度友好，便让他有了放肆的机会。他性格中隐隐有些傲慢与执拗的成分，万不能唤醒。要是想让他保持取悦我的欲望，就必须压抑我对他的好感。我估计他喜欢我的严肃脸孔。刚才我对他的指责相当不客气，可他还笑了一下，我就猜到了这一点。如果想要展现给别人美好的一面，就得猜测他们的心理。这个年轻人是有灵魂的，所以必须用一种情感充沛、有意识的方式才能接近他们。我们要体贴，但又不能刻意表现出来，其实也没必要。不过，如果能润物无声总归更好、更明智。"——她现在让他出门买东西，暗自决定带些冒险眼光来看西蒙。

挎着篮子或者拎着皮兜在街上疾行，买肉和蔬菜，进入商店而后大步回家，对西蒙而言又是一项全新的体验。街上，人们从事着各种营生，每个人都有自己的打算，他自己也是。这些人似乎都觉得他的造型很稀奇，难道他的姿态与挎着篮子、装满货品的动作不相配，还是他的行动太自由，不符合他的任务——跑腿？不过，人们对他投去的眼神都挺友善，因为西蒙匆匆忙忙的样子给大家都留下了尽职负责的印象。"真好啊，"西蒙心想，"满脑子都是义务，就这么穿过街上的汹涌人群，被一两个腿长的家伙超过，再超过其他鞋里灌铅、步伐沉重的人。被那些干练整洁的农妇看作自己人，观察到这些简单生物的锐利目光，看见她们可能几乎都想停下来跟你聊上十分钟的样子，多令人高兴啊！狗在街上狂奔，仿佛在追风。耄耋老人们驼着脖子和肩背，竟也都在忙碌！你怎么能还在闲逛呢！不经意擦肩而过的那些女人多么迷人！干吗要被她们注意到？这样更好！你自己有一双善于观察的眼睛就足够了。难道一个人的意义只在于被他人激励，而不能激励自己吗？在这样的清晨街道上，女人们的眼睛望向远方，眼神壮丽恢宏。错过的目光比相交的更美。惘然若失的目光。跑得快，头脑和感官也快。只是别抬头看天！别，最好只是能感知到头顶、房顶有某种美妙、邈远、飘浮的东西，也许是湛蓝、芬芳的存在。你身负义务，义务也是某种飘浮、游荡、不受控的东西。你肩负着一些东西，倘若要做可靠之人，就必须清算和交付。鉴于我现在的处境，成为可靠之人是我的唯一乐趣。大自然？暂且藏起来吧。没错，我觉得它此刻正隐匿于那一长排屋之后呢。森林暂时失去了引力，我不会受其诱惑了。同样地，在我只用思考些用鼻子都能明白的简单事，急匆匆、忙碌碌地奔行过这条繁华街道时，想到万物仍在原处实在是幸事。"——他用灵敏的手指摸清了背心小口袋里的钱，没掏出来检查就回家了。

现在他要摆好餐桌。

桌上需铺上一块干净的白色桌布，褶皱朝上，然后放上餐盘，盘子的边缘不能超过桌沿。随后摆上刀、叉、勺，排好玻璃杯以及装有淡水的大腹玻璃瓶。餐巾要叠在盘子上，盐碗也得端上桌。立起再放下，躺倒再竖起，轻拿轻放，接着再用点力。用手指拎起手帕，触碰、准备和摆放盘子等餐具的时候千万小心，不能发出声音。动作要迅速且谨慎、仔细而冷静、刚柔并济、安静又果断。玻璃杯不能彼此碰得丁零响，盘子不能当啷响，但是也不要被偶尔发出的丁零当啷吓一跳，要淡然接受。随后告知主人餐桌已经摆好，该上菜了。上完菜还要退到门外，铃响的时候再进来，看着食物被吃掉，并且乐在其中，告诉自己看别人吃比自己吃还舒服。之后又要收拾桌子，餐具端出去，把剩下的烤肉塞进嘴里，露出胜利的得意神情，仿佛这表情也是必要的动作。接着就该自己吃饭了，也发觉现在确实值得填饱肚子了：这一切都是西蒙要做的。当然也不是所有，比如他没必要非得在偷吃的时候摆出得意的表情，但这是他初次小偷小摸，所以得意也是免不了的。这让他想起自己的童年，那时候，从橱柜里随便偷点什么点心都算是大获全胜。

饭后他帮厨娘清理厨具，洗净然后擦干。西蒙灵巧敏捷，让厨娘深感意外。他到底是从哪儿学来的呢？"我曾在乡下住过，"西蒙答道，"乡下总要做这些事的。我还有个当老师的姐姐，她晾干厨具的时候，我总在一旁帮忙。"

"真不错。"

第十二章

在大城市中央，在这静谧的深夜里干活儿，着实让西蒙觉得别有趣味。谁能想到呢。不，人们永远没办法描绘自己的未来。他先前还游荡于山地牧场，像猎人一样睡在穹宇之下，与微风紧密相依，饱览眼前向四处延展的广袤大地景色；他曾希望自己在外面的时候，太阳更热、风更狂暴、夜晚更暗、寒冷更严峻，在每种季节、每种天气里摸索着、搓着手、喘息着到处漫游。而现在，他正待在小小的厨房里，把尚留余温、向下滴水的盘子擦干。他很高兴。"真好啊，我能够如此内向、隔绝、闭塞，"他自言自语道，"远方究竟有什么好追求的呢？更何况，渴望本就是让人感到憋闷的情绪！在这里，我被厨房的四面墙紧紧夹着，但我的心是开阔的，充满了卑微职责带来的快乐。"

他在厨房的工作通常是分配给女仆的，知晓这一点让他有点受辱。一点点屈辱，以及一点点可笑，但这无疑是最神秘而独特之处——没人会想到此刻他竟在这种地方。这个念头可能让他人发笑，却也让他重获了些许满足感与骄傲。厨娘问他之前是做什么的，他答道："抄写员！"她不懂这人怎么能如此不思进取，竟然抛下斜面写字台，爬到家政世界中来。西蒙解释道，尽管她说得绘声绘色，但是首先，以他的处境来说，没什么可称得上"爬"的；其次，坐在写字台后面，还是过洗盘子的生活来得更好，尚且是个悬而未决的问题。至少迄今为止，自由、通透、热气腾腾的厨房可要比乏味的办公室有趣多了，办公室里的空气常常污浊，搅得人心情也恶劣。这儿的锅里煨着肉，煮着蔬菜，汤咕嘟嘟冒热气，铜锅在架子上闪烁出动人的微光，盘子碰撞时叮当悦耳，哪里会招致痛苦呢？不过做仆人，就这么点享受，实在没什么意义，女仆活泼地说。他不想要什么意义，西蒙轻声回应道。她没接话，觉得眼前这人有些奇怪，难以理解。不过她想："还挺正派。"并且感觉："他心态很开放！"西蒙刚做完自己的工作，女人便来到厨房，叫他到另一间房间去，有任务交给他。"她又有什么美差交给我呢？"西蒙想着，跟上前去。"从现在开始，今天下午您就不需要再做别的事了，给我和儿子念书吧。您会念吧？"西蒙说会。

之后的一个小时，他一直都在朗读，他把呼吸压得很低，但是发音良好，正确而精准。他朗读的声音很温暖，让人仿佛身临其境。女人似乎很满意，小男孩则竖起耳朵听得津津有味，最后还优雅地为一饱耳福道谢。西蒙感动得脸颊红热，为别人的感激欣喜不已。手头暂时没有继续要干的活，他便走进一间在夕阳下映得通红的仆人休息室，探出窗子开始抽烟。

"您在这儿抽烟可不太好。"女人紧随其后道。

但他继续抽着，于是她有些恼羞成怒地又出去了。"我自然明白她不喜欢烟，但我非要满足她所有的喜好才行吗？我才不会放弃吸烟。不！见鬼了，绝不！哪怕有二十位女士前来，一个接一个地劝阻我也不行。"他很气愤，不过很快又平和下来，对自己说，"我本应丢掉香烟的，之前确实有点无礼！"

　　眼下，他正打算用这点时间自言自语一番，走廊里突然传来一声叫喊，紧接着就是餐具砸碎在地板上的声音。西蒙打开门朝女人看去，她的脸色晦暗不明，愁云满布，正看着肯定很昂贵的瓷盘碎片沉默不语。她本来打算从冰柜里取出一块蛋糕放在盘子上，然后端到房间里去，结果失手掉了下来，自己都说不清楚怎么搞的。只需要感官中一点小小的迷惑，或者别的什么，这种倒霉事就会发生。女人注意到站在背后的西蒙，阴沉的脸色立刻流露出怒气与谴责，然后用一种足以表达其情绪的语气说："赶紧收拾！"西蒙俯下身，捡起碎片。他干活的时候，脸颊一直蹭着女主人的衣裙，他想："真是抱歉，我刚好就站在那儿看见你的笨拙。我理解你的怒火。我承认自己要为你掉落打碎的盘子负责，是我打碎的。你得多伤心啊。这么漂亮的盘子。你肯定很喜欢。很抱歉。我的脸颊摩擦着你的衣裙。拾起的每块碎片都叫我：'苦命人。'而你大衣的镶边则叫我：'幸运儿！'我故意捡得很慢，意识到这一点，有没有给你增添新的愤怒？作恶带给我快感，我喜欢你对我发火。知道我为什么喜欢你的怒气吗？因为你的怒气是如此温柔！只有当我见证了你的笨手笨脚，你才会对我置气。你得对我有一定的尊重，在我面前出丑才会觉得受辱。你身居高位，而我低三下四。你怒火中烧地命令我捡起碎片的样子真可爱。我一点都不着急忙慌，偏想看你因为我的耽搁而气恼，这些碎片昭告了你是多么笨拙，我明白，你自然也明白。还站在这儿？你的内心现在肯定交织着万千情绪：害臊、痛苦、愤怒、烦恼、镇静、急躁、沉着、震惊，还有尊贵以及许许多多琐碎、默默涌动的无言的情感，在感受到之前就已被夺走，像是一根细针、一缕芬芳或者一眨眼。——你的丝裙很美，每当想到其中包裹的是在激动或者虚弱时都可能颤抖的女性躯体，那丝裙自然就散发出了美的气息。你的双手美丽修长，朝我的方向自然垂下。我期待着你能给我一耳光。现在你走远了，却没有骂我。走路的时候，裙摆在地面上窸窸低语。先前你禁止我吸烟，可我就是要坚守粗鲁，背着你在去市场采买时继续吸烟。你会在那里看见我，白色的香烟一明一灭，而我希望你在那时还能保持沉着果决，一巴掌把我嘴边的烟头打掉。现在我不得不摆出全部姿态，为让你打碎了盘子而请求你的原谅。我好想有机会做点坏事，促使你让我见鬼去。噢不，不！我在想什么呢。已经疯了。千真万确，打碎盘子这件事已经把我搞疯了。现在外面街上都傍晚了，灯笼在渐渐消失的白日中燃起明黄色。现在我想上街去。就这样，我非得下楼上街去。"——

"我想出门片刻，"他说着，走进她的房间，"可以吗？"

"可以！但别在外面待太久了！"

西蒙夺门而出，冲下楼，跑出房子，到街上，到空气中，扑进灵活的、湿润的、闪烁的、傍晚的自由。女人惊讶地目送他离去，她的身影也逐渐模糊。从属于一栋房子，他想，像个囚犯一样住在里面，真是奇怪啊。做个成年人，而且非要作为成年人去投奔一位夫人，非要走进只能看见一半人影的昏暗卧室里，非要询问她的许可才能出门，真是奇怪。就仿佛我是她的一件家具、一个物件、一块购得物、某种东西、随便什么东西，仿佛这东西不是什么东西，或者只因为她的独有才算得上东西！奇怪的还有，尽管处境如此，我还是有种身处家中的感觉。现在，你在街上游荡的感觉比往常要好十倍，毕竟是你花工夫求来的机会。得到一项允诺，挺学生气的，但很有必要，他想，哪怕白发老人也是如此，他们收到的屈辱可更多。所以啊，生活中的一切都很奇妙，即使通常显得怪怪的，你还是不得不进入这奇妙之中。

他走上大街，倾心于可爱的街景，倾心于升起的星辰、排列整齐的茂密大树、安静的行人、傍晚的壮丽、深沉而游移的夜的预兆。他也走得很安静，几乎像是梦游。在傍晚，梦游般的神色不足为耻，在这满是初夏夜晚芬芳的氛围里，所有人都不由自主地梦着。很多女人在周围散步，手上戴着手套，拿着典雅的小包，眼里闪烁着傍晚的余晖，穿着英式剪裁的紧身裙，或是拖地的褶裙和长袍，在街上曼妙地摆动着。女人，西蒙想，点亮了城市街景。她好似为漫步而生，你看她在漫步，在享受着自己摇曳生姿的步伐。傍晚，女人们决定着黄昏之声，她们的形体与之相称：手臂的忧郁与丰腴，随着呼吸波动起伏的胸脯。她们手套里的双手好似戴面具的孩童，总是一边拿着东西，一边挥手招呼。她们的全部姿态将黄昏世界幻化为奏响的音乐。像我现在这样跟在她们身后，便是已经属于她们了，在思想上，在感情的震荡中，在冲击的心绪波浪里。她们没有招呼便招来了你。虽然没拿扇子，你却能看到她们手里的扇子熠熠生辉，如消沉朦胧的晚霞里游动的银器。成熟丰满的女人尤其与这傍晚相称，正如老妪之于冬日，青葱少女之于苏醒的白日，孩童之于破晓的清晨，年轻妻子之于热辣的正午，彼时阳光照射得最强。

西蒙回到家时已经九点了，他耽搁了一会儿，肯定得挨骂，类似这种：如果再这样，哪怕只有一次，那——就要——。但他没有真的在听，只是接收着批评的声响，内心嘲笑着，外表却很有欺骗性：摆出一副沉默的神情，觉得开口回答也毫无意义。他帮小男孩脱了衣服，把他放在床上，然后点亮一盏小夜灯。

"不知我可否要一盏自己的灯？"他问夫人。

"您要灯做什么？"

"写信。"

"跟我进来吧，在这儿写！"女人说。

于是他被安排到女人的写字台前坐下，她递过来一张信笺、一个填地址的信封、一张邮票以及一支笔，让他用自己的书信夹当垫板。她紧挨着坐在旁边的沙发椅上读报，在他写信的时候：

亲爱的卡什帕：

我又回到了你熟悉的城市，正坐在明亮的房间里，坐在一张漂亮的深色写字桌前。

此刻是夏夜，下面的街道上，许多人在垂着叶的树下悠闲漫游。很遗憾，我却不能一同散步，房子束缚着我，不是用束紧我手脚的方式，而是用那种我在潜移默化中形成的责任感。我成了一个女人的仆从，她的小儿子生了病，我得照顾他，就跟母亲照料儿子差不多。因为我在照顾小男孩的时候，他的母亲，也就是我的女主人，观察着我的行动，仿佛她的眼睛指导着我的工作，将其悉心灌注到我体内。此刻，我写信的时候，她就坐在旁边的沙发椅上，因为这个小房间是她的，而我是获得许可方才进来的。如今事情就是这样，我每次有私事要外出之前，都要先询问一番：请问我可以出门吗？像学徒问师父一样。无论如何，我请求的对象至少是位女士，还是相对轻松一点的。服务讲究服从命令、预判期待，讲究铺桌子和刷地毯时熟练的灵活与灵活的熟练，讲究不知道也得知道。为我的夫人——我干脆就叫她我的夫人——

擦鞋这件事，我已经掌握了臻于完善的技巧。这虽说只是一点微不足道的小事，却也同伟大的事业一般需要追求完美。至于小男孩呢，天气好的时候，我也得陪他散步。有一辆棕色的小车，我就用它来推着小男孩。细想一下，我其实不太乐意陪他，因为这肯定挺无聊的。天哪，我还不得不做。我的女主人属于市民中出类拔萃、特立独行的那种妇人。她是个彻彻底底的家庭主妇，但在极其严格和纯粹的意义上，她算得上高贵雅致。她发起火来游刃有余，堪称大师，而我恰好也是激怒她的大师。比如，今天她不小心打碎了一只昂贵的瓷盘，便因为不是我打碎的（是她自己）而颇为生气。她冲我发火，只因为我尴尬地目睹了她的笨手笨脚。她摆出一副《飞页报》[1]常刊载的面孔，完全是"《飞页报》脸"。我收拾碎片的时候温暾缓慢，就是为了

1　《飞页报》(*Fliegende Blätter*) 是创刊于 1845 年的一份多插图的德国幽默周报，其中的讽刺画常以挖苦德国市民社会为主题。

激怒她，不得不承认，我很喜欢惹恼她。愤怒中的她充满魅力。漂亮谈不上，但是这类一本正经的女人，倘若气势汹汹，便自动散发出一种魔力。所有端庄的过往因激动而耸动，看起来惹人喜爱，因为她们很容易就被惹得火冒三丈。对我而言就是这样，这样的女人我怎会不爱呢，我欣赏她的同时也同情她。这种女人言行高傲，脸颊紧绷，嘴里说出的话尽是最辛辣的讽刺。我喜欢这种讽刺，它让我战栗，而我也乐意被羞耻和恼怒包裹：这催人提升，促人努力。不过我的夫人，讥讽的夫人，仍旧只是个善良、温柔的女人，我心知肚明，这正是其中最流氓无耻之处：我心知肚明。每当我服从她命令的口吻时，自己都要发笑，因为我注意到她乐在其中，为我迅速而积极的服从而欣喜。我现在要是请求些什么，她准会先训斥我一番，但总会仁慈开恩的，也许对我这种无法拒绝的请求方式有点气恼。我想，我总是稍稍刺痛着她：

没错！刺痛！总是稍稍刺痛着她。她也从中获得愉悦。她想要如此。这就是她期冀的！女人很容易识破，但又有许多识破不了的地方。是吧？真奇怪啊，亲爱的哥哥！对男人来说，她们是这世界上最好的教训。——此刻坐在我身旁的这位，要是她知道我在写什么，会怎么想！我最热切的愿望之一，就是她能尽快给我一巴掌，不过，以她的力气，还真不知道能不能弄疼我呢。一个清脆的耳光打在脸上，足以让我放弃所有期待中的甜吻！我承认，耳光的确让人难受，却真真切切是一种小资产阶级感知：它让人追忆起童年，我们不正是常常渴望着被抛在身后的东西吗？我的夫人就拥有一些属于过去的东西，某些人一看，思绪就会回到很久以前，回到也许比童年还久远的时光。将来我可能会吻一次她的手，然后她会让我见鬼去吧，就是人们所说的扫地出门。愿我如此，也愿她如此！有什么大不了的呢？——唉，我讨厌这

里，我也只能跟你说，我现在已经意识到了
这一点。我的心思全被折叠餐巾和擦亮的刀
子占据了，而奇怪的是，这种感觉并不赖。
你能想象比这更愚蠢、简单的事吗！你过得
怎么样？我在乡下待了三个月，但现在那段
日子已经离我远去了。我全心全意打算做个
整日脚踏实地工作的人，不再乱想自己与那
些虚无缥缈的东西之间的关系了。有时候我
甚至都懒得想起你，让我觉得自己实在太倦
怠。我很想尽快再见到克拉拉。你也许早就
忘记她了，那就当没提过这事吧。我也不会
再提了。再会，哥哥。

"您给谁写信呢？"女人问，她看到西蒙写完
信，便懒得继续读报了。

"给一位朋友，他现在在巴黎。"

"他是干什么的？"

"他原先是个装订工，但在这份工作上没什么
成绩，就去当了个餐厅服务员。我很爱他，他曾跟

我一起上学，在那里我与他做伴，因为他年少之时便郁郁寡欢。有一天，我撞见他的同班同学嘲笑他，接着他就被人从台阶上扔了下去，而我恰好对上他美丽、惊恐又悲戚的双眼。从那时起，我就成了他最亲密的伙伴，如果说同情真能连接人们，那么毫无疑问，我肯定与他紧紧相连，永远！他比我大一岁，但在社交礼节和生活方式上比我成熟好几年，因为他总在世界性大都市里生活，在那儿，人总是成熟得很快。先前他沉迷于绘画，在做图书装订期间也常常试着画画，但并没有取得什么进展，这让他很受挫。有一天，他羞愧地对我坦白，他决定彻底投身于世界的涡流中，忘掉艺术和梦想，去做服务生。如同一场坠毁，同时也是值得钦佩的飞升！我告诉他我如何怜爱与赞赏他的决定，希望能在他孤独、深陷回忆之苦时安慰一番。显然，他在周遭生活肆虐喧嚷的时候，仍旧时常渴求更好的世界。但尊贵的夫人，您看，这人这么骄傲，这么善良。太过骄傲，所以无法哀悼从指尖溜走的生活；太过善良，又无法彻底撒手不管。我理解他的每种情绪。有一次他给我写信，说自己快要死于单调和无聊了。这就是他的灵魂。还有一次，他写道：'愚蠢的梦幻泡影！生活是甜美的。我饮下苦艾酒而极乐无穷！'这便是他的男性傲气。要知道：女人为他痴狂，他冷若冰霜，却又让人心动。尽管他穿着服务生的燕尾服，周身却满溢着爱意与韵律。"

"这可怜人叫什么？"女人问。

"卡什帕·坦纳。"

"什么？坦纳？您也是这个姓。他是您的兄弟啊，可您之前说他是您的朋友。"

"当然是我的兄弟，但更是我的朋友！对这样的兄弟必然要以朋友相称，这样的关系才正当。我们作为兄弟纯属偶然，成为朋友却是因为有意如此，后者更有价值。何为兄弟之爱？做兄弟的时候，我们整天互相掐对方脖子，想着干掉对方。爱可真是美好！兄弟之间只有嫉妒与仇恨，仅此而已。朋友相互嫉恶则分道扬镳，兄弟却不行，他们同在一个屋檐下的命运是预先就定好了的，轻易不能结束。不过那都是些糟糕的陈年旧事啦。"

"您怎么不把信给封上呢？"

"我想让您了解我写的内容。"

女人笑了：

"不，我不会这么做的。"

"我在信里说了您的坏话。"

"没什么大不了的，"她丢下一句，站起身来，"上床睡觉吧。"

西蒙照她说的做了，一边出门一边想道：

"我真是越来越放肆了，不久她就会把我赶出家门！"——

第十三章

　　三周过后，西蒙摆脱了所有义务，站在狭窄、闷热的陋巷里，思考自己究竟该不该走进房子。正午的阳光向下灼烧，从墙体里榨出污浊的气雾。没有一丝风。哪里的微风还能灌入这小巷呢。它会在外面的现代大街上吹拂，但在这里，千百年来都没有风流动或扫荡过。西蒙的口袋里有一小笔钱。他应该搭乘铁路驶入群山吗？如今人人都在上山。奇怪的陌生人，男男女女，单独或成双成群地在明亮的白色街道上移动。可笑的面纱从女人们的帽子上翻飞垂下，男人们穿着及膝短裤和黄色的夏季鞋。西蒙难道不应该下定决心，跟着这群陌生人一起去山里吗？上面肯定很凉快，而他也肯定能在高山上的酒店里找到一份工作。可以充当导游，他足够强壮，也足够聪明，能找准时机说："女士们、先生们，请看这瀑布，这山坡，这村子，这崖壁，或是这晶莹的蓝色溪流。"他有能力，凭借一副口舌，描述风景给旅行的夫人老爷们听。倘若情况需要，他也能够一把抱起疲倦、受惊的英国女人，跨过仅有三只鞋宽的山口。他也愿意这么做。为了那些美国女人和英国女人，他还得学说英语。在他看来，这是一种甜美的语言，听起来宛如耳鬓厮磨，叹息低语，特别生硬，同时又相当绵软。

不过他没上山，而是走向小巷里一栋高耸、厚重、幽暗的老房子，敲了敲门。里面有个女人前来查看，西蒙问这里是否有房间出租。

"是的，有一间。"

"我能看一眼吗？这间房会不会太大、太贵？穷人能住得起吗？"

女人带他参观了房间之后问道：

"您是做什么的？"

"噢，我什么都不做。无业游民。不过我会找份工作的。不用担心。我现在可以把租金预付给您，也许能让您安心一些。这里，给您！"

他把一笔比预付款更多的钱交到对方的手里，一只丰满的女人的手。女人心满意足，说：

"可惜这间屋子照不到太阳，是面朝巷子的。"

"正合我意，"西蒙答道，"我喜欢阴影。现在这样温暖的季节，房间里的阳光只会让我厌烦。房间很漂亮，要我说，还很便宜。仿佛是为我打造的。床看上去也不错。是的。拜托。我们先别管这个了。这里还有一只衣柜，能装下的衣服比我拥有的还多。嚯，还有能舒服坐下的沙发椅，真是惊喜。其实在我眼里，房间里有这样一张沙发，已经算是装配得过于豪华了。那边的墙上甚至还挂了一幅画：我喜欢房间里只有一幅画，这样就能仔细观赏。我还看见一面镜子，可以在里面打量我自己的面容。好玻璃，照得很清晰。有很多镜子，要是往里瞧，映出来的像都是扭曲的，而这一面就很出色。在这张桌子上，我可以起草自己的申请书，投给不同的商业公司，看看能不能找到工作。希望能成功。我想我也不会失望的，为什么会呢，我基本上没失过手。您要知道，我常常换工作。我想改掉这坏毛病。您笑了！好吧，但这事儿还是挺严肃的。这房间算得上是您给我的恩惠，因为这是一间能给我这样的人带来幸福的屋子。我会一直努力及时履行对您的付款义务的。"

"我相信你。"女人说。

"我想先去趟山里，"西蒙继续道，"但哪怕是最洁白的山，也不会比这间阴凉的屋子更美。我有点乏了，想躺一个钟头，可以吗?"

"哦，当然啦！现在可是您的屋子咯!"

"还不算呢!"

于是他躺下睡了一觉。

他做了个奇怪的梦，让他后来想了很久:

他在巴黎，但不知为什么会在那儿。先是走上一条被柔软绿叶覆满的街道，女人的长裙弄得叶子在身后沙沙作响。纤巧、低语的叶片如绿雨一般轻轻落下，无以言说的微风拂过，如云朵的叹息。房子高得不可思议，有些是灰色的，另一些是黄色的，还有雪白的。走在街上的男人们拖着落肩的长鬈发，还有身穿黑色燕尾服、头戴红帽的小矮人跑过，他们能从别人交错的腿间钻过。穿长裙的女人们身材曼妙、高挑，比男人们还高。女人们单薄的胸前挂着长柄眼镜，一直垂到腰下，可爱的脑袋上，浓密的秀发隆起。其上坐着一顶极小的帽子，插着的羽毛也极小。不过有个别人戴着宽大的帽子，羽毛华丽地倾泻下来，似乎要把她们的脑袋向后扳。绝妙的是女人们的手和臂，长长的黑色手套一直覆盖到柔软的手肘之上。总而言之，远观万物都绝美非凡。巨大的房子不断上下摆动，像是剧院里奇怪的自然布景。光线一半属于白天，一半属于已经很深的夜。现在，人们都朝着一座被疯长的绿植完全遮掩的房子走去。"那儿住着巴黎最漂亮的女人们。"有人问起，别人答道。一片芬芳扑鼻的洁白云朵突然向下弯到街上，倘若有人惊讶地问起"这是什么"，就会有人答道："您看，这是云。巴黎的街道上，云可不是什么奇观。但您是外国人，所以会觉得惊奇。"云朵像一团白色泡沫，跟一只大天鹅差不多大，就这么躺在街上。许多夫人前来，婀娜地舞动手臂，从上面揪下一小块放在帽子上，或者互相嬉戏地扔来扔去，云朵块儿都粘在衣服上。人不由得要想："看哪，这些巴黎人！他们取笑外国人大惊小怪，但巴黎人自己不也是每天都讶异于其城市的美丽吗！"接着，恶劣的巴黎无赖们来了，用燃烧的小火柴逗弄云朵，于是云又飞上天了，轻盈而巍然地飘在高空，直到消失在座座屋宇之后。再看看街道。穿着浅灰色燕尾服的服务员们在显眼的美丽饭馆里招待，女人们一边喝咖啡，一边用迷人的声音闲聊。抒情诗人站在架起的木板上，颂起在家谱好的歌谣。他们穿着高贵的棕色丝绒，装束并不滑稽，一点儿也不。他们拿出的东西使人欢娱，人们却不怎么专心——这在巴黎几乎是不可能的。优美而精瘦的狗跟在人们身后，仿佛知道在巴黎要仪态良好一样。每个身影、每个幻想似乎都更多是在漂浮而非行走，是在舞动而非迈步，是在飞翔而非奔跑。然而万物奔跑、行走、跳跃、踱步、前进的姿态又很自然。大自然似乎都安居在了这条路上。伴着"叮叮"响个不停的钟铃，整群羊飞奔穿过，街道宛如傍晚的山谷，穿深色衣服的牧人们走在前面。系着大铃铛的奶牛跟在后面：叮叮当当！但这确实是街道，而非山间牧场，在巴黎的中央，欧洲式优雅的心脏。然而，街道广袤如巨大、宽阔的河流。现在，一群矮小、灵活的年轻人拿着长长的点火器小棍，把灯全点亮了。他们还用小棍打开了灯笼上的开关，燃气从管道里流出后燃起。就这样，他们从一盏灯笼跳到另一盏，直到所有的都被点燃。灯火此刻照亮了周遭万物，似乎也随着移动的人们一同漫游。这白色的灯光令人心醉神迷，点灯的恶童们到底是从哪里蹦过来的呢？又要蹦去哪里？如何离开？他们的家在哪里呢？有父母、兄弟、姐妹吗？也要去上学、长大后娶妻生子，也会衰老而后死亡吗？他们都穿着蓝色的短大衣，看上去脚下踩着胶鞋，因为人们只能听到他们掠过而非走过的声音。他们离开了。现在可以看到傍晚的景象了：供人漫步的街道上，风华绝代的女人身影。她们顶着过于庞大的饱满发型，发色浅黄或深黑。她们顾盼生辉，耀眼的光芒刺得人生疼。最曼妙的是其腿部，没有长裙或大衣遮掩，一直可以看到膝盖，其上则包裹在花边缠绕的裤子里。从双脚几乎一直到柔软的膝盖，都穿在高高的、精致皮革制成的靴子里。靴子是世上最柔软、精美的那种，环抱着灵巧的女性的双足。你只消凝神看，就会发自内心地笑出来。女人们的步态带点欢呼雀跃的飘忽，时而有些沉重，时而又有些舞动。她们走路的姿态勾起人描摹和共感的欲望，让人禁不住尾随其后，仿佛见证了一场甜梦，灵魂为之清醒，不由得思索，神究竟是怎么做到的，竟把女人造得这样美。人们由此活泛起来："大地上倘若有诸神的家乡，不用想，肯定是巴黎这地方。"突然间，西蒙还没准备好，一下子就置身于用深色木头建造和雕刻的楼梯上，向上通往一个房间，里面的长沙发上躺着一位睡着的女孩。他凑近一看，原来是克拉拉，臂弯里还抱着一只正在打盹的小猫。黑人侍者端来了晚餐，西蒙在桌边坐下。从天花板淌下来一阵轻柔和缓的音乐，像珍奇的喷泉水花，时而远在天边，时而近在耳畔。"在巴黎，他们上的食物真奇怪。"西蒙一边想，一边细细品味着，如同身处格林兄弟的童话当中。这时，沉睡的女人醒来了。"过来，我想给你看点东西。"她轻声道。他起身，见她用魔杖打开了一扇双开门，似乎是真的，至少西蒙没看见她用手。"我现在已经成了仙女，"她微笑着对惊呆的西蒙说，"别怀疑，也千万别害怕。我不会给你看可怕的东西。"他跟着走去另一个房间，克拉拉对他呼出自己芬芳温暖的气息，于是，哥哥克劳斯一下子出现在眼前，他正伏在写字台上写东西。"他很刻苦，正在撰写毕生之作呢，"克拉拉柔声解释道，"你看他沉思的表情，他陷入了对河流走向、群山的历史和年岁、河谷的蜿蜒与地层的观察之中。不过他此刻正在想自己的兄弟，正在想你呢！看，他额头皱起来了。你似乎很让他担忧呢，小坏蛋！可惜他不能说话，否则咱们俩就都能听到他是怎么想你、怎么看你的所作所为并为此担忧的。他很爱你，看看他！这人依恋自己的弟弟，想要看他成为世上的老实人、值得尊敬之人。不过我眼前的画面消失了。过来，我给你看点别的。"——她一边说，一边用魔杖打开第二扇稍小一点的门。西蒙的眼前出现了姐姐黑德维希，她正舒展地躺在一张铺了白色亚麻布的床上。房间里很好闻，有香草和花朵的气味。"看她，"克拉拉说，颤抖着抬高了明亮轻柔的嗓音，"她死了。生活太苦了。你知道做个女孩意味着什么吗？有多少苦痛吗？我曾写给她一封信，一封热忱而渴慕的长信，就在那时候，你知道的。此后她就再也没有给我回过信。她走了，没有回答世界提出的'你为什么不来'这个问题。就这样无言地离世：如此少女，正值花季！她是那么可爱。你作为弟弟，早就无法像我作为朋友那样有所感受了。你看她微笑的样子！如果还能说话，她肯定会欣然开口的。她说话时很严肃，会痛苦地咬紧嘴唇。可你在她的唇上看不到痕迹。死亡肯定亲吻过她，所以她死后还能够永远微笑！她是个勇敢的姑娘，像花一样凋亡，在花朵凋谢时死去。我们继续走吧。在我的仙境里不许瞠目结舌。感到疼痛了吗，来说说？还是没有：这么美的死亡有什么可痛的呢？你让她遭罪，这，这便是痛苦。我不想伤害你。来，你再看看别的。"说着，她突然打开第三扇门，西蒙看到了一间宽敞的画室。他嗅到了油彩的味道，墙上挂着哥哥的画，而他本人，卡什帕，正站在画架前，背对着西蒙，似乎完全沉浸在工作中。"嘘，不要打扰他工作，"克拉拉说，"不应打扰创作者。我一直都知道他只为艺术而活，即使是在我还相信自己会跟随他、可以跟随他的那些时候。不了，还是现在这样更好。我只会阻碍、耽误他。如果他想有所创造，就必须忘却周遭的一切，即使是挚爱也不例外。如此创造要求牺牲所有爱与亲密，将爱与亲密全部转移到创作之中。你不会明白，只有他自己明白。你看我这样看他，不觉得我正被推搡着投入他的怀抱吗？我忧虑而眷恋地小声问他：'你爱我吗，卡什帕？'想听听他怎么回答。他肯定会抚摸我，但我能察觉到他俊美的额头将要显露不快。这一察觉会让我从万丈高空摔下肮脏、鄙陋的深渊，像个受诅咒的人。不，克拉拉不会这样的。对我来说，她太好了，不会这样做，卡什帕则太好、太可爱了，一直如此。所以我就站在他背后，静静地猜测他要如何滚动伟大、火热、冒气的艺术之球，如同一位威武的摔跤手，使出最后一口气来战胜对手。你看，他挥舞画笔的手全凭感情冲动，画上的色彩震响千音之钟，每根线都更具线条感，每块色彩都更加绚丽，每次点按都更加确切，每种渴望都更加真切。我深爱的他的目光总是在形式中入迷。在巴黎，他只需要一间朴素的小室，就能将世界囊括进画作当中。他将大自然抱在怀里，就像抱着可爱的情人，在她嘴上印下一个又一个吻，直到他和大自然都喘不过气。在我看来，即使是大自然，在真正的艺术家面前，似乎也是弱小而无力奉献的，就像这样一位情人，人们向她索取自己想要的一切。无论如何，你也看到了，卡什帕必须如此，用头脑、感官和双手作画；他就像一匹桀骜不驯的野马工作着、撕扯着。夜间睡觉时，他仍在狂野的梦境中继续创作。艺术是艰涩困难的，在我看来，这是正直、可敬之人能为自己设立的最艰难的任务。千万不要打扰他的神圣任务，他是为后世的快乐而创作。倘若我此刻将自己可怜、虚弱的爱强加给他，那将多么可恶可恨啊。女人也不喜欢亲吻，因为这让她感到受伤的思想在接吻中抽搐，被接吻扼杀。多么轻率的女杀手啊！站在一个人的肩背之后，站在他的鬈发后面，有一点点疼痛，但一切都很美。你会听到灵魂为此敲响钟声，感到自己在这世上甜蜜的职责和无与伦比的位置。感情必须在某处被压制，被管理，坚守立场。即使是柔弱的女人，也清楚在这种情况下该如何选择。注视着艺术家，深思熟虑地追随他的每个动作。比起想对他造成什么影响、贪婪地索取什么东西、想对他和世界产生意义，这种注视更美。每个位置都有其意义，但擅自插手搅和则不然！我还有很多要告诉你的。不过，先跟我来吧。"——克拉拉带着西蒙离开的时候，所有房间、每面墙壁和天花板又传来了难以捉摸的奇妙音乐，仿佛从遥远的小树林里传来的万千鸟语。两人重新踏入第一间屋子，看见黑猫正把爪子伸向细颈的牛奶壶。它一看到两人，便立刻跳开，蜷缩在椅子后面，用灼热的眼睛仔细朝外打量。克拉拉打开窗户：奇妙的景色！夏天的绿荫街道上竟下起了雪，雪下得很大，一团接一团，根本无法看清。"在最炎热的季节里下雪，"克拉拉说，"这在巴黎算不上罕见。这里没有明显的季节划分，正如没有特定的习惯用语。在巴黎得迅速做好一切准备。你要是在这里住久一点也能学会，还能改掉那种不合时宜的惊诧。这里的一切都需迅速、优雅、谦逊的领悟。尊重这个世界：这里有最为高妙、最为精细之物。你会学到的。比如说这雪：你怎么看，你能想象这是从高高的房子上头落下的吗？确实如此，而且极有可能我们现在已经在雪里埋了一个月了。有什么关系呢，我们有照明，有温暖的屋子。大多数时间里我都在睡觉，仙女需要大量睡眠。你可以跟小猫玩，或者看看书，我的书房里有最精彩的巴黎小说。巴黎诗人们写东西很迷人，你会看到的。一个月后——顺便说一句，我们还有音乐，对吧？——然后，正如我所说的，一个月后，巴黎街道上的春天就来了。那时你便会看到，在长期的封闭之后，人们在开阔的街道上彼此拥抱，为重逢喜极而泣。一切都是一场拥抱。隐忍已久的情欲从闪动的眼眸、从嘴唇和声音中迸射，五月是接吻的月份，但你将亲自体验这一切。想象一下，空气湛蓝，沉入街道，温暖而湿润。天空在巴黎散步，融入兴高采烈的人群。一天之内，树上的花全开了，散发出美妙的香气。鸟儿鸣唱，云朵舞动，花朵像雨点一样在风中沙沙作响。口袋里总能摸到钱，即使是最贫穷、最破烂的口袋。不过我现在要去睡觉。瞧，我已经犯困了。好好利用这段时间，研究研究你找到的、能吸引你一整月的作品。这样的书是存在的。晚安！"——就这样，她睡着了。猫本想跟她一起躺下，但西蒙突然在身后跳起，吓跑了它。他紧随猫后，可每次已经抓住它的时候，猫又会从手里逃脱。他纵身跃入可怕的呼吸困难里，最终醒了过来。

"真是个忧郁的梦。"他从床上起身时想道。

此时已是傍晚。他走到床边，第一次朝下方深处的巷子看去。两个男人从下面走过，高墙间的空间刚好能容纳两人舒服地并肩行走。两人正在说话，交谈声奇异地沿着墙壁一路传上来，让他能清晰地听到。天空呈现一片金色的、浓郁的蓝，唤起一阵莫名的渴望。就在西蒙的对面，两个女人的身影出现在另一栋房子的窗户里，眼神相当狂放，充满笑意，触动了他，他觉得自己好像被不干净的手触碰过了一样。其中一个身影用惯常的大嗓门朝他喊道："您一定很孤独！"仿佛他们三人坐在同一间屋子里，而房间中恰好有一条狭窄的天空。

"是的！但孤独多美好啊！"

两个女人大笑，他关上了自己的窗户。能跟她们说什么呢？很难有什么不烂俗龌龊的东西。今天他没这个心情。某种改变再次撕裂了他的生活，致使他陷入了严肃的心境。他拉上白色窗帘，点上台灯，继续阅读在乡下黑德维希家里没能读完的司汤达小说。

第十四章

读了一小时后，他熄灭灯，打开窗，推开门，走出屋子，踏上陡斜的街道。迎接他的是一片温暖、浓厚的黑暗。老城区到处都是小馆子，他边走边看，不知道选哪一家。他又到热闹拥挤的街道上走了几步，最后进入一家酒馆。圆桌周围聚集起愉快的小团体，中心肯定是个搞笑的小家伙，因为他一开口，所有人都开怀大笑。他准是那种无论说什么都诙谐幽默、刺激笑肌的人。西蒙与两个尚且年轻的男人在同一张桌边坐下，不由自主地竖起耳朵听同桌的人讲话。他们的交谈很严肃，表达方式也相当巧妙。争论的主题似乎是一个他们俩都熟识的、郁郁寡欢的年轻人。不过现在，其中一人没有打断另一个人，让他继续讲下去，西蒙听到的如下：

"没错，这哥们儿了不起！即使是小时候，在他还留着长发、穿着短裤，被保姆牵着手在小城的街道漫步时，人们见他就都会说：'小伙子真俊俏啊！'凭借出色的才华，他顺利完成了任务，我是指学校的功课。老师们都很喜欢他，因为他温和、听话。聪慧如他，履行学校义务就跟玩一样。他的体操、绘画和计算都很出色。至少据我所知，老师们称赞他，在低年级甚至高年级的班级里将其树立为楷模。所有与这男孩打交道的人，都被他柔和的五官、一双充满男性气质的奇妙眼睛深深吸引。父母送他到中学的时候，他已声名在外。母亲很宠溺他，大家都理解，也为此称道。他的精神准是早早便具有了那种柔软、那种自由散漫、那种美妙的漫不经心，让他能够掌握生活的乐趣，也让他备受偏爱与认可。假期里，他揣着闪闪发光的证书，带领一群志同道合的年轻伙伴回到家，讲述自己各式各样的成就，让母亲的耳朵陶醉不已。当然，他向母亲隐瞒了自己从那时起便开始经历的，赢取美丽可爱的轻浮女孩的光辉事迹。他利用假期在低地与广袤高山上漫游。群山的高耸与阔远，直至无限邈远的延展，让他沉醉其中。他与欢闹的小团体一起欢度了数天而非几小时的时光，所有人都如他一般狂热。所有人都被他的魅力迷住了。——他有着神一样的健康与灵活，无论是灵魂还是身体。在高级文法中学念书的那段日子，好像只是为了玩乐。女孩子跟在他后面走路，仿佛被他的回眸一瞥吸引而来。金发的美丽脑袋上扮俏式地戴着蓝色学生帽，他的轻浮惹人心醉。有一次，刚好在办集市，那边有个大广场，平常是牛群聚集的地方，此时到处都是摊位、小屋、旋转木马、滑梯和跑马场。他举起一杆装满子弹的鸟枪，不是平常用的那种无害的猎枪，朝着游戏棚里射击。他总在那里，因为有少女在此不断为他递枪，让他心花怒放。小子弹击穿了棚子的幕墙，射进紧贴在后面的马车，据说还险些打伤了摇篮里睡着的小孩，这马车是流浪汉们的住所。当然咯，这场恶作剧最终没有什么后果。于是，更多的恶作剧接踵而至，直到假期再次来临。

校长在这个年轻学生的证书中写下了几句辛辣的批评，还给他父母写了一封信，慷慨激昂、庄重严肃地推心置腹道，倘若他们不自行把儿子从学校领走，那么等待他的就是无条件的开除。原因：无意义的行为、散播恶习、影响恶劣、不负责任。信中还提及了学校要承担的过多责任、义务与思虑，以及这类情况下会给出的所有理由：道德败坏之危，要保护尚未受腐坏的学生，等等。"——

讲话的男人沉默片刻。

西蒙借着这个机会，打了个招呼，说道：

"我对您的讲述中有几个部分很感兴趣。请您允许我继续听下去吧。我尚且年轻，刚刚摆脱先前的社会地位，兴许能从您的讲述中学到些东西呢。我一向认为，听别人的真实故事总能有所收获。"

两个男人仔细打量着西蒙，似乎对他印象还不错，更何况对方只是希望讲述者能继续，以便能兴致满满地接着听下去。于是那人继续讲：

"少年的父母自然是大失所望，对这次开除更是痛心疾首。如此悲伤的情境，天底下怎么会有父母还能无动于衷，一如往常地淡然处之呢？他们起初打算让这个小淘气远离学术课程，送他去艰苦研习一门手艺，比如做机械师或者锁匠。'美国'这个词已经出现在预想之中，鉴于他们儿子这种情况，他们几乎是自己主动想到这个国家的。但事情并未朝这个方向发展。一如往常，父亲果断打算插手，母亲的柔软心肠却再次占了上风。男孩被送往一所偏远的师范学院，为其教师生涯做准备。这是一所法国师范学院，男孩别无选择，只能按规矩行事。学习期满后，他以一位能干的年轻教师的身份步入世界。他在家乡附近找到了一份临时教职，尽心尽力教好孩子，时间允许的话，则在家阅读法国和英国的经典原著。他在语言上确实天赋斐然，也隐隐设想过别的职业，于是写信到美国，希望能找到一份家庭教师的工作，但没有成功，因此他一直生活在责任与卑微的自由之间。夏天到了，他时常带着学生到波涛汹涌、深不见底的运河里游泳。他自己游着，向学生们展示划水的动作，让他们学习。然而有一天，一股漩涡将他卷走，看起来他已经淹死在里面了。学生们跑回小镇，大喊着：'我们的老师淹死了。'但年轻人身强力壮，从凶险的水涡里奋力逃出来，回到了家。过了一段时间，他发现自己又身处另一个地方，在山中的一座小而富裕的村子里。那里的人很友善，非常尊重他，不因他是老师，只因为他是个人。他是个杰出的钢琴手，整天无忧无虑，懂得在多人团体中操纵谈话的魔线。一位非常可爱，但不再年轻的女士爱上了这位教师，甘愿提供所有舒适与安逸的条件，也让他第一次结识了一批村里人。女人出身于古老的军人世家，先辈们曾征战国外。所以有一天，她将一把护剑送给他以作纪念。这把剑非常精美，但总归是危险的武器，也许那时就已饱饮鲜血。可爱而善良的未婚姑娘把它作为装饰品送给了他，眼睛低垂，也许正压抑着深深的叹息。每当他以浪漫高贵的姿态坐在钢琴旁边弹奏，她便专心听着，目光紧紧黏在他的身影上无法移开。冬天，他们时常一同前往高山上的小湖里滑冰，两人都享受其中。但年轻人很快又想离开，因为他明显感到自己此刻被温暖、诱人的纽带绑缚着，让他想要永远待在村子里。然而，倘若他仍想要见识世界的伟大，就必须摆脱这些纽带。他带着姑娘的钱出发，姑娘很富裕，满怀忧郁而悲哀的愉悦，毫无保留地交出了自己的钱。就这样，他来到慕尼黑，跟当地学生一样，在那里过着轻快的生活，再次回家，寻找新工作，这次是在一家私人学院，坐落于一座覆满冷杉树的山脚下。他在这里教导来自世界各地的学生，都是富人家的孩子。他满怀爱与热情地干了一段时间，后来却与学校的老板，也就是他的上司，起了冲突，于是又离开了。接着是去意大利当家庭教师；然后去英国，在庄园里教两个少女，三人在一起胡作非为。再后来他又回到家，脑子里的疯狂念头开始作祟，空虚的心灵里只燃烧着无奈的幻想，却无法拥有现实。他一直渴望投向母亲的怀抱，而她却在此时去世了。他空虚而绝望，前景黯淡，觉得自己现在应该投身政治，可他既没有足够的视野和冷静，也没有必要的操练与技巧，根本干不成。他也写证券新闻，但毫无主旨；因为他写得充满诗意，还是凭借一种业已毁灭的精神去写的。他创作诗歌、戏剧和音乐作品，他画油画、素描，但都浅尝辄止、幼稚浅薄。在此期间，他又获得了一份工作，自然持续时间也很短，一份接一份地换！他跑了六七个地方，觉得自己到处受骗，到处受伤，在学生面前体面尽失，开始找他们借钱，因为他身无分文。他仍身材修长，模样英俊，外表温和雅致，只要抬头挺胸，举手投足间仍然散发出高贵的气质。但他鲜少抬头了。世界上再没有任何地方能长期雇用他，人们只要发现他背后的秉性，就要打发他走，或者他自己找出一些胡编乱造的古怪理由，主动离开。他当然也因此疲软无力，直至彻底丧失斗志。他给意大利的兄弟写了几封信，文字热情洋溢，充满理想主义。在伦敦，有次迫不得已，他还走进过一位非常富裕的丝绸商的办公室，那是他的叔叔，乞求他能给自己一点钱，帮他走出凄惨的境地。也许他没直说，但对方能感觉到他的意图，耸耸肩打发他走了，一分钱都没给。他鼓起勇气向不值得的人乞讨，其美丽而柔软的自尊心肯定也大受伤害。可他身处绝境，不得不这样！人可以谈论自尊，但也必须考虑到生活的所有偶发事件，在这些情况下，仍然要求所谓的自尊心是不人道的。而乞求者本就软弱至极！他始终有着孩子般软弱的心，因错失良机而产生的痛苦与悔恨，轻而易举就能毁灭这颗心。有一天，他到处漫游过后再次回到家里，脸色苍白、疲惫不堪、衣衫褴褛。父亲的接待无疑是冷漠无情的，姐妹在愤怒的父亲面前也不得不如此。他想找份小报当个小编辑，与此同时，他在城里四处闲逛，给所有女孩子送戒指，声称自己要娶她们。很明显，他已经开始犯傻。人们窃窃私语，嘲笑讥讽。然后他继续出走，找到一份教学岗位，但事实证明，他已经不适合再在这个世界上生存了。有一天，他光着一只脚来到教室，脚上的鞋子和袜子都不见踪影。他再也无法理清自己在做什么，抑或他只是在做脑子里另一个疯狂的灵魂所要求的事。与此同时，他在兵役簿上瞒报了他曾被记录的降级，那是因他早先犯下的重大过失而记录在案的。结果，他的违法行径大白于天下，被人送去了监狱。

由于他的精神状态很快显露出来，他又被转送到精神病院，且至今仍在那里。我知晓这一切，是因为这么多年来，我经常跟他在一起，无论是在平民生活还是在军队中。也是我把他从军队里领出来，带到现在的地方的，可惜，他也只能去那里了。"

"悲哀！"另一个男人发话。

"把酒干了吧，我们该走了，"叙述者说，又补充道，"有人会说是那些与他有关的轻浮女人毁了他，但我不这么看。我很肯定，这些人时常夸大女人对男人的负面影响。这些事情没那么严重，可能是家族遗传原因。"

西蒙跳了起来，十分激动，脸颊因生气而涨得通红：

"怎么会？家族原因？您错了，高贵的讲述者先生。请您好好看看我，仔细看。您觉得我身上有什么家族遗传的东西吗？我也得去疯人院吗？毫无疑问，倘若真是家族的缘故，那我也是从那个家族出来的。那个年轻人是我哥哥。我一点也不羞于将这样一个不幸，而绝非堕落之人唤作兄弟。他是不是叫埃米尔，埃米尔·坦纳？倘若这人不是我的同胞哥哥，我怎么会知道这些呢？他的父亲也是我的父亲，难道不是个面粉商？是不是还做着相当可观的勃艮第红酒与普罗旺斯油的生意？"

"确实，全都对得上。"先前那个讲述的男人回答。

西蒙继续道："不，不可能是家族原因。只要我还活着，我就拒绝这样的说辞。这只是单纯的不幸罢了，也不可能是女人的问题。您说得对，确实不是女人的问题。男人陷入不幸，难道总是可怜女人的错吗？为什么不能想得简单一点呢？难道就不能是性格、灵魂中的小缺陷造成的吗？事情确实如此，而且总是这样，难道不就是这样吗？请看我现在的手势：这样，这样在灵魂中！这就是问题所在。这人如此感受，如此行事，而后便如此撞上各种铜墙铁壁，深陷坑坑洼洼。人们总是立刻想到可怕的遗传，这一点在我眼里荒唐至极。把自己的不幸归咎于父母与祖先，是何其懦弱与不光彩的行为啊！体面尽失、勇气全无，还得有一副过分软弱的心肠！不幸找上门的时候，人也要有相应的态度，以便让命运塑成不幸。您知道我的哥哥对我、对另一个兄弟卡什帕，对我们这些小家伙来说意味着什么吗？彼时我们还是些粗野不堪的小流氓，满脑子想着干坏事，而他在与我们共同散步时，教导我们美与高尚。从他的眼眸中，我们畅饮对艺术的狂热之火。那是一段求知若渴、锐意进取的美妙时光，最美好和最极致意义上的锐意进取，您能想象这种日子吗？让我们再喝一瓶酒吧，我请客，真的，我请，虽然我只是个卑微的无业游民。嘿！服务员先生，再来一瓶沃州[1]葡萄酒，要您这里最好的。——我这人完全没有同情心，早已忘记我那可怜的哥哥埃米尔了。您看，我要想挺身站在这世界上，就得使上双手双脚才能抵抗，哪里有工夫想他呢。只有不再想爬起来的时候，我才愿意跌倒，没错，也许只有在我自己也变成值得同情之人的时候，我才能想想这可怜人，对他有点同情。而我现在还不是。既然终有一死，那么此时还是继续大笑，继续

1　沃州（Waadt），瑞士西部的行政区划，首府为洛桑，盛产葡萄酒。

开玩笑。您会在我身上看见永不气馁的精神，它懂得如何承受各种灾祸。生活不需要多么耀眼，在我眼里就已经足够闪亮。我认为生活大多数时候是美好的，真不明白为什么人们贬低它、咒骂它。酒来咯！喝起葡萄酒总觉得特别气派。我那可怜的哥哥还活着！先生，谢谢您今天突然唤醒了我对这不幸之人的回忆。现在，抛弃那些仁慈心肠：举杯吧，先生们，愿不幸万岁！——"

"我能问问为什么吗？"

"您太夸张了！"

"不幸能教化人，所以我请您高举这杯闪耀的酒，共祝不幸长寿。再来一个！好极了。谢谢您。我跟您说，我是不幸的朋友，而且还非常亲密，它值得亲近与交往。不幸让我们变好，这便是其伟大的服务，真正的友情服务，倘若你还想要体面，就得得到回报。不幸，是我们生命中快快不乐但更加真诚的朋友。我们若是视而不见，实在厚颜无耻、不够光彩。不幸不是第一眼就能理解的，因此我们起初厌恶其到来。它是个微妙、安静的不速之客，总是吓我们一跳，仿佛我们是那种总能被别人吓倒的蠢货。无论是什么，也不管从哪儿来，倘若拥有让别人惊讶的天赋，必有其极微妙之处。它毫无征兆地一下子出现，完全没有一丁点探问的、事先的味道和气息，就这样突然亲昵地拍拍某人的肩膀，微笑地说'你好'，展露自己苍白、温和、无所不知的美丽脸庞：它需要的可比腹中食、飞行器，比我们人类发明的多数装置都要多得多，包括那些我们预先大肆宣称能推翻命运的装置。没错，命运。不幸美丽如斯。不幸是个好东西，因为它也包含其反面——幸福。它似乎装备了两种武器，既有愤怒与毁灭的狂吼，也有温柔与亲切的蜜语。它扼杀令其不快的旧生活，唤醒新生活，激励我们过得更好。所有的美，如若我们还想体会到美，都得归功于不幸。它让我们厌倦美，伸出手指为我们指出新的美好！不幸的爱难道不正是情感最充沛，因而最柔情、最微妙、最美好的吗？被抛弃之时难道不是仍响起和缓、谄媚、舒缓的曲调吗？先生们，要我告诉你们，万物都是全新的吗？我说出的话自然都是新的，因为鲜少有人这么说。大多数人缺乏欢迎不幸的勇气，不敢在不幸中如用水清洗躯干一样沐浴灵魂。只消看看自己，脱得一丝不挂，赤身裸体地站在那里：多么壮观——一个赤裸的健康人！多幸福：衣不蔽体，赤条条而立！来到这个世界上已经是一种幸福，健康是唯一的幸福，闪闪发光，熠熠生辉，胜过最高贵的宝石，胜过所有华美的地毯与鲜花，胜过宫殿与奇观。健康是最美妙的，它是任何东西都无法比拟的幸福——除非一个人历经长年累月的打磨，已经野蛮到只希望自己能够凭借生病来换一只鼓鼓囊囊的钱包。面对辉煌与幸福的富足——如果人们真的愿意将赤裸、精干、灵活、温暖的现世之躯视作上述富足——那就得用一种方式保持平衡：不幸！它可以防止我们满溢泛滥，为我们浇筑灵魂。它训练我们的耳朵，让我们听到灵魂与肉体彼此融合时此起彼伏的呼吸声。它让我们的身体成为某种'灵魂之体'，让灵魂成为身体中坚实的存在，如果我们愿意，整个身体都可以视作灵魂：腿是跳跃之魂，手臂是承托之魂，耳朵是倾听之魂，双脚是高贵行走之魂，眼睛是观看之魂，嘴巴是亲吻之魂。它让我们首先去爱，因为爱人者怎会少了不幸？梦中的不幸比现实中更美，因为我们在梦里，才能幡然领悟到不幸之狂喜与动人的美好。否则我们总会受到蒙蔽，尤其当不幸以损失金钱的形式出现时。可这能称得上不幸吗？我们失去一张纸币的时候，失去的究竟是什么？当然啦，丢钱确实很烦人，但相比之下，意识到自己不是真正的不幸才更绝望。诸如此类！可说的多了去了！要说完真会把人累个半死。——"

"您说话像个诗人，先生。"其中一人笑着说。

"说不准真是呢。酒精总让我说话富有诗意，"西蒙回答，"否则我根本成不了什么诗人。我习惯于为自己制定规矩，一般不愿被虚幻与理想左右，我觉得那极不明智、过于莽撞。请您相信，我的生活相当乏味，断然不会像您这样，见了谁妙语连珠，就把对方看作狂热的诗人。因为我觉得，哪怕是特别冷漠精明的典当商，或是银行出纳，只要不去想自己那些攒钱的活计，也还是有很多其他事可以想的。我们时常低估人的感情与头脑，因为我们没学会从其他角度去观察别人。我与每个人都推心置腹地大胆交谈，以此为任务，以便迅速认识交谈的对象。这种生活准则常常让我出丑，甚至有时候还会被打，比如被一位娇弱的女士扇耳光，不过这又有什么坏处呢！暴露自己是件愉快的事情，而且我坚持认为，初次见面的时候因为开诚布公而失去尊重没什么大不了，根本不值得为此心灰意冷。人类之尊重不得不永远受困于人类之爱。这就是我想对您那句讥讽做出的回应。"

"我没有想伤害您的意思。"

"您真好。"西蒙说，笑了起来。他沉默了一会儿，然后突然道："然而您讲述的我哥哥的故事却让我深受触动。现在几乎没什么人还能想起我的兄长了，但他还活着。因为偷偷溜走之人，特别是像他这样跑到一个极度阴暗之处的，总会被人从记忆中抹除。可怜人哪！您看，我可以断定，只要他的心灵稍稍转变，也许只需要灵魂中的一小部分转变，就能使他成为有创造力的艺术家，用其作品吸引众人。变强只有一步之遥，彻底堕入不幸亦然。还能说什么呢。他生病了，站到了再也见不到太阳的那一边。我现在要多多思念他，因为他的不幸过于残酷。十个罪犯加起来应遭受的苦难都没有这么多，更不用说他还有着那样一颗心灵。是啊，不幸有时候远非美好，我欣然承认。先生，您得知道，我生性执拗，爱挑衅，喜欢满世界信口开河，百无一用。有时我的心肠很硬，看到别人满怀怜悯的时候尤其如此。在温暖的怜悯中，我总会有一种破口大骂、放声大笑的冲动。我很恶劣，非常非常恶劣！至于其他方面，我也绝非什么好人，但我希望自己终有一天能做个好人。跟您说话真尽兴，不期而遇总是格外珍贵。我好像喝多了，而且酒馆里太热了，我想出去走走。再见了，先生们。不！再也不见。彻底不见。我不想。我一点都不想再次与您相见了。很多人我都不认识，不能草率地说再见。再见是个谎言，因为我不愿与您再见，除非偶然重逢，才能带来些许愉悦，很有限的愉悦。我不喜欢小题大做，更愿意实事求是，而这也许是我与众不同之处，希望您也能明显体会到，虽然您现在看我的眼神这么震惊且愚蠢，仿佛受到了冒犯。行，随您吧。见鬼，我怎么得罪您了？嗯？"

服务员走上前来，劝西蒙冷静：

"您最好还是走吧，时候不早了。"

于是他放任自己被轻轻送入黑暗的小巷。

夜深了，漆黑闷热，好像在沿着墙壁爬行。偶尔有高大的房子耸立在昏暗之中，而后又有房子发出泛黄发白的光亮，仿佛在如此黑暗之夜，拥有发光的特殊魔法。房屋的墙壁闻起来很奇怪，有潮湿发霉的气味从墙体渗出。有时，稀疏的灯火会在巷子里照出一小块亮斑。棱角分明的屋脊耸立在房屋光洁的高墙之上，向外凸起。邈远的夜晚似乎整个都在这小巷迷宫中安了家，在这里睡下或者做梦。有三三两两晚归的人四处走动。一个人跌跌撞撞，放声高唱；另一个连声咒骂，要把天空都撕碎；第三个人已经躺倒在地。警察的平檐帽从房子角落闪现。人们行走时，脚步声清晰可闻。西蒙遇见了一个老醉汉，在宽敞的巷子里来回摇摆。这幅景象悲惨又滑稽：动作迟缓的深色身影倒来倒去，仿佛被一只灵巧的、看不见的手来回晃动。接着，白胡子老人的手杖掉了，他试图重新从地上捡起——对醉汉而言肯定是一项可怕的任务——结果自己差点摔倒在地。西蒙被一阵可笑的怜悯裹挟，快步走向男人，捡起他的手杖，按在男人手里。老人用怪异的语言呢喃了一句感谢，说话的语气好像觉得自己受了侮辱。这一瞥让西蒙立马清醒过来，他转身离开老城区，走进更新、更雅致的地段。跨越两城区的分界桥时，河水中传来一股古怪的气味。他下桥走上街，沿着三周前在橱窗前被女人搭讪的街道前行，看到前女主人家的灯还亮着。他想到她昨天还是自己的主人，于是继续走到树下，来到一片静卧在无边黑暗之中的湖泊，它在其恢宏广阔的延伸中沉睡。如此安眠！整个湖泊与它所有的深渊一起沉睡，如此难忘的景象。是啊，罕见且令人费解。

西蒙继续向外看了一会儿，直到困意来袭。噢，他今天肯定能睡个好觉。宁静笼罩了他，而明天是礼拜天，他还能在床上赖很长时间。西蒙回家了。

第十五章

第二天早上，他一直睡到钟声响起才醒。从床上就能看出，外面的天空想必分外晴朗湛蓝。窗玻璃上有一道闪光，昭示出小巷上空的明媚晨光。如果多看一会儿对面房子的墙壁，还能发现一道金黄色若隐若现。观者不由得想道，这面布满污点的墙壁若是在多云的穹宇下，肯定显得黑黢黢、阴沉沉的。他看了很久，想象着此刻，在这样金蓝色的清晨天气里，帆樯浮动的湖面究竟是什么样子。某些森林牧场，某些茂密绿树下的景致与长椅，森林、街道、步道。宽广山脊处的草场满是树木、斜坡与小峡谷，绿意盎然。泉水与林间溪流，巨石与水声低吟，哄着躺在旁边的人入眠。虽然这只是一面墙，但西蒙看向这面墙的时候，却清楚地窥见了这一切。只因蓝天的一丝气息在其间上下飘摇，今天这面墙便反射出了人类欢乐的礼拜天的全部图景。钟声熟悉的音调随之响起，钟声，没错，它懂得如何唤醒图景。

虽说还躺在床上，但他打算从现在开始要刻苦学习，比如学一门语言，而且最主要的，要过得更有规律一点。他错失了多少东西啊！学习肯定能带来很多快乐，就这么热切而生动地想象着自己勤奋地学啊学，完全不想停下，真美好。他在自己身上感受到了某种人的成熟：好吧，如果带着已经获得的全部成熟来学习，肯定会更美好。没错，这就是他现在想做的：学习，设定任务，从中发掘乐趣，既做学生又当老师。比如，学一门好听的外语怎么样？比如法语？"我要学单词，将它们牢牢刻在记忆里，用我向来活泛的想象力帮忙。树：l'arbre。要调动所有感官来看到那棵树，克拉拉出现在脑海里。我会看见她穿着白色的宽松连衣裙，站在一棵树冠庞大成荫的深绿色树下。那么多事情，行将遗忘的事情，都会再次浮现于脑海，这种感觉会被愈加强烈、生动地捕捉。这就是久而不学之人变得迟钝的原因。做个小人物、初学者多么甜蜜！如今我能体会到其中的巨大魅力了，真不懂我为何这么长时间都如此执拗疏懒。噢，这种懒惰全是因为对于'想知道更多'与臆想的'自己学得更好'的叛逆。倘若一个人真的知道自己知之甚少，倒也是件好事。我要在外语单词的发音中更深切地思考德语，在思想中延伸其含义，以此让自己的语言也带有充满陌生图像的、新奇的、丰富的声调。Le jardin：花园。这时我会想到黑德维希的乡村花园，我还曾在春天帮忙播种呢。黑德维希！那些我与她共度的日子里，她说了什么、做了什么、受过的苦、想过的事，一切都会重新闪现在脑中。我没理由这么迅速地将人与事遗忘，更何况她还是我姐姐。那时候，我们刚在院子里栽上植物，晚上就又下起了雪。花园里什么都不会长出来，让我们悲伤不已。这件事意义重大，因为我们一直期盼着院子里能长出许多漂亮的蔬菜呢。不过，能够与人共担同样的苦痛还是很幸福的。那整个民族共担痛苦、共同抗争会怎样呢？没错，学习语言的时候，我会想起这一切，还有很多很多，许多我现在还想不起来的东西。学习，只要学习，无论如何，都要学习！我还想钻研自然史，完全自学，借助一本便宜书，不要老师指导。明天就立马去买，今天毕竟是礼拜天，商店都关门了。一切顺利，万事俱备。人生在世有什么意义？莫非我长久以来都亏欠了自己吗？必须振作起来，现在正是时候。"

他翻身下床，似乎觉得现在必须立马着手新的计划。他迅速穿上衣服。镜子坦言，他看起来确实不错，这让他很满意。

他正准备下楼，遇上了魏斯夫人，他的老板娘和房东。她穿了一身黑，手里拿着一本小小的祈祷书，刚从教堂回来。看到西蒙，她欢快地笑着问他是否要去教堂。

他回答说，自己已经很多年没有踏入过任何教堂了。

女人听到这话，整张俏脸布满震惊，仿佛觉

得一个年轻人嘴里说出这样的话实在有失体统。她没有生气，因为她本来也并不是个不容人的皈依者，但又觉得不得不向西蒙指出个中不足。更何况，她根本不信西蒙的话，认定他看起来不是会这样做的人。不过，倘若真如他自己所说，那他得知道，自己从不去教堂的行为确实不妥。

为了让她保持好心情，西蒙只好答应，自己下一次会去教堂，女人看向他的目光于是又恢复了友善。他顺道下了台阶，不再和她待在一起。"可爱的女人，"他想，"她也喜欢我，我总能看出女人喜欢我。她竟然因为教堂跟我闹别扭，太好笑了。整张脸都紧绷着：女人一向适合摆出这种神情，我真是喜欢得看不够。而且，她很尊重我，今后我也知道该如何与她相处了。不过我不会跟她交往太多、太频繁。这样一来，她便会渴望与我开启对话，并对我说出来的每句话都高兴不已。我喜欢她这样的女人，黑色与她是绝配。她丰腴的手里拿着的那本小祈祷书看起来太可爱了，祈祷的女人确实拥有更多感性魅力。黑色袖管里伸出来的苍白手指多么漂亮。还有她的脸颊！好吧，行了！留下些可爱的东西，就当作储备，总归非常令人愉悦。这会给人一种家的感觉，一种从另一个人那里体会到的安心，一种依靠，一种魔法，要是没了这种现成的魔法，我早就活不下去了。她还想在台阶上继续聊，但我中断了，因为我就是喜欢让女人留下未满足的愿望。这并不会降低你的价值，反而会狠狠抬升它。顺便说一句，女人们也喜欢这种意犹未尽。"

周日的大街上挤满精心打扮的人：女人们都穿着亮色、白色的连衣裙，小女孩们的白裙子上系有彩色的宽蝴蝶结，男人们则简单套着夏季浅色面料制成的衣服，小男孩则穿着水手服，有些人身后还牵了狗。水边围着铁丝栅栏，天鹅在水里游来游去，不少年轻人弯着腰从桥栏上出神地观望着它们。还有些人相当庄重地走到投票箱前，投进自己的选票。钟声敲响了第二或者第三次，湖面闪烁着蓝光，燕子在空中高飞，越过阳光下熠熠生辉的层层屋顶。太阳起初还是周末上午的样子，接着变为常见的太阳，继而成为艺术家眼中的特殊太阳——他们可能就藏在人群中。与此同时，城市公园的树木愈加葱绿，树冠向外散开。暗沉的树荫下，更多男男女女正散着步。开阔的蓝色水域上，帆船在风中飞扬，绑在木桩上的船只在岸边懒散地悠悠荡荡。又有一群鸟飞过，人们在此静立，凝视蓝色、泛白的远方和邈远天际下精巧的、几不可见的白色山峰，仿佛整片天空都成了一件淡蓝色的晨衣。每个人都在忙着观看、聊天、感受、展示、指点、留意和微笑。亭子中此时传来小乐团的乐声，好似绿意之中翩飞着啾鸣的鸟儿。西蒙也在绿荫中散步。阳光透过叶片映射出明亮的光斑，投在小路上、草地上，投在来回摇着婴儿车的保姆们坐着的长椅上，投在女人们的帽檐和男人们的肩膀上。每个人都在交谈、张望、凝视、问候、随意踱步。街道上，豪华马车滚滚驶过，有轨电车不时呼啸着疾驰而去，蒸汽船鸣响汽笛，透过树丛可以看到蒸腾向上的浓厚烟雾。年轻人在外面的湖里游泳，虽然在树荫下来回散步时看不见他们，但你能感觉到赤裸的身体正在流动的蔚蓝中游弋、闪亮。今天哪有什么不闪亮的呢？可有不发光的东西？万物都在发亮，闪耀，放光，在色彩中遨游，在眼前模糊成声音。西蒙暗自连声赞叹："周日真美啊！"他直视孩子们和所有人的眼睛，幸福而迷惘地看着一切，时而捕捉单个漂亮的动作，时而看见整体。他在长椅上坐下，挨着一个似乎还很年轻的男人，看向他的眼睛。两人轻松地闲聊着——万物如此欢腾之时，开启对话简直轻而易举。

那个男人对西蒙说：

"我的职业是护工，不过现在我只是个无所事事的漂泊者。我来自那不勒斯，在一家外国医院照顾病人。也许十天后我会前往美国内陆或俄罗斯的某个地方，职业使然，哪里需要护理，哪怕是南海群岛，我们就会被派往哪里。确实，我可以用这种方式看遍世界，但家乡也因此变得陌生了，这种感觉很难表达清楚。比如您可能一直都在故乡居住，永远被它环绕，会觉得周遭都是熟悉的人和事。您在这里工作，在这里获得快乐，当然也在此经受不幸，无论如何，应该可以说您至少与一块地、一方水土、一片天空紧密相连。能与某些东西绑缚在一起是件好事，让人很舒服，也有权利感觉舒服，能够希求同伴的理解与爱。可我呢？我不行！您看，对我闭塞的家乡而言，我已经变得太坏，又或是太好，对这一切看得太透。我再也不能与同乡们感同身受，我对他们的偏好、愤怒与厌恶都同样不解。从各方面来看，我都是个陌生人，而且我感觉别人也厌恶我的疏远陌生。他们当然没错，因为我错误地疏离了自己。即使我对许多事情的看法更老练、更明智，但若是这些看法只能伤害他人，又有什么用呢？如果它们造成伤害，那这些看法就是卑劣的。只要不想有一天像我这样成为家乡的异客，就必须虔诚遵守一片土地的习俗与观念。现在，我很快又要离开，到我的病人那里去了。"

他微笑着问西蒙："您是做什么的？"

"我在自己的家乡是个异类，"西蒙回答道，"我实际上是个抄写员，而在我的祖国，抄写员只是最末流、最低等的行当，所以您很容易猜到我在家乡的地位。其他热心经商的年轻人都为了受教育而远赴他国，然后带着满满一袋知识回来，坐上为他们开放的光荣职位。您得知道，我一直待在国内，仿佛担心到了其他国家就再也看不见太阳，见到的也只能是劣等太阳。我被困在此地，却总能在古旧之中看出新意，这也许是我不愿离开的原因。我很清楚自己会在这里腐烂，然而为了维持生命，我似乎又非得呼吸家乡天空下的空气才行。我不受待见，他人觉得我放荡邋遢，但这都没什么，一点都不要紧。我守在这里，很可能也会一直留守。留下来多甜蜜啊。大自然难道会出国吗？树木难道会为了在外获得更绿的叶片、为了回来吹嘘炫耀，从而漫游到其他地方吗？河流和云走了，但那是另一种更深刻的离开，是一去不回。那也不是'走'，而仅仅是始终翱翔与流动着的休息。我想，这样的'走'还是很美好的！我总是看着那些树木，对自己说，它们也不离开，为什么我就不能停留在这儿呢？我在冬天身处一座城市，便也期待它的夏天，看见冬天的树，便也想看见它在春天重新焕发生机，吐出第一片迷人的嫩叶。春天之后总是夏天，有着无以言表的美丽与沉静，仿佛透亮的巨大绿色波浪从世界之渊往上涌，于是我也想在这里享受夏天，您能理解吗，先生，就在这个我看过春花盛开的地方。比如说，一小片长草的山坡。初春时节，当雪在阳光下刚刚融化时，这片山坡分外秀丽。但这仅仅是因为这棵树、这片山坡、这个世界：我想我根本不会留意其他地方的夏天。关键在于，我想要守在一个地方的欲望实在太过强烈，加上一堆令人反感的理由，让我无法去其他国家旅行。比如：我有旅费吗？您也知道，坐火车或坐船都是要花钱的。我大概还有二十顿饭钱，但旅费是一点都没有，我也很高兴自己没有。愿他人远行，归来后智慧倍增。我拥有的智慧，已经足够让我有一天在这个国家体面地死去了。"

他沉默了一小会儿，护工目不转睛地望着他，西蒙继续道：

"渐渐地，我也完全没有升迁发迹的欲望了。别人的无价之宝，在我眼里一文不值，上帝的名义也不足以让我看重事业。我是想生活，但我不想在职业的道路上奔波，成就什么丰功伟绩。在狭小的写字台边弯腰，早早驼了背，双手皱缩、脸色苍白、蜷曲的工装裤、颤抖的双腿、肥硕的肚子、腐坏的胃、头颅上的秃顶，狰狞、暴起、麻木、褪色、黯然无光的双眼，憔悴、灰败的额头，以及意识到自己已经成了恪尽职守的呆子——伟大在哪里？！谢天谢地！我宁愿继续贫穷而健康，放弃国有住房而住进便宜的房间，哪怕它朝向最昏暗的街巷。我宁愿为钱窘迫，也不愿陷入每个夏天都要用旅行来修复我已被毁坏的健康的窘迫。虽然只有一个人尊重我，也就是我自己，但这种尊重的意义最为重大。我很自由，必要时也可暂时出卖这种自由，以便之后重获自由。为自由之故而保持贫穷是值得的。我有吃有喝，因为我天生能用很少的东西就填饱肚子。每次有人把'社会地位'这种词和这种苛责强加到我身上，我都会很生气。我想保持人性。一句话：我就是喜欢危险、费解、漂浮不定、不可掌控之事！"

"我真喜欢您。"护工说。

"我压根儿没想着要讨您欢心，不过能得到您的喜欢，还是挺让人高兴的，毕竟我确实有点心直口快。顺便说一句，我本来也不认为自己非得暴躁待人。仅仅因为讨厌周围的环境，就毫不讲理地破口大骂，这愚蠢至极。大可直接离开，我也可以！但我不，因为我挺舒服的，此刻的处境让我乐在其中。我喜欢人们本来的样子，也不断变着花样取悦周围的人。如果手头有要完成的任务，我会努力做完。但我不会为了取悦任何人而牺牲我在这个世界上的乐子，除非是为了神圣的祖国。不过这样的机会还从未到来，估计以后也不会到来。愿他们永远以事业为重。我理解这些人，他们想过得舒服，希望能为自己的孩子留点东西，他们是高瞻远瞩的父辈。只要这些人也尊重其他人的行为，他们的行为就值得尊重。所以，愿他们也能让我用自己的方式来攫取生活之乐，每个人都试图做这样的事，每个人，只是方式不同。足够成熟，以至于让所有人都能以自己的方式做自己想做的事，多棒啊。不，倘若有人整整三十年都恪尽职守，那么到了职业生涯的尾声，他自然也不属于我之前激烈抨击过的那种傻子，而是一位正直之人，值得我们在他的墓前献上花圈。您看，我就不想有人到我的墓前送花圈，这就是绝对的区别。我并不关心自己的结局。他们总对我说，也就是前面那一类人，说我终究会为自己的恣意妄为忏悔赎罪。好吧，那我就赎罪，以便探究赎罪的含义。我喜欢探究万物，因此，相比于那些希求未来顺风顺水的人，我的那点担心实在算不上多。我总是害怕自己的人生经历过于单一，在这一点上，我的野心不亚于十个拿破仑。有些饿了，我打算去吃点东西，您要一起吗？这会是我的荣幸。"

于是两人一起去了。

经过一番狂热的高谈阔论，西蒙突然变得温柔平和起来。他目光灼灼地打量着美丽的世界，打量高大圆润的茂盛树冠，打量行人走过的街道。"可爱又神秘的人们！"他心想，放任新朋友用手抚摸自己肩膀。他乐见别人待他如此亲密，彼此契合、联结而后分离。他用带笑的眼睛看向万物，一个孩子向他抬起眼眸，他又想道："眼睛真美啊！"
与护工这样一位同伴一起散步，似乎是件未曾经历
过的新鲜事，但总归是赏心乐事。那人在路旁的菜
贩那里买了一盘新鲜豆子，从肉铺买了熏肉，邀请
西蒙一起吃午饭，后者欣然答应。

"我总是自己做饭，"两人到公寓时，护工说，
"习惯了。很有意思的，相信我。好好尝尝，豆子
配上可口的熏肉特别美味。我还自己织袜子、洗衣
服，这样能省下很多钱。我学会了一切，如果明显
有好处，为什么这些工作就不能例外一次，让男人
来做呢？从这些劳作里，我看不出丝毫可耻之处。
我也自己做拖鞋，就像脚下这双。这类手工需要一
些专注，对我来说，织冬天的护腕或者背心算不上
特别难。一个人要是像我这样孤独，又经常旅行，
总要干出些古怪的事。您，或者你，别拘束，西
蒙！我想咱们现在大概能用'你'相称了吧？"

"为什么不呢？乐意至极！"西蒙脸红了，个
中原因他自己也不清楚。

"我第一眼见你，就特别喜欢你，"自称海因

里希的护工继续道，"你是个可爱的家伙，一看便知。西蒙，我想吻你。"——

房间变得闷热，西蒙从椅子上起身。自己被如此温柔地注视着，他知道这意味着什么。但有何不可呢。"顺其自然吧，"他想，"我喜欢这个海因里希，他如此亲切，我又怎能无礼！"于是他递上自己的嘴唇，任由对方亲吻。

还能有什么呢！

更何况，被人如此柔情脉脉地对待，感觉棒极了，与此刻的温存相得益彰。哪怕这次是个男人！他很清楚，对于这种冲着他的罕见爱慕，他得关怀体贴、暂时放任对方，绝不能毁了这个男人的希望，即使这种希望有失体面。他要为此表现出愤慨吗？"绝对不会，"西蒙想，"我姑且先满足他吧，毕竟现在的氛围这么融洽！"

两个人整晚都在各家酒馆间游荡。护工喝起酒来非常疯狂，主要是他也不太知道该怎么打发闲暇时间。西蒙觉得自己跟着他，无论到哪里都很舒服。在潮湿发霉的小馆子里，他认识了一群完全泡在牌局里却不知疲惫的人。牌场似乎自成世界，不愿受外界干扰。其他人则整晚坐在一旁，牙齿紧咬着一根长长的尖头雪茄梗，也不去管它。直到雪茄燃得太短，无法继续用嘴唇衔住，才把烟头插到刀尖上，抽尽最后一小段。消瘦、凄惨的钢琴手对他说，自己的姐姐是位著名的音乐会歌手，作为姐姐却很糟糕，她早已不再和姐姐密切来往了。西蒙认为这种事情可以理解，但表现得很温柔，没说出自己的真实想法。他觉得这人不是堕落而是不幸，他总是敬重不幸，认为堕落只是不幸的结果，后者至少还需体面。矮小、肥胖、活泼得可怕的老板娘们使出各种手段接近男客，而她们的丈夫就在沙发和躺椅上呼呼大睡。店里唱的一般都是优美的老民歌，歌手则是个擅长此类歌曲、曲调和转音手到擒来的高手。歌曲听起来美妙而忧郁，让人不自觉想到很久很久以前，想起那些唱过这首歌的、或明亮或粗犷的嗓音。一个瘦小的年轻人不停讲着笑话，头戴一顶又宽又大、又高又深的旧帽子，肯定是从哪个地方的废品商那儿淘来的。他油嘴滑舌的，笑话也不例外，不过，无论你愿不愿意，他都能让你笑起来。一个人对他说："我佩服您的幽默，您！"但这个滑稽鬼假装惊讶，拒绝了那人愚蠢的赞美。这才是真笑话，能让所有有教养之人都发自内心笑出来。护工与坐到自己身边的所有人都说起"自己之于家乡真是坏得彻底，不过再仔细想想，也许是好得过头"这一套。西蒙心想："太傻了！"不过，护工对那不勒斯的描述还是很好的，比如他说，那里的博物馆里可以看到奇妙的古人遗迹，从中可以看出，古代的人在身高、体宽和厚度上都远胜我们。这些人的胳膊跟我们的大腿一样粗！这肯定是个男女混同的种族！反观我们呢？仅仅是堕落、畸形、衰退、羸弱的一代，矮瘦皱裂、残破不堪、憔悴贫乏的一代。他还懂得如何用优雅的语言描述那不勒斯湾。许多人听得入神，不过也有很多人睡着了，所以没听到。

西蒙回到家已经很晚了，房门上了锁，他又没带钥匙，索性厚着脸皮按了门铃，此时的他处于一种不管不顾的状态。在震天响的铃声中，窗子立马打开了。一道白色的身影浮现，无疑是穿着睡衣的女房东，她用厚厚的纸包住钥匙，丢了下来。

第二天早上，她微笑着看他，没有发火，而是友善地道了声"早上好"，只字不提昨晚的打扰。西蒙觉得自己不宜开口提这件事，于是一半出于温情，一半出于懒散，也没有道歉。

他离开房子，去找护工。又是个灿烂的星期一早晨，人们都在工作，巷子里因此空旷、明亮。他走进房间，护工还睡眼惺忪地躺在床上。西蒙今天才注意到，卧室墙上挂了许多基督教装饰，甜腻而娇媚，他昨天没留意：红色头发的小天使剪纸、裱在神秘干花里的格言木板。他读了所有的格言，有些很深刻，引人思考，它们也许比八个老人加起来还要古老；但也有一些相当肤浅的新格言，仿佛是从工厂里大批量生产出来的。他想："真奇怪啊，大大小小各色房间里，无论你要去哪里，要做什么，总能看到墙上挂着这类古老宗教饰物。其中有些意蕴丰富，有些寡淡，还有一些则很空洞。护工先生信仰什么呢？当然什么都不信！也许在当今的许多人眼里，宗教只是肤浅、无意识的半个品位问题，一种兴趣和习惯，至少对男人来说是这样。估计是护工的姐妹把这间屋子装饰成了这副模样，我相信是的，因为女孩子总是有更多个人的缘由去虔信宗教、去沉思。而男人，除非他们是修士，自古以来总与宗教相争。不过，白发如雪的新教牧师，带着温和、耐心的微笑和高贵的步态走在人迹罕至的林间小道上——这一场景仍然美丽动人。城里的宗教不如乡村的宗教美好，农民生活在那里，他们的生活本身就带有深深的宗教色彩。在城里，宗教类似一台机器，毫无吸引力；相反，乡下人觉得信神就像丰收的玉米地、广阔的茂密草原，或迷人地微微隆起的山丘，山后隐匿着屋舍，人们宁静地居于其中，好似把沉思当作亲友。不知为何，城里的牧师给我一种感觉，似乎他们与股市投机者和无信仰的艺术家们住得太近了。城市里的信仰缺乏适当的距离，这里的宗教没多少天空，大地的气味也太少。我说不清楚，不过，这些与我有什么关系呢？根据我的经验，宗教是对生活的热爱、对大地的依恋、对当下的喜悦、对美的信仰、对人的信赖，是与朋友们无忧无虑的狂欢，是思考的欲望、不幸情境中的不负责任，是死前的微笑和面对生活中任何事情的勇气。最终，我们的宗教就是更深沉的人类的体面。倘若人人维护体面，彼此礼貌，那他们在神面前也能保持体面。上帝还能有什么要求呢？相比于阴森可疑、狂热偏激的信仰，心灵与精微情感共同造就的体面，也许更能讨得神的欢心。天主必然也会对前者那种信仰迷惑不已，以至于最后再也不想听到雷鸣般的祈祷声传上云霄。如果我们用这么狂妄、笨拙的方式朝他高喊，仿佛他听不见一样，那么这祷告还有什么意义呢？如果我们构想他，难道不应该为他设想出最好的耳朵吗？对于无法描述的他而言，传道声与管风琴声真的舒服吗？好吧，也许他正微笑地看着我们的艰苦费力，然后期许着终有一日我们能放过他，多给他一些安宁呢。"

"您看上去心事重重，西蒙。"护工说。

"我们走吧？"西蒙问。

护工已经收拾好了，两人沿着陡峭的小路向山上走去，太阳明亮灼热。他们走进一家植被茂密的小啤酒园，点了一份晨间酒。正当他们准备离开时，老板娘叫住了他们，劝两人留下来，于是他们待到了傍晚。"就这样，明媚的夏日在不经意间被一饮而尽。"西蒙一边想，感觉翩飞的兴致里混着一种轻柔、美丽、旋律般的疼痛。傍晚，绿植中的色彩让他醉意萌生。朋友深情而渴望地注视着他的眼睛，手臂环过他的脖颈。"太讨厌了。"西蒙想。一路上，两人用夸张的姿势跟所有女性打着招呼，无论年老或年少。工作的人们下班回家，步伐仍然矫健，奇怪地晃着肩膀，仿佛现在终于舒了一口气。西蒙在其中发现了几个伟岸的身影。他们来到山顶上那片炎热但已昏沉的森林，沉默不语，只能听到呼吸声。接着，同伴凑过身来，西蒙预料到了这一刻，但仍因此而全身发冷。

"这样毫无意义，"他说，"请您停下，或者说，请你停下。"

护工平复下来，但闷闷不乐。有人来了，他

们不得不起身离开这里。西蒙想："究竟为什么要跟这样的人度过这一天呢？"但他又马上承认，虽然对方有着罕见的、令人不快的倾向，自己确实从对方身上获得了某种欢愉。"换作别人，肯定会鄙视这个护工，"他在两人踏上归途时继续想道，"但我想，人人都有独特与顽皮之处，都是有趣、可爱的。我还不至于蔑视别人，或者说最多只会鄙视懦弱与了无生气，况且在堕落之中也很容易发现有趣之处。事实上，堕落可以启迪很多事情，让人更深入地观察世界，让人更有经验，从而更温和与恰切地审视万物。你得熟悉一切，而只有勇于亲身接触，才能真正了解。因为恐惧而回避任何人都不光彩，更何况，朋友多宝贵呀！哪怕这个朋友有点特立独行，又有什么关系呢。"——

西蒙问：

"你在生我的气吗，海因里希？"

护工没有回答，他脸色阴沉。他们又回到了啤酒园，此时这里精致的轮廓已经变暗。闪着微光的彩色灯笼照亮了几处昏沉的青草地，喧闹声和笑声传来，两人被欢乐似火的人群吸引，重新走进屋里，老板娘热情接待了他们。

　　深红色的葡萄酒在明亮的酒杯中闪闪发亮，光芒与炽热的脸庞交织在一起，灌木丛的叶片轻触女人们的衣裙，人们在这座簌簌作响的花园里饮酒、高歌、欢笑，共度这个炎热的夏夜，一切都如此自然。低处的车站不断涌出铁轨的喧嚣，飘进拥挤人群的耳中。身材修长、红光满面的富有酒商之子与西蒙展开了一场富有哲理的激烈对谈。护工一个人生闷气，看什么都不顺眼。服务员是个褐色皮肤的苗条姑娘，她在西蒙身边坐下，亲近地让他亲吻。她高兴地接受着这个吻，骄傲的弧形双唇似乎是为品酒、为笑、为亲吻而生的。护工愈加生气，想要离开，却被人拦住了。头戴绿色猎人帽、棕色头发、深色皮肤的年轻人唱起歌来，他的女友紧靠在身侧，依偎在他胸前，快活地轻柔伴唱。歌声醉人，阴沉又富有南国风情。西蒙想："歌曲，至少优美的歌曲，总是忧郁的。它们在劝我们启程！"但他仍在夏夜的花园里待了很久。

第十六章

　　那一周剩下的日子里，西蒙继续无所事事地与护工先生厮混。两人很快发生了争执，而后又和好如初。他像个常年泡在牌场的老手一样玩纸牌，在大热天中午打台球，与此同时，其他有手有脚的人都在工作。他看着阳光照射的路面，看着雨天的巷子，但只是透过窗户去看；早晨、中午或晚上，他手里都端一杯啤酒，对各种各样的陌生人发表无用、疯狂的冗长演讲，直到再也没有任何生活来源。一天早上，他不再去找海因里希，而是走进了一间办公室，里面有许多年龄各异的男人坐在写字台前抄写，这里是失业者的写字间。那些由于某种情况丢掉工作，也没有可能再找到职位的人来到此处，拿着微薄的日薪，笔下匆匆，在监工或秘书的严格看管下抄写地址，多是大公司委托给这个写字间的成千上万的商业地址。作家们交来潦草的手稿，女学生们则交上几乎难以辨认的博士论文，让办公室里的人要么用打字机打出来，要么用流畅、干净的笔迹誊抄。对写作一窍不通但又写了点东西的人，就把自己的胡乱文字拿到这儿来，用不了多久，再心满意足地拿走。冷餐会摆台员、服务员、熨衣女工和酒店女仆们常常把自己的证书送来誊写，以便出示。慈善协会投来数以千计的年度报告，要写上地址，寄往世界各地；自然疗法协会需要多份普及讲座的邀请函；光是教授们派遣的工作量，就已经够这些抄写员忙的了，不过他们倒也很高兴自己能有工作。整个抄写业务由区政府每年出资支持，并设置一位管理员。管理员也曾是失业人员，设立这个职位就是为了让他在晚年有合适的工作。这人出身于古老的显贵家族，在市议会里有富亲戚，后者不愿看到自己任何一个家庭成员如此可耻地腐朽堕落。于是，这人便成了所有流浪汉、迷途者和倒霉鬼的国王与守护人。他漫不经心地履行着自己的义务，仿佛自己在美国的长期漂泊与狂野生活中从未尝过窘迫苦难的滋味。

西蒙对写字间的管理员鞠了一躬。

"您有何贵干？"

"我想工作！"

"今天没什么活了。明早再来吧，到时候也许有些合适的。您姑且在这张纸上写下您的名字、常住地、家乡、职业、年龄，以及当前的地址，明天早上八点准时到，否则就没活干了。"管理员说。

他说话的时候始终面带微笑，略有鼻音。面对失业者，他的语气总有些淡淡的讥讽，并不是刻意为之，单纯是因为他这人一贯如此。男人的面颊憔悴而灰败，呈现一种冷白石灰的颜色，脸下端是乱蓬蓬的灰色山羊胡子，仿佛胡子是整张脸垂下来的尖锐废料。他的眼睛躺在深陷的眼窝里，双手见证了这具身体的疾病与衰败。

第二天早上八点，西蒙就在写字间工作了，没过几天就与那里的同事熟悉起来。这些人都曾在生命中犯下放荡不羁的过错，摇晃的脚下失去坚实的地基。有些人曾因罪行深重入狱，据说，有个极其俊朗的老男人，曾对自己的亲生女儿犯下大逆不道之罪。女儿向法官提出指控，男人因此锒铛入狱，关了好几年。西蒙从未在他那张沉静、古怪的脸上看到任何表情，好像沉默与顺从已经成为那张脸的本色，成为一种必需。他工作时很安静，祥和且缓慢，看上去很善良。别人看向他的时候，他也会平静地回望，似乎丝毫意识不到那些痛苦的过往。那双老手工作时，心脏仿佛也在平静地跳动，他的脸上看不出任何扭曲的表情。他好像已经赎罪，洗去了所有曾经损毁和玷污他的东西。他虽然穷困，衣服却与管理员的一样整洁。他把牙齿、双手、鞋子和衣服都打理得极其干净，就连灵魂也似乎格外安宁与纯净。西蒙暗自打量这个人："为什么不呢？难道罪孽无法洗清吗？难道惩罚非要摧毁整段人生吗？不，这个人身上既看不到所犯的罪，也看不到曾受的罚。他看起来已经完全忘记这两件事了。这个男人身上肯定有善良和爱意，以及很大很大的力量。但总归还是很奇怪啊！"

贪污犯、盗窃犯、欺诈犯和流浪者都能在写字间里找到代表。此外，还有被生活愚弄的不幸、迟钝之人和外国人，他们身无分文，食不果腹，看到自己的希望被欺骗殆尽。臭名昭著的游手好闲之人和欲求不满者当然也位列其中。这里有着各种自责与灾厄的混合体，以落魄为乐的轻浮更是多见。西蒙本可以利用这个机会认识形形色色的人，但他并没有太多心思观察别人。因为他也是其中的一员，也被办公室里的生活和喧嚣填满，如同沉入洋流一般，在各种忧虑、辛劳、小小的疑惑和事件中沉浮。同为沦陷者，他倒是没有像别人那样想太多，只是关注自己的身体需求。这里的所有人都靠抄写挣钱，倘若想活下去，就得把挣来的钱立马吃干喝净。收入从手到口，再顺着喉咙流下。西蒙还设法买了一顶草帽和一双便宜鞋，但说起房租，他得承认，自己的钱只是杯水车薪。每天晚上抄写完，他都会感到疲惫与幸福。他会与自己的抄写员同事一起，昂首挺胸地穿过街道，对着经过的路人下意识微笑。无须刻意，挺拔而骄傲的姿态自然流露。每当他走出写字间的大门，走进微风中，胸膛便会像绷紧的弓一般舒展挺伸。对四肢的主宰与掌控一下子就进入感官，他开始有意识地关注自己的步伐。他不再把双手插进裤兜，觉得有失尊严；也不再闲逛，而是有意矜持地散步，仿佛他直到此刻，直到二十一岁时，才开始训练四肢优美、稳定地走路。人们大概不会注意到他的贫穷，只感觉他是个刚刚下班的年轻人，现在正用傍晚的散步来犒劳自己。他的眼睛黏在街道熙熙攘攘的世界里，为之深深着迷。一对舞姿优美的马匹拉着华丽马车驶过，他锐利的目光只盯着两只动物的小跑步态，不屑于向马车上的先生们投去一瞥，仿佛他只对马感兴趣，还是个行家。"真舒服，"他想，"人得学着控制目光，把它领到体面、雄伟的地方。"他斜着眼瞥过许多女人，内心不由得为自己留下的印象发笑。而且他还会浮想联翩，一如往常！只是他现在对这些白日梦很克制，咬着牙不允许自己再摆出一副呆滞、疲倦的姿态："哪怕我是最穷的穷鬼，也不会让别人意识到这一点，相反，因为金钱上的窘迫，我必须举止骄傲、自信。我要是有钱，也许还能允许自己懒散。但事实并非如此，人得谨慎地保持平衡。我累得像狗一样，但我也必须一直想着，别人同样有理由感到疲惫。人不是为自己而活，而是为所有人。只要出现在公众视线里，人就有义务做出模范、端正的样子，让胆小者也能从中获得些许力量。我们应该给人留下无忧无虑的坚强印象，哪怕双膝打战、腹中空空，饥饿声一路高唱到喉咙。这些经历能给成年人带来享受！对所有人而言，钟声都还未敲响十二点，因为每个人在贫困潦倒之时都有触底反弹的希望。预感告诉我，只有自由、傲岸的气度才能带来电流般的人生幸福，大方地走路确实能让人感觉更昂扬、富足。倘若跟另一个衣着简陋的穷鬼在一起，就像此刻，则更有理由昂首阔步了。如此便能在人们面前轻柔却果断地为同伴糟糕的发型和姿态开脱，让人们惊讶地看到两人亲密无间、直呼其名，在优雅的街道上同行，举止之间却存在巨大差异。这会带来尊重，即使尊重转瞬即逝。想想看，从同伴身旁脱颖而出，而他完全不懂，或者永远不会懂得这种能力。更何况，我的同事是个不幸的老头，他以前有家编篮店，被一系列灾难拖垮了，现在就来做抄写员，跟我一样挣日薪。不过，我看起来还不完全像个抄写员、日工，更像个了不起的英国人。相比之下，我伙伴的外表，看起来就像是个痛苦地渴望着过去好日子的可怜人。他的蹒跚步态以及持续不断的亲切点头，都毫不留情地昭示着他的不幸。他上了年纪，不再顾及别人的看法，只想让自己站得稍直一些。我很钦佩他，因为我不了解他背负的苦痛与担子。我自豪地与他一起走过美丽的街区，毫不害臊地贴着他，不知廉耻地展示我对他劣质西装的喜爱。我收到了许多惊诧的目光，有些美丽的眼睛奇怪地看着我，很有意思，让他们看去吧！我讲话大声，重点突出。今晚如此美丽，适宜聊天。我已经工作了一整天，真不错，工作一整天后在傍晚感受极致的疲惫与协调的安宁。忧虑全无，头脑差不多彻底放空。散着步，意识到自己没伤害到任何人，这是何等的轻松快意啊！去寻找也许喜欢自己的人，去感受自己比以往游手好闲时更加可爱、更加值得尊敬——那些日子如沉深渊，飘忽如烟——在这礼物般的夜晚，要去体会的有许许多多！对于为了工作而放弃白天的人而言，傍晚就像一件礼物。如此，一个人有所付出，也有所收获。"——

西蒙越来越多地观察到，写字间本身就是大千世界里的一个微缩世界。和其他地方一样，只要涉及日常收入的竞争，哪怕只是为了一点蝇头小利，羡慕嫉妒与追名逐利、恨与爱、占小便宜与老实本分、凶猛与谦逊的本性，都能在这一方小天地里清晰而尖锐地体现出来。虽然程度有限，但每种情绪和冲动都能再次找到宣泄口。不过，闪亮的知识在写字间里没什么用武之地。学富五车之人在此最多只能即兴地炫耀一下，有助于提高其声誉，却无法帮他买得起更好的西服。有相当多的抄写员掌握三门语言，读写堪称完美，这都是用来翻译的，可是他们挣得并不比笨拙的地址抄写员和手稿誊抄员更多。因为这间办公室里不允许有收入差距，否则它就失去存在的意义了。毕竟它的存在只是为了让失业者能够刚好活下来，而不是为了支付高得离谱的工资。他们早上八点来，能找到工作都已经是幸事。经常出现的情景是，管理员对着一群等待的人说："很抱歉，今天没有工作了。十点再来吧，可能到时候会有些订单送来！"到了十点："各位最好还是明早再来吧，今天不太可能有工作了！"于是，这些被拒于门外的人挨个儿悲伤地慢慢走下楼，回到街上，西蒙也曾不止一次出现在这群人里。他们会短暂地逗留一会儿，站成一个漂亮的圆形，似乎要先想想清楚，而后一个接一个地朝四面八方散去。身无分文地在城市街道上瞎转悠并非趣事，每个人都明白，每个人都在想："到了冬天可怎么办呢？"

　　有时候，衣着考究、举止优雅的人来到写字间，也要求工作。管理员常常会回答："在我看来，您似乎更适合世俗的喧嚣生活，而不是写字间。这里整日都要静坐，弓着背，努力工作，只为了一点微薄的薪水。我说得直白，是因为我感觉您确实不会适应这里。况且您也并未给我留下悲惨、贫穷的印象。我的义务呢，首先是帮助穷人，也就是那些衣服几乎像破烂一样挂在身上的人，那是他们潦倒的证明。而您过于华贵了，把这里的工作给您是一种罪恶。我建议您去高贵的世界里掺和。您似乎不怎么了解写字间的阴暗，从您欢快的脸上看得出，您好像把到这里工作当成去舞池跳舞似的。这里的人鞠躬时都很别扭，犟头犟脑的，大多数情况下根本不鞠躬，但您的动作好似完美的社交名人。没办法，我不能雇用您，这里既没有能满足您的工作，也没有适合您的世界。如果我没看错，您大概不光打算在这座城市闯荡。要是这样的话，像您这样的人，每时每刻都能找到类似销售员或酒店秘书的职位。在这里，年轻人只能经历挫折、沮丧，没有什么冒险。来到这里的人都知道自己为何前来，而您看起来一无所知。只需要看看这间办公室，您就得承认，您的形象是对我们员工的侮辱。看看我：我也见识过世界，走过所有的大城市，如果不是被逼无奈，我也不至于坐在这里。来到这里的人已经经受过不幸与多方面的灾祸，这里尽是一无所用之人、乞丐、流氓与海难幸存者：简而言之，就是不幸之人。那我问您一句，您是吗？不是，所以请您现在离开吧，这里没有您能长期呼吸的空气。我能看出来谁属于这里！一眼就能！慢走！"

他一挥手，就把这种不适合写字间的人微笑着打发走了。管理员举止文雅，学识渊博，偶尔喜欢对那些不知从何处飘来的，更多是出于好奇而非困境来到这里的访客卖弄一下。

办公室前流着一条静谧、深邃而古老的绿色运河，曾在湖泊与河流之间起着引流与连接的作用，人们就是这样将湖水送往遥远的海洋的。这是城里最安静的地方，有种隐居乡村之感。每当被拒者踩着楼梯下来，他们总喜欢在运河栏杆边上坐一会儿，看起来就好像是奇特的异国大鸟坐在那里。这种拒绝颇有些形而上的意味，的确，有些人俯视着绿色的死水世界，徒劳地思索着命运的冷酷无情，就像哲学家在自己的书斋里那样。运河蕴含着需要梦想与沉思的东西，失业者恰好有大把机会这样做。

写字间也是商人们寻找佣工的市场，比如，一位先生或者女士来到办公室，进入管理员的小房间，想找个人到家里住上一天或几天，就是请个帮手到家。随后管理员会走到门边，打量这群伙计，思虑一番后叫出一个人的名字：这人便会得到一份八天、一天、两天或者十四天的短工。被叫到名字总是一件令人羡慕的事，每个人都喜欢被外派，挣得更多，工作也更有趣。而且，每个上午和下午，外派工还能在好心人那里得到一份不错的早餐与下午茶，这是绝对不能忽视的。对此类职位的争取，以及为了被点到名而贿赂的行为并不罕见。许多人觉得自己总是被不公平对待，另一些人则觉得，为了得到想要的东西，必须向管理员及其下属献殷勤才行。大概有点像一群训练有素的狗，为了够一根被高高举起的香肠，它们不断跳起，其中一只总会毫无缘由地觉得另一只无权参与争夺。因此，这里的人也会为了抢夺利益而大吵特吵，跟商人、学者、艺术家和外交官的大世界没什么两样，后者只是更精明、自负与礼貌罢了。

按照办公室用语来说，西蒙也"出去工作"过几次，不过他运气不好。有一次，他被老板赶走了，那是个狡诈的不动产与法律代理人，相当粗暴，觉得自己几乎跟亲爱的上帝一样。赶走西蒙的理由是，他在本该拿笔工作时读起了报纸。另一次，西蒙直接把笔扔到一位果蔬批发商面前，只说了一句话："自己干！"果蔬商的妻子想把各种规矩告诉西蒙，于是他干脆就不干了。因为他觉得这个女人只想伤害、侮辱他，而自己没有必要忍受这些——至少他是这么想的。

第十七章

　　就这样，美丽的夏日又过去了几周。西蒙不断上街找工作，从未像今年这样强烈地感觉到夏天是个奇迹。尽管做出了努力，却没什么结果，不过至少街景挺美。傍晚时分，他走过树影颤动、缥缈朦胧、灯火闪烁的现代街道，总是不由分说地用愚蠢的言辞招呼别人，只为看看对方的反应。行人全都露出困惑的表情，什么都不说。他们为什么不和这个走来走去、无所事事的人交谈呢？为什么不用低沉的嗓音，邀请他一同走进一栋奇特的房子呢？为什么不在那里做一些只有闲人才会做的事呢？也就是像他这样，毫无人生目标，眼看着白日消逝、夜晚降临，期盼着傍晚出现神奇之事。"倘若真有需要无畏之人干的大胆事情，那我已经做好了万全准备。"他自言自语道。几个小时以来，他一直坐在长椅上，聆听某家高档酒店花园里传来的音乐，仿佛夜色也变成轻柔的曲调。夜间的女人们从这个孤独者身边经过，她们只需要稍微仔细地看上一眼，就能立马知晓这名年轻人的钱包的境况。"如果我知道能问谁讨一笔钱来周转就好了，"他想，"我的哥哥克劳斯？太丢脸了，虽然拿得到钱，但肯定还要挨一顿虚弱、悲伤的训斥。有些人不能求，他们想得太多。要是有个我可以完全不在乎能否得到其尊重的人该多好啊。可惜没有。每个人的尊重都很重要。我要等。其实，夏天需要的东西并不多，可是冬天会来的呀！我有点担心。毫无疑问，到了冬天我肯定不会好过。好吧，那就让我光着脚在雪地里乱走吧。这有什么。我会一直走到双脚发烫。在夏天，躺在树下的长椅上休息多么惬意。整个夏天就像是温暖、芬芳的房间。到了冬天则窗户洞开，风暴呼啸着灌入，让人站不稳脚跟。那时候我可不能再偷懒混日子了。无论发生什么，都没关系！对我来说，这个夏天真漫长啊。现在夏天才过了几周，可是似乎已经很久很久。我相信，如果人一直想着该怎么用自己那点小钱度过一天，那么时间就会沉睡，并在睡觉的时候延展开来。我还相信，时间会在夏天睡觉并且做梦。高树上的叶片不断长大，它们在夜间耳语，白天则在炽热的阳光下安睡。比如我，我干什么呢？没有工作的时候，我关上百叶窗，在卧室里的床上躺一整天，借着蜡烛的光亮读书。蜡烛的气味令人着迷，吹灭的时候，一缕细小、潮湿的烟雾在昏暗的房间里流动，让人感到如此平静，如此新奇，宛若新生。该怎么付房租呢？明天就到期限了。我把白日虚度，睡过去了，所以夏天的夜晚变得好长；一旦夜幕降临，就在各种各样的嗡嗡声和吱吱声里苏醒，开始生活。此时在我眼里，哪怕只睡过一个夏夜都是罪过。更何况这里太过潮湿，根本睡不着。一到夏天，我的双手就变得潮湿而苍白，仿佛感受到了芬芳世界的珍贵；冬天则变得肿胀通红，似乎是对寒冷表示愤怒。是啊，是这样的。冬天让人跺脚生气，而在夏天，你根本不知道愤怒为何物——也许除了要交房租的时候。但这与美丽的夏日并不相干。我也不再生气了，我想我可能失去了发怒的天分。现在是夜晚，而愤怒是日光，是通红，是火一类的东西。我明天跟房东太太谈一谈。"——

第二天一早，他把脑袋凑到房东的卧室门口，故意抑扬顿挫地问她，是否有空与自己聊两句。

"当然！要说什么？"

西蒙说："我没法付这个月的租金给您了。我完全不是为了请求您理解我的难处，虽然其他人在这种情况下可能都会这么说。相反，我假设您相信我在努力想解决的办法，相信我在凑足这笔数目可观的钱，相信我很快就能偿清债务。我认识一些人，只要我想，就能从他们那里得到钱，但我的自尊心不允许自己向这些人借钱，不允许自己对他们感恩戴德。不过我愿意接受女人的帮助，相当愿意；因为我对女人有非常特殊的情感，需要用另一种尊严来衡量。请问您，我是说，魏斯夫人，能否借给我一点钱呢？让我在付清房租的同时，还有些余钱继续活下去？——您会不会觉得我很无耻？
您摇头了。我相信您对我有信心。您看，我自己都因为这种无理要求脸红了，您的眼神此时也不无尴尬。但我习惯于果断决定，迅速执行，为此得屏住呼吸才行。我很乐意接受女人的预支款，因为我无法欺骗她们。如果情况需要，我倒是可以对男人说谎，毫不留情，相信我。对女人绝不会。您当真愿意借我这么多吗？我可以靠这笔钱活半个月，到时候我的境况会比现在好很多。我甚至没有感谢您。您瞧，我这人就这样。在一生之中，我很少对人表达感激之情，在这方面我不太灵光。好吧，不过只要有机会，我还是得说一句：我曾一直鄙视善行。善行！此时此刻，我才真真切切地感受到什么叫善行。我真不应该接受这笔钱。"

"您这个人哟，随便吧！"

"好吧，我还是收下了，只是您别担心，这笔钱会还给您的。现在，因为这笔钱，我非常高兴。只有傻子才会鄙视钱财。"

"您要离开了吗？"

西蒙已经从屋门退了出去，回到了自己的房间。继续谈论这个话题让他很不自在，或者他假装自己很不自在。不论怎样，目的已经达成，他不喜欢在请求别人帮助的时候，长篇大论地辩解或者做出承诺。如果他是施与者，他就不会要求借口和誓言，他从没想过。要么信任、同情、给予，要么因为讨厌而冷冰冰地转过去背对请求者。"我一点都不讨厌她，因为我注意到，她给我钱的时候带有一种短暂的愉悦。要想达到目的，行为举止很关键。她很高兴能为我负责，因为在她眼里我还算不错。人不愿给自己讨厌的人任何东西，因为不想让那人欠自己的人情。出于一种义务，比如为某人偿清债务，会让对方欠下人情，从而带来接触、亲近、信赖，对方必然会接近自己，而且会越来越近。有个厌恶的债务人该多烦心哪。这样的人简直就像是骑在债主脖子上，后者恨不得免除债务，只为甩掉这人。见到一个人能够如此不假思索地、欢快地给予，真是太妙了。这是一个人还受身边的人喜欢的最好证据。"

他走到窗前，把收到的钱塞进背心口袋里，注意到下面狭窄的巷子里有一个身穿黑衣的女人，似乎在找什么东西。因为她经常向上抬起脑袋，有一次，她的目光与西蒙的目光撞在了一起。那是一双幽深的大眼睛，典型的女性的眼睛。西蒙不禁想到克拉拉，他已经很久没有见到她了，几乎快要忘记这人。但她不是克拉拉。深巷里的倩影、她华美繁复的衣裙，与她缓缓走过的阴森肮脏的墙壁形成了奇特的对比。西蒙几乎想要朝她喊道："是你吗，克拉拉？"但那个身影已经消失在拐角处，巷子里只剩下一股忧郁的香气，是美好之物总会在阴暗处留下的气味。"该多美啊，而且也很适合刚才的场景——在她向上望的时候，朝她扔下巨大的深红色玫瑰，然后她俯身拾起。她会为此微笑，对于贫穷巷子里的亲切问候表示惊讶。玫瑰很配她，正如乞求、哭泣的孩子与其母亲相配。不过昂贵的玫瑰从何而来呢？你刚刚还不得不从别人那里讨得善意呢，怎会预料到上午九点正巧会有美丽的女子穿过小巷，而且还是最幽深的一条，而她似乎恰好是你见过的最高雅的女人呢？"

他又浮想联翩了好一会儿，那位女士让他想起已然消失、被遗忘了的克拉拉。回过神来后，他离开房间，匆匆下楼，沿街漫步，耗了一整天什么都没做。傍晚时分，他才发现自己已经到了广袤城市的最外围。工作的人在这里住着相对更漂亮、更大的房子。但若是仔细打量这些房子就会发现，某种暴露的蓬乱破败沿着墙体而上，从单调、冷峻的窗角向外张望，还端坐在屋脊上。这些高耸却蹩脚的箱形建筑与其说是在装饰，不如说是在损毁这块地方，与从此处开始的森林和草地景观形成了鲜明对比。旁边还有好些精心建造的乡村老矮屋，像孩子躺在母亲温暖的子宫里一样。土地在这里形成一座被森林覆盖的山丘，铁路从房屋迷宫中驶过，然后钻入山丘下的隧道。傍晚的光照亮了草地，这里看上去像是已经到了乡下，城市与喧嚣都在身后。西蒙不觉得这些工人楼房丑陋，反而从中体会到城市与乡村的结合，这种结合呈现出独特而优雅的图景，让他觉得美丽。他走过光秃秃的石子路，感受到旁边紧挨着温暖的草地。不过很奇怪的是，他一踏上狭窄的土路穿过草地，便知道这土壤其实属于城市而非乡村，不过问题不大。"这里的工人住得倒是挺美，"他想，"每扇窗都能看到树林的绿色景致，如果坐在小阳台上，还能享受到山丘和葡萄园香味扑鼻的空气与惬意的全景。新的高楼挤占并最终从土地上赶走了老房子，但要知道，土地向来不曾静止，人总是要不断运动，哪怕运动的方式暂时并不讨喜。地方总是美丽的，因为它见证着自然与建筑的活力。在一片秀美的森林草场上大动土木，乍看上去似乎有些野蛮，但每只眼睛终究都会从房屋与世界的结合中得到满足，会发现各类绝妙风光穿过墙壁，然后忘掉没什么好处的恼人批评。我们不需要像建筑学究一样比较新旧房子，而完全可以在两种类型中，在卑微与高傲中获得快乐。我觉得，一座房子不够美，不构成非要推倒它的理由。它稳固地立在那里，安顿着许许多多有生命有情感的人，因而其外表终究值得尊敬，无数双手也为建造这个架构付出了辛劳。求美之人必须多方面地感知，仅仅在世界中寻找美是不够的，除了在迷人的古董前驻足欣赏，还存在着很多其他的快乐。穷人们为一点点和平而做出的斗争，我指的是所谓就业问题，可以说也是很有意思的。比起房子建在自然风光里好不好的问题，工人的问题更需要振奋英勇气魄。这世上究竟有多少巧舌如簧的闲人哪。诚然，每颗思想的头颅都很重要，每个问题都是无价的。可是，在解决微妙的艺术问题之前，先解决掉生存问题更体面，后者对头颅来说更荣耀。不过艺术问题有时候是生存问题，但生存问题在更崇高的意义上也是艺术问题。我自然是这么想的，因为对一个抄写地址、日薪微薄的人来说，继续生存是首要问题。我对鼻孔朝天的艺术完全无感，因为此刻在我眼里，它是世界上最无关紧要的东西。而且我们其实只要想想死生无穷的自然，与之相比，艺术又算得上什么呢？如果想描述开花、芬芳的树，或者人类的脸，艺术有什么手段呢？好吧，我现在的想法有点无理取闹，居高临下，不，更多是有点愤怒地从底层思考，从缺钱的深渊思考。问题在于，我很挑剔，但又为自己身无分文而悲哀。很简单，我必须赚到钱。借来的钱不是钱，非得挣来、偷来或者获赠的才是。——还有一点：傍晚！晚间我经常会疲惫消沉。"

他一边这样想着，一边走上了一条相当陡峭的窄路，此时在一栋房子前站定。一个女人从打开的窗子向外张望，西蒙觉得女人的目光仿佛来自遥远的沉落世界。这时，一个再熟悉不过的声音朝他喊道："噢，西蒙，是你啊！快上来！"

是克拉拉·阿加派亚。

他跳了起来，看见她穿着一条厚重的暗红色裙子坐在窗边。她的手臂和胸脯被华美的布料半遮半掩，脸色比上一次见到时更加苍白。她的眼眸中燃烧着更深沉的火焰，嘴巴却紧闭。克拉拉向他伸出手，腿上还躺着一本打开的书，显然是刚开始读的小说。起初，她无法说话，仿佛张口询问或者讲述都要花费很大的力气，还会带来羞愧。她似乎努力想在从前的年轻朋友面前驱散内心的陌生感，但好像嘴一张，心一软，就会哭出来。漂亮、修长、丰腴的双手接管了语言，至少在她解除对嘴巴的限制之前。她仔细打量着西蒙，并不是一般人看到旧相识时的眼神，而只是望向他的眼睛，感受其平静表情带来的安心。她再次握住西蒙的手，最终开口道：

"把手给我，让我靠近你，就像靠近我的孩子一样——只要听到我衣裙的沙沙声从隔壁传来，他就能理解；我无须说话，只要对上眼神他就能懂得；想要透露秘密，根本不用在他耳边低语。他的坐、站、来、去、卧，他全部的情感都诉说着对母亲的理解。在他面前，一个人必须俯身向地面，蹲在他脚边，以便更好地为其系上松脱的鞋带；在他勇敢、听话时亲吻他；对他公开所有的秘密——在他面前不应有任何隐瞒；为他奉献一切，即使他是个小叛徒，像你一样，能够很长很长时间将母亲抛在脑后，甚至忘却。不，你永远不会忘记我。你常想甩开我以示叛逆，但每当遇到与我哪怕只有一根寒毛相似的女人，都会觉得自己看到并找到了我。难道你当时不曾颤抖吗？难道在这样具有欺骗性的相遇之中，你不曾感觉到明亮的有翼之门，连带着华丽的石雕楼梯都向你敞开，邀请你进入一个充满团圆之喜的房间吗？重逢何其有幸！人们在街上或乡野走散，一年之后又毫无预兆地安静重逢。在这样一个傍晚，钟声为世界敲响团圆的预兆，于是人们握手言和，再也不去想分离与长别的原因。让我摸摸你的手！你的眼睛依旧这么善良、美丽。你一点没变。现在让我跟你讲讲：

"去年夏天，我们所有人，卡什帕、你、我，都不得不离开林间的房子，你还记得吗？你们兄弟俩随后消失了，我也不知道你们去了哪里，便在城里租下一间雅致的房间，思念着你们，消沉绝望了一段时间。到了冬天，周遭的一切似乎都沐浴在红光之中，我忘却所有，一头扎进世俗享乐的旋涡中。我仍剩了一小笔钱，不过依照本地标准已经是一大笔钱了。我把钱挥霍掉，随后意识到，人往往需要某种醉意，才能使自己浮在生活的浪潮之上。我在剧院里有个包厢，但我对戏剧的兴趣远不如舞会，在舞会上我可以展现自己的美丽与心绪。年轻男人们蜂拥在我身边，可我止不住地鄙视他们所有人，让他们感受到我的情绪。我想到你们俩，希望能在所有的痴情中，看到你们俩宁静的面容与开放的气度，可是遇到的调情全都没有丝毫男子气概。这时，一个深色皮肤的黑发男人走到我身边，他是理工学院的学生，外表沉重笨拙，土耳其裔，一双大眼睛非常动人。他邀请我跳舞，后来占有了我的灵魂与肉体，我曾是他的。对我们急于求欢的女人来说，有一种男人只有在舞厅才能征服我们。倘若换个地方遇见，我可能就要嘲笑他了。从第一眼开始，他就对我以主人身份行事，而我只是惊讶于他的无礼，没有反抗。他命令我：这样；然后：现在这样！而我只是服从。说到服从这项事业，我们女人可谓成绩斐然。我们接受一切，也许是出于羞耻和愤怒，希望爱人比原本更加残暴，这样他对我们的残忍就永远称不上'足够'。这个男人把我最后的那点钱也理所应当地视为己有，我也同意，并把钱给了他，把一切都给了他。有一天，他对我压迫够了、折磨够了，把我吸干、榨干，转身便离去了，回到自己的祖国，回到亚美尼亚。他的奴仆——我，并没有试图阻止。我觉得他的所作所为都合情合理。即便我不像当时那么爱他，也会放他走，因为我的骄傲不允许我阻拦他。所以当他要求我助他离开时，我只得服从：我欣然服从我的爱人。与他吻别并不屈辱，虽然他几乎连看都没看我一眼。他表示，以后条件允许的时候，希望能带我回到他的故乡，让我成为他的妻子。我明白这是谎言，但也并不感到痛苦。对于这个人，我不可能产生任何不满。我和他有个孩子，是个女孩，就睡在隔壁卧室。"

克拉拉停顿了一会儿，对西蒙笑了笑，继续说道：

"我不得不找工作，在一位摄影师那里找到了一份接待的工作。因为接触的人很多，求婚与告白从四面八方前来，我都微笑着拒绝了。'她身上有如此精致温婉、贤妻良母的气质，准是个妙人！'但我不会成为任何人专属的'妙人'！我的工作让我能够负担大笔开销，至少能让我留下所有漂亮衣服，一直穿到现在。老板是个能令我尊重的男人，这样能减轻许多工作负担，我干活的时候，就像是陷入某种轻柔、舒适的甜梦。面对顾客，我已习惯于摆出某种一闪而过的微笑。我对每个人都亲切友好，吸引了很多顾客，他们很喜欢我，老板也因此给我涨了工资。那时候，我几乎是幸福的。一切都逝去，化作甜美的回忆。我也感到即将面临的母亲之苦，于是心情既忧郁又喜悦。下雪了，街道完全被雪花覆盖。每当晚上走在覆雪的街道上，我都会想起你们兄弟，想起你，想起卡什帕，还有黑德维希的许多事情，我于情于理都感怀、尊敬她。'我曾获准给她写过一次信。她没回复，但是已经很美好了。'我这样想，每次想起，都让我觉得自己很美。我越发能感知到一切，于是放慢脚步，将每一步都当作人类的祝福。同时，我也放弃了城中心的雅间，在这里租了一间房，就是你现在看到的地方。每天早上和傍晚，我乘'电车'往返，总能招来乘客们的目光。我身上有种奇怪的东西，我自己也感觉到了。许多人会不自觉地与我攀谈，有些人只是为了说上一句话，另一些人想认识我，但后者已经对我不再有吸引力了。我以为自己从一开始就知道这一切，而且怀有某种确定的、拒绝的，但同时又是温和的、让我自己愉快的感觉。男人！他们的搭讪是如此频繁。他们就像是好奇的孩子，想知道我的工作、住处，想知道我认识谁、跟谁吃了午饭、晚上通常做点什么。在我眼里，男人就像是天真、冒失的孩子，当时我是这么想的。我从未粗暴待人，觉得没必要，也因为没有任何一个人对我有无耻行为：对他们而言，我是个令人沉迷却也令人心寒的女人。有一次，一个看起来很机灵的小姑娘找我说话，就是罗莎，你认识的。她把自己的全部痛苦与生活都倾诉给我，我们成了朋友。现在她已经结婚了，尽管我曾劝她不要犯傻。她经常来看我，我，穷人女王！"——

　　克拉拉又沉默了一会儿，带着孩子气的戏谑目光看向西蒙，然后继续讲：

　　"穷人女王！没错，就是我。你没看见你的克拉拉穿得有多么华贵吗？这是我的一件舞会礼服：

后面是镂空的！为了维持贵族做派，我必须有所支出。追随者们喜欢看我这样，他们很看重尊贵气派。在这个地方，一件礼服的华丽能从灰扑扑、脏兮兮的女士长袍中脱颖而出。心爱的西蒙，要是想有影响力，就得突出自己。不过继续安静地听下去吧，你是个非常聪敏、令人舒服的听者，知道该如何倾听，别人就做不到！这是你的优点之一！对你倾诉的时候，我感到特别自然、轻快：我搬到这个偏远的地区，缓慢而不断地成长着，学会了爱那些穷人，他们被推到世界的灰暗面，被推到底层——人们以这个词语来称呼这个充满渴望与困苦的世界。我发现自己能够成为不可或缺的人，在这里找到了自己的位置，丝毫不觉得有负担，也不觉得这是什么要大肆宣扬的功业。倘若我今天离开，那么人们：妇女、儿童、男人都会为此哀叹。起初，他们的污秽让我反感、恶心。但是我渐渐发现，近看这些污秽，并不像刻意矫情疏远时看到的那么讨厌。我教导我的双手乃至嘴唇，试图去触碰这些脸颊并不怎么干净的孩子。我也渐渐习惯于握住工人和日薪者粗糙的手，也能很快注意到这些人握手时的温柔。我发觉这世上的很多东西都让我想起你和卡什帕。无论如何，许多高尚、微妙的东西诱惑着我，让我成为这些人的女主人和监护人。这很容易，却也有颇多难处。麻烦在女人这边！要让她们意识到自己的缺陷与可恶的过失，从而逐渐愿意从羞辱中解放自己，可是要下大功夫的！我让她们习惯于祈祷与保持干净的乐趣，也看到她们在漫长、怀疑的犹豫之后，终于体会到了其中的快乐。事实证明，男人更容易驯服，因为我很漂亮：所以他们更愿意服从我，更擅于理解我简单的教诲。西蒙！成为这些穷人的亲密教师，别提有多幸福了！人几乎不需要什么知识，就可以找到那些比自己更贫于知识的人，去教导他们——不，仅有知识是不够的。在这里还需要勇气和欲望以确定立场，要通过自尊与温和来夯实立场，还要展现出热情。我掌握了一种语言，能够简单明了地解释我的所学与所教，用一种底层人民喜闻乐见的表达方式。就这样，我成了他们的统治者，并常常为了与他们的思想、感情相适应，违背自己的品位。不过，渐渐地，我的品位也随之改变。一个人产生影响时，同样有不知不觉受被影响者影响的秉性。心灵与习惯很容易做到这一点。后来有一天，我躺在床上，痛苦地临产，等待这个此刻正睡在隔壁房间的孩子降生，是这些人来到了我身边，妇女和女孩们。她们照顾我，安抚我，直到我能重新站起来，她们的丈夫也满怀担忧地打探我的情况。重新见到我的时候，他们似乎都很高兴，觉得我比以往更美了。这就是他们尊敬女领主的方式。那是在春天。我坐在房间里，还有点虚弱，仿佛坐在花丛中。因为他们都给我带了花，能带多少就带多少。附近有个富有的年轻人时常前来拜访，我允许他坐在脚边，把这当作一种荣耀，况且他也很温柔。有一大，他恳求我做他的妻子，我指指孩子，但这只让他更坚定了自己的求婚——接下来的几天里，这种情况重复了好几次，让我感到相当古怪。他向我讲述了其空虚、漂泊的全部人生，我很同情他，于是答应成为他的妻子。他享受我的每个示意、每个眼神，让我每时每刻都能感受到他的爱意。若是我说，'阿图尔，这是不可能的'，他整个人都会泛白失色，等待我的准会是一场灾难。在这世界上，在我面前，他无比无助，我不可能让他难过。况且他很有钱，为了我的人民，我需要钱，而他会给我们。我想要的一切，他都满足，还不允许我恳求，而是要命令他。这就是他的情况。他快来了，我会把你介绍给他。还是说你想离开？你的表情在说你不想留下。那就走吧！也许这样更好。是的，更好。他会起疑心，他在这方面很可怕。如果看见一个年轻男人在我身边，他会把那人的头按到墙上打出血的，他有这个能耐。而且你在我身边的时候，我也不想见到任何其他人，别人在的时候，你就不应出现。我想与你独处，想独占你。关于这一切如何发生的故事还很长。我说了很多话，但正确的有几句呢？——现在走吧。我知道你很快会回来的。顺便说一句，我要给你写信，给我留个地址吧。那么，再见！"

下楼的时候，他在楼梯上遇见一个黑乎乎、急匆匆的身影。"那一定是阿图尔了。"他想着，然后继续走。夜幕已经降临，他走上了一条狭长的乡间小路，走了几步，又转身回来。这时，窗子已经关上，后面的深红窗帘也已拉下，刚点亮的灯散发出奇特、幽暗的光芒。帘子后面有一道影子在动，是克拉拉的身影。西蒙继续走着，步伐缓慢，陷入沉思。他并不急于进城，那里没有等他的人。明天他又要重回写字间抄写。现在是时候干些正事、工作挣钱了，说不定最终还能找到一个新岗位。一想到"岗位"这个词，他就笑了起来。西蒙回到城里时已经很晚了，他走进一家还在营业的歌舞杂耍剧院，想要分散自己的注意力，但没看到什么有趣的东西。他想作为观众消失在寻常人群之中，这时，一个喜剧演员登台了，他的表演简直差劲到该挨巴掌。不过算了！丑角不得不扭曲自己的双腿、手臂、鼻子、嘴巴、眼睛，甚至是他那可怜兮兮、皮包骨头的脸颊，结果在如此折磨之后，仍没有实现他的目标：滑稽！西蒙很快对这个可怜虫产生了极其强烈的同情。他本想大喊一声"呸"，但最终只喊了一句"唉"！他肯定是个老实、顺从、不怎么精明的人：因此他在舞台上的行为就更令人厌恶了。只有那些和这种演出本身一样狡猾、放荡的人，在他们想呈现某种完满、惬意的场景时，才能进行这样的表演。直觉告诉西蒙，也许这名喜剧演员在不久前还做着一份安稳的工作，肯定是因为自己的疏忽或行为不端被赶走了。他深深厌恶、鄙夷这个人。这时，一个娇小的年轻女歌手穿着紧身短轻骑兵装，登上了舞台。好多了，女孩子的表演至少还沾点艺术的边。接着是杂耍演员，不过他最好还是别用鼻子顶着瓶子保持平衡啦，太幼稚也太不雅观，把软木塞从瓶子里拔出来就行。他把一盏点亮的台灯放在自己的平脑袋上，苛求观众把这一系列表演当成艺术作品。西蒙又听一个男孩唱了首歌，心满意足地带着好印象立刻离开剧院，回到了街上。

街上只有零星几个人在走动。一条支巷里似乎发生了一场争执，西蒙走近，发现实际上是一幕疯狂的场面：两个女孩正相互殴打，一个用拳头，另一个用一把红色阳伞。一盏孤单、忧郁的灯笼照亮了这场战斗，也部分照亮了两人的脸。女孩们的衣帽都已残破不堪，两人边打边喊，并非因为愤怒，而是因为疼痛，不是为杀伐而尖叫，而是出于对这卑劣兽行残存的羞耻感。两人的斗殴极其恐怖，但持续时间不长，一个警卫的出现结束了这场战斗。他拉开两个女孩，旁边有一位衣着优雅的绅士，他似乎是争斗的原因。一个邮差扮演了告密者的角色，现在还在摆架子。于是，女孩子们把所有怒火都转而撒向邮递员，后者不得不赶紧溜走。

西蒙回了家。他走到自己所住的小巷，却发现一群人在大笑大叫，原来是一个女人吸引了夜猫子们的注意。她正用鞭子抽打一个醉汉，要把他从小酒馆里拖出来，这人没准儿是她丈夫。女人还在不停尖叫，西蒙走近，她便对他大喊，控诉自己的丈夫究竟有多无赖。突然，从高楼上泼下一股水，恶狠狠淋湿了下面所有人的脑袋和衣服。在老城这块地方，向吵闹的夜间狂欢泼水是一种习俗。这种习俗可能已经有了相当古老、神圣的历史，但对遭罪者来说，始终是一次令人愤慨的全新体验。所有人都抬头咒骂窗框里的女人，她穿着白色睡衣，像个恶毒的邪灵一样向下看着。西蒙带头朝上面喊道："您以为自己在上面做什么呢，窗户里那个人？要是水太多，怎么不倒在自己头上，干吗倒在别人头上。您的脑袋可能更需要被水浇。在后半夜朝路面泼水，让人们连同衣服一起泡在水里，这算什么行径啊？您要是没站那么高，我就要咬一口您的苹果脑袋，直到您嘴边流水。老天爷，如果还有公正可言，那就赶紧为每一滴溅在我肩膀上的水给我一塔勒[1]，这样才能败坏您那恶趣味。往后退，上面的幽灵，否则我就要爬上您家墙壁，揪着您的头发看看究竟是男是女。如此泼水带来的怒火真是要把人变成魔鬼。"

西蒙在自己的恶言恶语中陶醉了片刻，喊叫和斥骂一番让他心情舒畅。一会儿他就要上床睡觉，总做同样的事情多无聊啊。从明天开始，他决心成为不一样的人。第二天，在写字间里，他满脑子都是对克拉拉的思念，不免分心，犯了很多粗心

1　塔勒（Taler），早期现代流通于欧洲诸国的一种银币。

大意的错。写字间的秘书，也就是曾经的军官，觉
得有必要批评教育他一下，威胁说如果他再不认真
做，以后就再也得不到工作了。

第十八章

秋天来了。此前，西蒙常常在夜里走过炎热的小巷，现在仍是如此，但季节正变得更加严酷。即使不亲眼出门去看，也知道外面的草地上，树木必将落叶纷纷。甚至在巷子里也能感受到。克劳斯来的时候，是一个阳光明媚的秋日。那天，因为一项学术上的工作任务，他来到这个地方。他们一起走过高处的丘陵地带，被美丽的阳光吸引。两人都很沉默，小心翼翼地避免过于亲密的谈话。这条路穿过森林，又通往纵伸的草地，晚熟的嫩草以及在此吃草的棕色斑点牛，都让克劳斯惊奇不已。西蒙感觉相当惬意——虽说有点苦思的焦虑，但也还算惬意了——就这样与克劳斯一起漫步穿过秋天的低地，没有废话，远离喧闹，只是听着牛群的铃铛声响，偶尔交谈几句，更多的时候看向远方。后来，他们走上一座树木茂盛的山丘，脚步轻快，心情愉悦。克劳斯想要带着爱意观察万物，观察每一根树枝、每一颗浆果。两人随后爬到高处，站在秀美的森林边缘，从秋日傍晚的太阳中，感受难以言喻的温柔与爱抚。这里视野开阔，一望无际，下面是河谷，黄色的树冠与突出的密林间，一条闪着微光的白色河流蜿蜒而过。河谷中的褐色葡萄园里，有一座美丽的村子，屋顶都是红色的，让观者心醉神迷。他们躺倒在牧场上，沉默了很久，一句话都没说，眼睛直盯着远方，耳朵里回响着钟声。两人发现在所有的风景中，总有这里或那里传来响动，哪怕钟声已经消散。而后，两人相互悄声交谈了几句。与其说是交谈，不如说是感受，感受到某种无法写下的、除了释放善意再无其他目的的、根本没有什么内容的东西。这些对话的芬芳、声调与意图都让人难忘。克劳斯说："的确，如果我能够设想你的所有事情最终都有好结果，那么我也能重新拥有更多快乐的勇气。每每想到你会成为一个有作为、有目标的人，都让我的内心充满特别美妙的嗡鸣。与所有人一样，你也有享受他人尊重的愿望，而你的欲求甚至更强，因为你有一种欲求过多、燃烧过多的特质，这是他人没有的。只是你想要的不能太多，也无法太激进地对自己提出要求。相信我，这种特质有害，会消耗你，最终让你变得冰冷。倘若你发现无法得到世上想要的一切，不要为此长时间怨恨恼怒。另一边的意见与倾向也很重要，过于美好的意图，反而比不好的意图更能毒害心灵，这当然也是一种邪恶。在我看来，你跳来跳去的欲望太强了。朝一个目标气喘吁吁地冲过去，这会给你带来快乐，但不合时宜。让每一天都保持平静、自然的循环，为自己的舒适而更加自豪，这终究才是人适合的生活。我们有责任为别人垂范如何活得体面、有尊严，又不失轻松。我们的生活充斥着寂静、沉思的文化忧虑，与冒着热气的斗殴者完全脱节。说实话，你身上有些太过野性的东西。然后，一转眼，你便又跳到温柔之中，过度的温柔，远超人们所要求、忍受的范围。许多应该伤害到你的东西完全不能触动你，而你却让那些理应如此的东西、那些从世界和生活中生发出来的东西冒犯你。你必须试着成为众人之中的一员，这样肯定能过得很好。因为你孜孜不倦地满足各种要求，一旦赢得众人的喜爱，便想要向他们展示自己配得上这种喜爱。就像现在这样，你缩在角落里，沉浸在渴望之中，这对一个公民、一个人，尤其是一个男人来说实在有失体面。为了你的生活安稳，我曾想象过许多你能做的事，但最终我不得不让你处理你自己的生活。劝告的效果一向甚微。"——西蒙接着说："在如此美好的日子里，在这样看向远方、消融在快乐之中的日子里，为何要忧心忡忡呢？"

随后他们聊起自然，忘掉了所有沉重的事情。

第二天，克劳斯再次离开。

冬天来了。很奇妙：时间流经所有好的意图，一如它流经所有坏的品质，无法为人掌控。在时间的流逝中，有一种美好、接纳和宽恕的东西。它流过乞丐，也流过共和国总统，流过有罪之人，也流过年长女伴[1]。时间让许多事情变得微不足道，只有它才代表着崇高与伟大。这种崇高并不理会一个人是贤者还是愚者，是否向往正确、美好之物；若与之相比，所有的生活与喧嚣、参与和交往、努力奋斗向上，究竟有何意义？西蒙热爱这个季节里头上的沙沙声，有一天，雪花落入了昏黑的小巷，他为温和永恒的大自然的进步感到高兴。"下雪了，现在是冬天，我这个傻瓜还以为自己活不到这个冬天呢。"他想。对他来说，这犹如一个童话："很久以前，雪花飘飞，落到地上，因为它不知道自己还有什么更好的选择。许多雪花飞到田野上，留在那里；另一些落在屋顶上，留在那里；还有好些落在赶路人的帽子和斗篷上，留在那里，直到被抖落甩掉；少数则飞向绑在平板车上的马匹，飞向它们忠诚、可爱的面颊，留在马儿长长的睫毛上。有一片

1　年长女伴（Anstandsdame）通常是年龄大一点的女人，在上层社会的未婚少女外出或与男性接触、会面时，她们会陪伴在少女左右，以确保少女的行为体面、符合道德规范。

雪花飞进了窗子，但它只是留在那里，无人知晓它在那儿做了什么。巷子里在下雪，上面的林子里在下雪，噢，现在的森林里一定很美。可以去那里看看。希望雪能一直下到晚上，直到灯笼亮起。从前有个全身漆黑的男人，他想洗干净自己，但是没有肥皂水。他看见路上在下雪，于是就走到街上用雪水洗脸，结果变得像雪一样洁白。他可以为此大肆夸耀一番，也的确这么做了。但这样一来他就开始咳嗽，现在还在咳，这个可怜人咳了整整一年，直到又一个冬天来临。他跑上山，热得浑身冒汗，可是仍咳个不停。咳嗽完全没法停止。这时，一个乞丐小孩过来，手里拿着一片雪花，看起来像一朵精美的花。'吃雪花。'孩子说。大个儿男人吃了这片雪花，咳嗽随之消失。然后太阳下山了，万物昏暗一片。小乞丐坐在雪地里，却没被冻僵。他在家里挨了打，自己也不知做错了什么。他还很小，什么都不知道。孩子的双脚赤裸，但也不冷。他的眼里闪着泪，可他还没聪明到明白自己在哭。这个孩子也许会在夜里冻死，而他自己什么也感觉不到，他太小，还没有任何感觉。上帝看到了这个孩子，却不为所动，他太大了，什么都感觉不到。"——

这段时间，西蒙总是鞭策自己早早起床，尽管他的房间冰冷刺骨，而且他也没有什么事要做。他就站在那里，咬紧牙关，紧迫的事情自然会前来。总有事情可做，可以搓手搓背打发时间，或者尝试倒立着用手走路。他总得进行些意志锻炼，哪怕可笑、荒谬，这能祛除杂念，强身健体。他每天都用冷水洗澡，从头到脚，直到浑身发热，出门时也不屑于穿上外套。他想在这个季节里教自己耐寒！坐在桌前阅读的时候，大衣就用来裹在脚上。他买了一双宽大的粗鞋，军队新兵穿的那种，以备随时在深雪里跋涉翻山。这也让他学会细看那些精美的鞋子。有了这样一双粗糙结实的鞋，便能更坚定地立足世界。现在，重要的是保持直立，站稳脚跟。只要他不肯低下脖子，肯定会有东西自行出现，让他捕捉到。重新开始，从头开始，就算是他的第五十次，也没什么大不了的。他要做的就是保持目光与头脑警惕，之后，必需的东西就会出现。

此时，他就像个输了钱的人，要用自己的全部意志把钱赢回来。但他的意志只是为了赢回钱，除此之外毫无用处。

圣诞节期间，他爬上了广袤的山丘。临近傍晚，天寒地冻。凛冽的寒风从耳边、鼻尖呼啸而过，把它们擦得通红，冻伤发炎。西蒙不由自主走上那条通往克拉拉的林间小屋的道路，现在这条小路已经变得更加通畅，到处都是人工改造的痕迹。他看到一栋房子矗立在面前，庞大但并不粗笨，就在小木屋曾经的位置。当年卡什帕还在这里画画，他自己也经常走进去，拜访住在里面的那位独特的可爱女人。如今，这里为人们建成了一座疗养院，似乎非常繁忙，不少穿着光鲜亮丽的人进进出出。西蒙犹豫着该不该进去，一阵刺骨的寒意让他想到人来人往的大厅，觉得里面一定很温暖舒适。所以他走了进去。一股温暖、呛人的冷杉树枝香气扑鼻而来，整个房间宽敞明亮，其实是个大厅。墙上填塞、装点着冷杉树的绿叶，像墙纸一样。只有白墙上画着的格言警句暴露在外，供人阅读。每张桌子都挤满了热切、严肃的人，大多是女人，也有些男人和孩子，或独自坐在圆桌旁，或三五成群地围着一张长桌。饮料与食物的香气和圣诞枞树的气息混合在一起。穿着漂亮衣服的女孩子走动着，为客人们献上贴心的服务，神情却泰然自若，完全不像服务员。这些娇滴滴的姑娘似乎只是来玩微笑游戏的，或者只是在为自己的父母、亲戚、兄弟、姐妹、儿女服务：既像家长，又带着孩子气。大厅的另一端是小舞台，也被冷杉树枝紧紧环抱，大概要用来表演圣诞剧，或其他内容温馨的戏剧。无论从哪个角度来看，这都是个温馨、友善、好客的房间。西蒙一个人在圆桌前坐下，等着瞧会不会有姑娘来问他要什么。但暂时还没有人来。于是他在桌前静静地坐了许久，像年轻人习惯的那样，一手托腮。这时，一个身材苗条的女人上前，友好地向他点了点头，转而面向其中一个女孩，盘问道，怎么能让这位年轻的先生干等着。这种责备与其说严肃，不如说是俏皮可爱的，但这位女士终究是疗养院的经理或领导一类的角色。

"抱歉，让您坐在这里等了这么久。"她重新转向西蒙。

"哦，没什么好抱歉的。成了您责备这位姑娘的诱因，我才要道歉呢。而且，我很想在这里坐着，不被人注意到。实话实说，我能支付给服务员小姐的钱，的确少得可怜。"——

"请您尽情吃喝吧，无须为此付钱。"女士说。

"只有我可以这样，还是这里所有人都可以?"

"当然只有您一人，而且只是因为我要下达相应的命令，不向您收取任何费用。"

她与西蒙一起在棕色的小桌子旁坐下：

"我还有点时间跟您聊两句，为什么不呢? 您似乎是个孤独的年轻人，您的眼睛告诉了我，它们还清楚地表示，自己的主人渴望与人接触。不知为何，我总觉得您是个很有修养的人。第一眼看过去，我就很想跟您谈谈。我要是用清晰的长柄眼镜来观察您，没准儿就会发现您特别邋遢，但谁会借助眼镜来认识一个人呢? 作为疗养院的主管，尽可能准确地了解客人是我的兴趣。我已经习惯了不要通过一顶破毡帽，而是通过举手投足来评判一个人，后者比衣服的好坏更能体现人的本性。时间证明，我的方法是对的。倘若老天爷对我怀有好意，就应防止我变得傲慢自大。一个商人，要是不懂得识人，长此以往就做不好生意，那么与日俱增的知人之明又教会了我什么呢？一个世界上最简单的道理：善待所有人！在这个孤独、失落的星球上，我们每个人难道不都是兄弟姐妹吗？姐妹的兄弟、姐妹的姐妹或兄弟的姐妹。可以非常温和地相待，也必须如此：首先在思想中！但随后，这种念头也要膨胀并得到实现。如果面前是粗鲁无礼的男人或头脑简单的女人，我该做什么呢？难道非要马上感觉到恐惧与不快吗？噢，当然不是。我会想：不，这个人给我的感觉并不是很舒服，他排斥我，他未受教育，狂妄蛮横。但我绝不能表现得太过明显。我必须稍加掩饰，那么也许他也会稍稍收敛一点，哪怕只是出于懒惰或者愚蠢。包容、体谅是多好的事情。我的内心怀有一种神圣而热切的信念，相信它是好的，这就是我的全部想法。或者还有：兄弟不一定是最体面、最卓越的人，然而我们可以说，他也许依旧是你的某个身处远方的兄弟。这就是我自己的法则，从中我也受益颇多。许多人对我有好感，哪怕第一眼看过去，他们只是对我耸耸肩，然后就移开了视线。在践行爱与忍耐的原则面前，我怎能不为之倾倒，成为其小小的信徒呢？今天的我们，也许比以往任何时候都更需要基督教，但这样说挺蠢的。您笑了，我很清楚您发笑的原因。没错，如果说这个问题仅仅关乎简单、机灵的友善，那我为何要提及基督教呢？您明白吗？有时候我在想，基督教的责任，如今已在悄无声息地转为人类的责任，而后者施行起来更容易、更完善。我得走了。有人叫我。您再坐一会儿，我稍后回来。"——

她说完就离开了。

几分钟后，她回到桌前，在几步远的地方重新开始谈话，感叹道："这里的一切多么崭新。看看四周：一切都是新奇、新鲜、新生的。没有一丁点旧的回忆！除了这里，在每一栋房子、每一个家庭里，总会有一两件旧家具、来自旧时代的一丝一缕。人们仍然喜爱、尊崇老物件，觉得它们很美，就像人们会觉得告别的场景或忧郁的夕阳很美。您在这周围看到过任何类似的东西吗，哪怕只是微弱的暗示？在我看来，它就像一座眩晕的、弯曲的、轻盈的桥，通往无法解释的未来。噢，展望未来可要比回梦过去更美。我们畅想未来的时候也在做梦，这不奇妙吗？对心思敏感的人而言，将热情与灵感放在将来的日子里，难道不比放在过去的日子里更明智吗？将来之日如我们的孩子，应比死者的坟墓获得更多关注。也许，只需一点多余的爱，就足以装点坟墓了：过去的时间！现在，画家可以为远方的人们设计衣服，让他们有优雅风度，能得体而自由地穿着；诗人为那些不肯被欲望吞噬的坚强之人谱写美德。建筑师尽可能地设计各种形式，赋予石头迷人的活力。他要走进森林，在那里留意冷杉树从地底长出的高大雄伟，以此作为建造未来的模型。在这种对于将来的预见中，男人通常会抛弃许多卑鄙、无耻和无用的东西，会在妻子亲吻自己的嘴唇时，在她耳边轻声说出自己的想法，想到哪儿说到哪儿，妻子则微笑地听着。我们知道如何用微笑来刺激你们这些男人行动，只要我们成功地用微笑来生动、迷人地填满你们的感官，便觉得任务已经完成。对于你们做好的事，我们比自己取得成绩更高兴。我们读了你们写的书，想道：如果你们能多做些事，少写点东西就好了。一般情况下，臣服于你们是我们能想到的最大利益了。我们还能做些什么呢！而且我们还心甘情愿！但现在，我当然已经忘记谈论未来，谈论跨过黑暗水域的这道拱门，谈论满是树木的森林，谈论这个目光熠熠的孩子，谈论总是诱使我们用言说捕捉的不可言说之物。不，我相信现在就是未来。您难道不觉得我们周遭的一切都是当下吗？"

"是的。"西蒙说。

"现在外面是可怕的严冬，里面却这么温暖，正适合人们相互交谈。而我和你这个非常年轻、似乎有些堕落的人坐在一起，终究要耽误我的职责。您知道吗，您的行为举止挺勾人的。就这么傻坐在这儿，用一种奇特的方式引诱人，让人在您这个不速之客身上浪费掉宝贵的时间，真想给您一耳光。您知道吧：您可以在这里继续坐一会儿，对您来说当然没什么所谓。我稍后再回来叨扰您的耳朵，现在先去干活了。"

她走开了。

女士离开的间隙，西蒙环顾四周。灯具散发出明亮温暖的灯光，人们彼此畅快地交谈。已经是夜晚了，其中一些人现在打算离开，因为他们还要下山回到城里。两个老男人安逸地坐在桌旁，他们的安静引起了西蒙的注意。两人都留着白胡子，面孔颇为清秀，抽着烟斗，周身萦绕着怀旧感。他们彼此不说话，似乎觉得交谈是多余的；时不时交换一下视线，然后对视着抽动烟斗和嘴角，但相当安静，也许完全出于习惯。两人似乎都无所事事，却是精打细算、深思熟虑、高人一等的闲人，因富贵而闲散。他们之间的关联肯定是都奉行相同的习惯：抽烟斗、散步，喜欢风、天气与自然、健康，宁愿沉默而非闲聊，以及最后，一些与老年相关的特殊琐事。在西蒙眼里，两人气度不凡。他们外表整洁、漂亮，让人不自觉露出一点微笑，更何况他们的年龄还为其外表天然地带来了威严。从平静的表情中，可以看出他们的追求、事业以及不容置喙的态度。老人们当然不会容许自己已选择的道路被动摇，哪怕它也许是个错误。但实际上，错误究竟是什么呢？如果你已经六七十岁了，仍将错误看作自己的指路明灯，那么势必会赢得年轻人的尊敬。当然，这两个怪人身上有某种怪异的东西，他们肯定发誓过要将某种程序、系统一直运行到生命的终点。看起来就是这样：两个找到立身之本的人，并且从中获益、受其推动，借此平静地面对自己的终结。"我们俩已经发现了你们的秘密。"他们的表情和举止都传达出这一点。有趣、感人、发人深思，让人忍不住端详他们，希望猜到他们的想法。此外，人们只消花点时间，马上就能注意到两人总是在一起，没有第三个人，也从不单独出现，而是成双成对！始终如一！这就是人们在他们长满白发的脑袋中读到的重点。两人一起度日，尽可能一起坠入死亡的深渊：这似乎是他们的原则。的确，他们看起来就是一对衰老但依旧活泼、有趣、活生生的原则。夏日再度来临之时，人们会看见他们坐在室外阴凉的露台上，但他们会同样神秘兮兮地塞满烟斗，沉默无言。离开的时候，两个人总是一起，而非一前一后——后面这种情况是不可想象的。没错，他们看起来很安逸，西蒙不得不承认：安逸而顽固。他一边想着，一边移开目光，看向别处。

他让自己的眼睛在不同的人身上游走，发现一个面容奇特的英国家庭。男人们大约是学者模样，还有些人很难想象是什么职业；女人们满头白发，女孩们携着未婚夫。他还注意到，有些人待在这里并不是特别舒服，还有些人则像在自己家一般安逸。大厅明显空了不少。外面，冬日呼啸作响，冷杉树相互碰撞，发出呻吟。过去的日子告诉西蒙，森林离房子只有十步之遥。

正当他沉浸在万千思绪中，女主管又出现了。

她挨着他坐下。

女主管身上似乎悄然起了变化，她抓住西蒙的手：出乎意料。——而后，她用任何旁人都听不到也注意不到的声音低语：

　　"现在，坐在您身边就不怕有人打扰了，人群已经渐渐散去。告诉我，您是谁？叫什么名字？从哪儿来？您身上由内而外散发出一种使人疑惑、惊奇的气质，不是您感到的惊奇，是对您感到的惊奇，让人似乎非要问清楚不可。疑惑、惊奇，然后就是听您说话的渴望，想象着某些话必定会从您嘴里说出口。您让人不由自主地感到忧虑：与您分开后做自己的事，但突然间想到您，就不禁产生怜悯之情。不是同情，您肯定不接受同情，当然同样也不要怜悯。我也说不上来：也许是好奇？让我想想。好奇？一种渴望了解您的欲望，哪怕只是您发出的声音、响动或者什么。您让人觉得早已相识，虽然不是很有趣，却想反复听您说话，听了又听，仿佛能再找出其中有价值的话。第一眼看去，人们便会不自觉地随意、粗浅、自上而下地怜惜您。您身上肯定有深刻却无人发觉之处，因为您没下功夫让这些品质发光发亮。我想听您讲。父母还健在吗？有兄弟姐妹吗？只是看着您，就知道您肯定有兄弟姐妹，还都是些大人物。您自己，在众人看来，却肯定是无足轻重的。为什么呢？因为面对您，很容易产生优越感。然而，一旦深入交往，就会发现这大错特错。因为人们会发现，自己面对的是一个特别从容、沉着的人，您只是不屑于把自己丢到某个职位上，也不想比实际看来更优秀、更危险。您这种人似乎既缺乏风趣，也算不上危险，而女人们天生就是需求温柔和渴慕凶险的混合体，哪怕这凶险不断威胁着她们。您自然是不反感我刚说的话，因为您根本不反感任何事。没人知道自己在您心里的地位。能讲讲您的故事吗？我特别想听！知道吗，我想成为您的红颜知己，哪怕只有一小时，哪怕只是想象中的。刚才在楼上的时候，我一直有种赶回您身边的冲动。好像您是个要紧的人，绝不能久等，又好像在您面前站着，感受您的恩赐、谦恭地尊敬您，本身就是享受。而当我跑过来时，坐在这儿的人脸色更亮了！叫人头昏脑涨，奇怪吧？好了，现在我就静静地坐着，听您讲。"——

西蒙开始讲：

"我姓坦纳，叫西蒙·坦纳，还有四个兄弟姐妹，我是最小的，也是被寄予希望最少的。一个兄长是画家，住在巴黎，却比住在乡下还要宁静、孤僻，毕竟是画家。我们距离上一次相见已经一年了，现在他肯定变了一些。不过我想，您要是见了他，估计他还是会给您留下天才却封闭的印象。与他打交道并非没有危险，他极具诱惑力，而且会招引人做傻事。他是个彻头彻尾的艺术家，倘若我——他的弟弟，对艺术略懂一二，那都是因为为他，而非我的见解，我的理解建立在他的基础上，稍做延伸而已。我估计他现在留着长鬈发，不过鬈发在他的脑袋上毫不扎眼，就像军官留短发一样自然。他消失在人群中间，也渴望如此，以便能够安静地工作。有一次，他在信中给我写了一段话，是关于山鹰的，说山鹰在岩石峭壁上才能舒展羽翼，而在深渊之上才最为自在。还有一次，他写道，一个人、一个艺术家必须像马匹一样工作，累倒在地不算什么，必须马上爬起，重新投入创作。那时候他还是个小男孩，而现在他已经能画画了。若是有一天不再能画画，那他也基本活不下去了。他叫卡什帕，上学的时候一直被学校、被家里人看成懒惰的小家伙。相信我，这只是因为他天性淡然、温和。因为成绩不好，他早早离开学校，不得不去搬运箱子、盒子。后来他走出家乡，在外赢得了众人对他应有的尊重。这是其中一个哥哥，另一个叫克劳斯，他是所有孩子里最年长的。在我眼里，他是世界上最善良、最深思熟虑的人，眼睛里透出忍耐、周密与省思。他很有才干，能力太强，以至于他那些谦虚、谨慎的能力将永远无法为人察识。他看着我们这些弟弟妹妹长大，看着我们放纵欲望与激情，对此沉默、等待。他偶尔会说一两句关心和建议的话，但他始终明白，每个人终究要走自己的路，他只能试图预防坏事发生。他的眼神尤其锐利，总能从一个人身上发现某些优点。兄长一直在暗地里为我担忧，这我很清楚。因为他爱我，他爱人类本身，对人们有着一种特别羞涩的尊重，这是我们这些年幼者不具备的品质。虽然他在学界位高权重，但我相信，正因为他那总是与羞怯相连的责任心，他才无法更进一步。因为他理应得到最高、责任最重的职位。接下来是三哥，没别的，他很不幸。我能讲的只有对他早年的回忆，现在他在精神病院。——也许我不应该对您全部坦白？您坐在这儿，竖起耳朵专心听我讲，肯定很感兴趣。您想知道一切相应的真相，否则不如不听，对不对？我斗胆将您看作一位勇敢且心地善良的女人，您点点头，说明我已经相当了解您了。继续听吧。这个不幸的哥哥完全符合人们对年轻俊美男人的想象，他的天赋可以很好地适应英勇、优雅的十八世纪，而不是我们这个严酷、干涩的时代。让我对其不幸保持沉默吧，否则第一，我会坏了您的兴致；第二、第三，以及对我而言直到第六，展开不幸的褶皱，带走所有的庄重气氛和朦胧的美丽悲伤，毕竟不合时宜。所以，我们只能对这些事保持沉默。我已经粗略地介绍了一下我的哥哥们，接下来是女孩，我的姐姐黑德维希。她埋头于小村子的茅草屋顶下，是个孤独的女教师。您想认识她吗？您和您的所有感官都会被这姑娘取悦。世上再没有比她更骄傲的造物了：我跟她在乡下住了整整三个月，无所事事。我进村的时候她哭了，我提着行李箱温柔地告别时，她却取笑我。在赶走我的同时，她也给了我一个吻。她告诉我，对我仅仅怀有一种轻微但无法抑制的蔑视，可她说得如此美妙，以至于让我觉得自己简直像在被爱抚。您想想，她容忍我前去投靠，我，这个比最粗野的流浪汉还低声下气、纠缠不休的人，在这个时候想起自己的姐姐，只因为觉得：'你可以到她那儿去，直到双脚重新着地。'——但我们在一起生活的三个月，仿佛在布满林荫小道的热闹游乐园里，这段经历让人永生难忘。我出门到森林里散步，因为太懒，都不知道是该挠下巴还是耳后，这时我梦见了她，只有她，因为她最亲近也最疏远。她因为敬畏而远离我，因为爱而靠近我。您要知道，她太骄傲了，在她眼里，我是如此寒酸，但她从未让我感觉到这一点。只有我舒舒服服地依偎在她身边时，她才会开心。这种情况一直持续到最后一刻，她预感到我只会说出伤人的蠢话，干脆开口打断了我的告别。我启程离开，回望身后的山丘，看到她向我挥手，快乐而单纯，仿佛我只是去找邻村的鞋匠，一个小时后就会回来。然而她知道自己被抛下了，独自留在原地。她发现，适应与同伴分离是一项任务，总归是一项任务，一份内心世界的工作。我们曾在每个傍晚坐在一起，讲述生活，听到童年的羽翼再度沙沙作响，就像母亲见到孩子们时，衣裙在房间的地板上摩挲。在我的脑海里，母亲和姐姐黑德维希总是紧密连接，交织成一幅画面。母亲生病时，是黑德维希在照料、护理，就像照顾小孩子一样。您想，孩子看到母亲变成了孩子，自己变成了母亲的母亲。这种情感的转变何其特殊。母亲是一位备受尊敬的女人，别人给她的尊敬通常都是纯洁无瑕、发自内心的。她总给人留下一种质朴乡气，同时又非常高贵优雅的印象。她谦逊而乖张，知道如何蒸发掉各种不服与刻薄，面部表情同时包含着祈求与命令。母亲散步的时候，我们城里的女人简直是簇拥在一旁，无数男人冲她脱帽。后来，她生病了，于是也被世人淡忘，成为忧虑与羞辱的对象。每当回想起那些健康的、受邻人爱戴的日子，当下生病的家庭成员总是会带来羞愧，甚至是愤怒。在去世前不久——我那时候十四岁——她在中午写了一封信：'我亲爱的儿子！'但您觉得，她还能支撑着，用优美、纤细的笔触写下除称谓以外的东西吗？不，她疲惫、困惑地笑了笑，咕哝了几句，不得不再次放下笔。她坐在那里，一旁放着给儿子们写的、刚起头的信，一支笔，外面阳光灿烂，而我目睹了这一切。一天晚上，黑德维希敲开我的卧室门：快起床，母亲去世了！微弱的光线从门缝钻进来，我从床上跳下。结婚前，我的母亲非常不幸，生活糟糕。她与姐姐，也就是我的姨妈，从偏远的山区来到城市，基本上只能做女仆的工作。小时候，她要穿过厚厚的积雪，走很远的路去上学，只能在一间狭小、光线不足的房间里完成作业，让她眼睛生疼，几乎看不见书上的字。她的父母待她不好，所以她小小年纪就愁绪万千。有一天，她倚在桥栏上，思考着跳进河里会不会更好一点，那时候她还只是个小姑娘。人们肯定忽视、推搡、虐待了她。听到这段悲惨童年的时候，我还年少，愤怒立刻就涌上面颊，气得浑身发抖。从那时起，我就对外祖父母的陌生身影深恶痛绝。对我们这些孩子而言，身体健康的母亲简直是威严崇高的存在，让我们心生畏惧，有意躲避。当她的精神生病时，我们对她只剩同情。从恐惧、神秘的敬畏到同情，其间跨度巨大。介于二者之间的，是我们不熟悉的温情与亲密。因此，我们的同情中掺杂着一种难以言喻的遗憾，对于未曾经历过的感受的遗憾，使得我们更加同情她。我记得所有的调皮捣蛋，所有的不敬之举，然后是母亲远远地说要惩罚我的声音。与之相比，后来那些快速、真实的惩罚都只是些甜蜜可笑的糖果。她知道如何变换嗓音，让你一瞬间便会后悔自己犯下的错误，而且希望被激烈冒犯到的她能尽快再次得到安抚。对我们来说，她的温柔有一种奇妙的平和，是一种我们很少见到的神情，一件礼物。母亲总是很亢奋，过于敏感。我们对父亲并不怎么畏惧，只是总担心他可能说了或做了什么，让母亲生气。面对她，父亲无能为力，他是个天生不喜欢精力充沛，也不愿'放过自己'的人。他是个很好的伙伴，却无力处理棘手的事情。父亲现在八十岁了，他死后，这座城市的一段历史也将随之消逝。老人们要是看到他的生意越做越少，准会更加忧虑、疲倦地摇头，但他还在做着，而且腿脚灵敏有力。他年轻的时候是个相当狂放的家伙，城市生活让他过上了好日子，却也逐渐消磨了他。我的父母从荒凉、静谧的山区来到城市，即便是那个时代，那座城也因其慷慨大度和生活之乐而在全国名声复杂。那里的工业如火样的植物蓬勃发展，且鼓励轻松无忧的生活，赚很多钱、花很多钱。每周工作五到六天就算是刻苦工作了。没什么要紧事时，工人们在阳光充足的河岸一躺就是好几天，还会钓鱼。何时需要钱维持生活，他们就工作几日，挣够能继续闲逛的钱。工匠从工人那里挣钱，毕竟如果穷人有钱，富人就更不可能缺钱。那座城市似乎一夜之间就多了一万居民，人人都从周边的乡村涌来，进入那些已经被占据、居住的房子。只要那些建筑外表看似完工，里面无论多么脏乱、潮湿都没关系。建筑业度过了一段繁荣期，他们要做的唯有建造，都是些粗制滥造的房子。工厂主们骑在马背上，女士们架起轻便马车，城里的老贵族们则不满地皱起鼻子。这座城市与众不同，一到节日便各种卖弄，借着一切机会展示自己拥有的财富，以此获得最佳节庆城市的名号。在这种情境下，商人们不会抱怨，学童们也不会，只有那些见多识广、没有勇气加入邻居，行走在晃晃悠悠、布满玫瑰的欲望及肤浅之路上的人才会。母亲极其敏感亢奋，喜好低调的优雅，父亲则具有能够适应一切的天赋，他们来到的就是这样的环境。对儿童来说，一切地方都是可爱而迷人的，但我们住的地方尤其适合喜爱在岩石、洞穴、河岸、草场、低地、峡谷和森林瀑布玩耍的孩童。我们享受着整个地区，到处玩耍、发明游戏，直到中学毕业。母亲去世后，我去银行实习了一年。这一年，我做得很好，因为世上的新鲜事物让我心生畏惧与羞怯；第二年，我被评为模范学徒；但第三年，经理就想把我打发走了，仅仅是碍于与我父亲多年的交情，才让我留了下来。我

变得不愿做任何工作，开始顶撞上司，觉得他们不
配给我下命令。如今，我也不太理解当时自己的想
法。那时候，我觉得所有东西都在伤害我，每件家
具、每件物品、每句话。我变得愈加畏缩，因而是
时候送我走了，他们也的确是这么做的。他们在遥
远的城市给我找了一份工作，只是为了摆脱我，避
免与我产生交集。这就是我离开的原因。——但
现在，我完全不想回忆起过去了，也不想再谈论
它。摆脱青春年少妙不可言，因为其中不止有魅
力、可爱和轻松，青春反而往往比老年生活更艰涩
愁苦。一个人活得越久，就越平和。年轻时作风激
进的人，之后可能只有在很偶然的时刻才会激动，
或者压根儿就再也不会激进行事。每当我想起我们
这些孩子，一个接一个地，总要经历这一切、经历
错误、经历猝不及防的情感，想起地球上所有孩子
都会经历这些，伴随着青春的危险——我就不想
草率地认定童年时光甜美如歌；然而我又要称赞
这段时光，它终究是一段宝贵的回忆。想要做优
秀、可靠的父母非常困难，而要成为听话、顺从的

孩子，对大多数人来说只是一句廉价的空话。而且作为女人，您应该比我更清楚。就我而言，我一直是人群中最无能的。迄今为止，我身上连一套能证明我的生活井井有条的衣服都没有。您在我身上也看不到任何迹象能表明我对生活有特定的追求。我仍立在生活的门前，敲啊敲，虽然敲得不是很有力，然后屏住呼吸，听着是否有人会来推开门闩，让我进去。这门闩有点重，而且，倘若里面的人感觉到门外站着敲门的是个乞丐，他们也不会愿意开门。我只擅长倾听和等待，不过在这方面日臻完满，因为我已经学会了在等待时做梦。这两件事手拉手，做梦与等待，让人舒舒服服地保持体面。时至今日，我已经不问自己是否缺少事业了，少年会问这样的问题，男人则不会。不论从事什么职业，我都会走到今天这一步的。有什么好担心的！我知道自己的美德与弱点，避免吹嘘两者。我愿把我的知识、力量、思想、成就和爱送给所有用得上它们的人。任何人只需伸出手指招呼，我便会蹦跳着过来，哪怕许多人面对此情此景只是磨蹭着步子。您看，我会像冷风呼啸一般冲刺，毫无顾忌地跨越所有回忆，只要能畅通无阻地奔跑。整个世界都与我呼啸而过，整个人生！这就是其美丽之处。就是这样！世界上没有什么东西是我的，但我也不再有所渴求。我再也没有任何渴望了。在我尚且怀有某种欲望之时，人们对我漠不关心，只是阻碍我。那时候，我厌恶他们，但现在我爱他们，因为我需要他们，并且主动让他们使用。我为此而存在。若是有人过来对我说：'那边那人！来！我需要你。我可以给你工作！'我会很开心，而后我便能得知幸福为何物！幸福与痛苦完全变了样，对我来说却更清晰明了了，它们自己解释自己，允许我在爱和痛中追求它们。不得不向某人提交应聘书的时候，我总是提起我的兄弟们：如果他们被证明是有用、有创造力的，那我或许也能为人所用。每次这么说，我都会笑出来。我并不担心自己不能定型，只是想尽可能晚些定型。而且，最好是自然成形，而非刻意为之。我给自己量了尺寸，去做一双宽大的粗鞋，以便走得更稳，用脚步向人展示我有追求，也许还有些能力。接受考验是我的乐趣！我几乎不知道还有更大的乐趣。眼下我很穷，这意味着什么呢？没什么，只是一个整体构图中的小差错，只需一点有力的笔触就能补救。它最多会让一个健康的人感到窘迫，也许会带来些许忧虑，但并不激烈。您笑了。没有？您不想笑吗？真可惜，您的笑声多美啊。有段时间，我总想着入伍，不过现在，我再也不相信这种浪漫的想法了。为什么不留在自己所在的地方呢！若是我想拥有沉沦、灭亡的机会，在这片土地上难道不行吗？若是想要将自己的健康、力量、生命欲望都置于危险的境地，在这里能找到更合适的机会。这一切都让我快乐：首先是我的健康和随意运用四肢的兴致；其次是我仍然活跃的精神；最后是我被唤醒的意识，意识到自己对世界负有深重的债务，意识到自己有充分的理由竭力呼吸，在世界的爱中艰难攀升。我乐意做负债者！要是我不得不告诉自己世人冒犯了我，那得有多绝望啊。我将在麻木、厌恶和苦涩中逐渐僵硬。不，万物并非如此，它是很辉煌的，过于辉煌，以至于尚在成长之人难以承受：是我冒犯了世界。世界站在我面前，就像是一位被激怒、侮辱了的母亲：让我痴迷的美妙面容——要求我赎罪的、母亲般的大地的面容！我将为我忽视的、输掉的、幻梦的、耽误的、犯错的东西付出代价，我将满足被我冒犯的人们。然后在某一天，在一个美丽、静谧的夜晚，我要告诉哥哥姐姐，讲述我是如何完成这一切、如何重新昂首的。可能要花上数年，但对我来说，一项工作越耗时、越费力，也就越令人兴奋。现在，您可能在某种程度上了解我了。"

女人亲吻了他。

"不，"她说，"您不会沉沦。而且，倘若发生这种情况，将是一大憾事，您的憾事。再也不要如此近乎犯罪地、如此邪恶地审判自己了，您把自己看得太轻，把别人看得太重。我要阻止您对自己的极端苛责。知道您缺什么吗？您需要一点点片刻的补偿。您要学会在别人耳边低语，学会回应温情。否则您会变得过于脆弱。我想教您，您缺失的一切，我都愿意教您。来吧，让我们迈向冬夜，走入咆哮的森林。我还有好多事要讲。知道吗，我是您可怜而幸福的囚徒。别再说了，别再说了。来吧。"——

SPRING 野
更具体地生长

策划编辑｜苏　骏
责任编辑｜苏　骏　　夏明浩

营销总监｜张　延
营销编辑｜狄洋意　　闵　婕　　许芸茹

版权联络｜rights@chihpub.com.cn
品牌合作｜zy@chihpub.com.cn

至 元
CHIH YUAN CULTURE
出品方 至元文化（北京）
CHIH YUAN CULTURE

Room 216, 2nd Floor, Building 1, Yard 31,
Guangqu Road, Chaoyang, Beijing, China